A Serpente Emplumada

editora Ground

livros para uma nova consciência

Dedicatória

Para D. H. Lawrence
autor de outra *A Serpente Emplumada* (1926);
e Gustavo, Leopoldo, Eric;
e Vick, Júnior e Gabriela.
– "In Lake'ch"–

Alberto Beuttenmüller

A Serpente Emplumada

Editora Ground

Revisão: *Maria Antonieta Santos*
Diagramação: *Eliane Alves de Oliveira*
Capa
Projeto gráfico e foto do autor: *Bené Fonteles*
Editoração eletrônica: *Licurgo S Botelho*

Dados Internacionais de Catalogação na Publicação (CIP)
(Câmara Brasileira do Livro, SP, Brasil)

Beuttenmüller, Alberto, 1935-
A Serpente emplumada / Alberto Beuttenmüller.
– São Paulo : Ground, 1999.

Bibliografia.
ISBN 85-7187-146-9

1. Ficção brasileira I. Título.

99-2893 CDD-869.935

Índices para catálogo sistemático:
1. Ficção : Século 20 : Literatura brasileira
869.935
2. Século 20 : Ficção : Literatura brasileira
869.935

Editora Ground Ltda.
Rua Pamplona, 935 - cj.12
CEP 01405-001 – São Paulo/SP
Tel: (011) 288-7139/287-3016 – Fax: 283-0476
editora@ground.com.br
www.ground.com.br

Sumário

Golfo do México
Ilha Cozumel
Baía Ascensión
Mar do Caribe
Golfo de Honduras
Oceano Pacífico
TULA
TEOTIHUACAN
TENOCHTITLAN
CERRO DE LAS MESAS
CHALCATZINGO
MATACAPAN
TRES ZAPOTES
LAGUNA DE LOS CERROS
SAN LORENZO
COMALCALCO
LA VENTA
SAN JOSE MOGOTE
MITLA
MONTE ALBAN
IZAMAL
CHICHEN ITZA
COBA
MAYAPAN
UXMAL
JAINA
SAYIL
TULUM
EDZNA
BECAN
CERROS
RIO BEC
CALAKMUL
NOHMUL
LAMANAI
EL MIRADOR
PERU
PALENQUE
UAXACTUN
NAHANJO
PIEDRAS NEGRAS
TIKAL
BELIZE
YAXCHILAN
TONINA
ALTAR DE SACRIFICIOS
CARACOL
BONAMPAK
SEIBAL
DOS PILAS
LUBAANTUN
LAGARTERO
NAGO
PLAYA DE LOS MUERTOS
GUATEMALA
QUIRIGUA
LOS HIGOS
IZAPA
UTATLAN
COPAN
HONDURAS
ABAJ TAKALIK
KAMINALJUYU
YARUMELA
EL BAUL
CHALCHUAPA
SANTA LETICIA
EL SALVADOR
QUELEPA

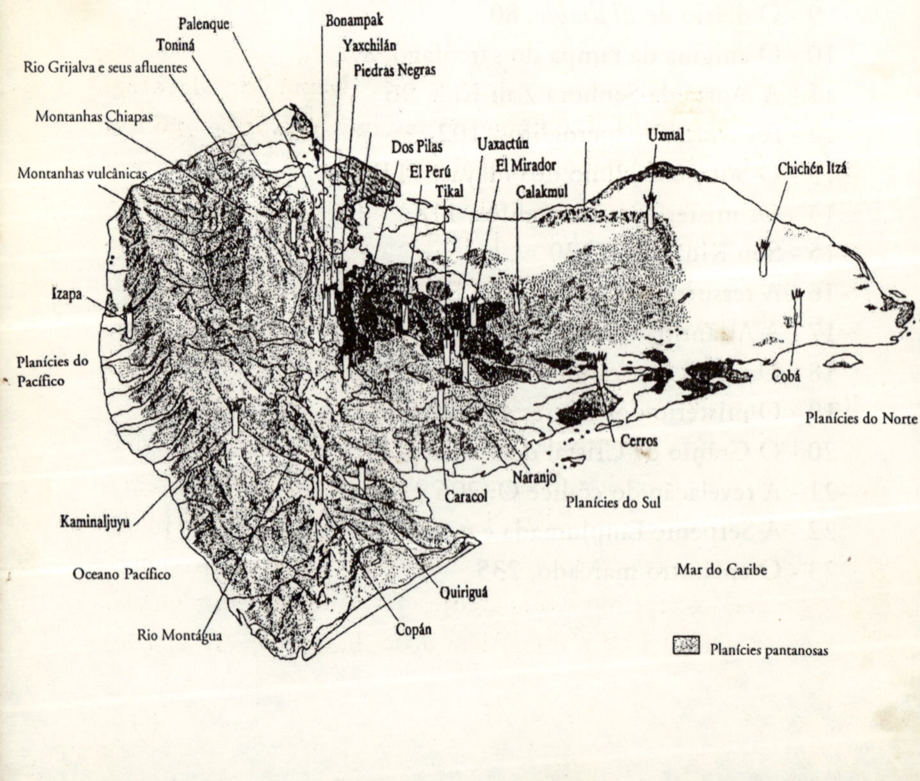
Palenque
Bonampak
Toniná
Yaxchilán
Rio Grijalva e seus afluentes
Piedras Negras
Montanhas Chiapas
Uxmal
Dos Pilas
Uaxactún
El Mirador
Montanhas vulcânicas
El Perú
Chichén Itzá
Tikal
Calakmul
Izapa
Planícies do Pacífico
Cobá
Planícies do Norte
Cerros
Naranjo
Caracol
Planícies do Sul
Kaminaljuyu
Oceano Pacífico
Mar do Caribe
Quiriguá
Copán
Rio Montágua
Planícies pantanosas

1=.

O enigma da Serpente Emplumada

Buenos Aires, 24 de agosto, quatro horas da tarde (calendário Gregoriano).

2, Lua Escorpião Lunar – kin 73 – andarilho do céu galáctico vermelho – "Com o tom galáctico da integridade, sou guiado pelo poder da navegação."(calendário de Treze Luas).

Agustin Saens Peña ia sem pressa pela Avenida de Mayo em direção ao pôr-do-sol. Em Buenos Aires, os dias morriam no fim da bela avenida. Moreno, tal qual um cigano, cabelos presos à nuca, em forma de rabo-de-cavalo, Agustin tinha o porte atlético e sede de vinho. O congresso de La Plata cansara-o. Sequer fora feita uma análise do ocultismo maya. Os especialistas indagavam-se por que os mayas findaram de forma tão abrupta. Um enigma. Essencial fora o informe, via internet, de Maruska Raskolnikov, a bela colega e antiga paixão.

– Três códices secretos, já conhecidos pelos anciãos mayas, mas ainda não descobertos, tinham a resposta a tal questão – dissera a loira. Os guardiões do *Chilam Balam* – O *Livro do Adivinho das Coisas Ocultas* – revelavam que os tais códices explicavam o porquê do êxodo, sem motivo aparente, das urbes clássicas mayas, entre os séculos VIII e X d.C. Além disso, havia novas revelações sobre a profecia de Pacal Votan. Uma delas dizia do alinhamento planetário-estelar em 21 de dezembro de 2012, quando a Terra entrará em uma Nova Era.

A revelação provocara uma sensação dúbia no auditório. Uns torceram o nariz, outros aplaudiram. Para vingar-se dos cientistas ortodoxos, que odiavam as questões holísticas, Maruska dissera que os códices eram em número de três e as revelações de causar espanto. A profecia de Pacal Votan, o rei-sacerdote de Palenque, já fora revelada, em sua primeira parte, em *2012 – A Profecia Maya*, mas os novos vatícinios, além de espantosos, eram definitivos.

A loira empedernida, como o cigano a chamava, informara de Berlim, em conferência via Internet. Pôde vê-la na tela, bela e fria. Nutria forte paixão pela loira gélida e calculista. Amava-a como à sua Buenos Aires. E sofria o intenso frio de agosto, o vento cortante e a chuva fina, que ora caía. Saíra de casa apressado para o fim do seminário. Sem malha de lã, tremia de frio pelas ruas agitadas. Os transeuntes exibiam discreta elegância, em seus capotes até aos joelhos, ao transitar pelo gélido e sedutor inverno *porteño*. Ele de *jeans*, camisa fina e blusão de couro, era um peixe fora d'água.

Andava a esmo e sentia o cheiro da loira, além da saudade de suas mãos pequenas e finas, perdidas entre as dele, quando de mãos dadas andavam pelas estreitas vielas do Cairo, durante o curso de arqueologia. O seu corpo adusto, o desejo contido, jamais consumido. Os seios rijos a espetar-lhe o peito, no abraço. Amor não houvera. A empedernida só se entregaria após o término de suas infindáveis teses universitárias.

"E as pernas, então?" – perguntou-se. Pareciam esculpidas por um artista. "Como essa fêmea racional, apesar de abrasada pelo desejo, soube dos três códices secretos mayas?" – perguntou-se.

Agustin ansiava pelas novas revelações da profecia de Pacal

Votan, última encarnação da Serpente Emplumada, enigma de todas as raças da Mesoamérica. Enquanto pensava, admirava a Avenida de Mayo, seus prédios harmônicos e de igual altura, coroados por belas cúpulas em estilo francês ou italiano. Ia pela calçada do *Cabildo*. Diante do Museu Histórico, a Passagem Roverano, a galeria mais antiga da cidade, que se unia à rua Hipólito Irigoyen e à estação Peru do metrô, a mais linda e pitoresca do subterrâneo, nada mudando, desde que foi inaugurada em 1913.

Cruzou a rua Chacabuco. No número 829, o Café Tortoni. Ali, sucumbiu ao velho vício de beber *manzanilla*, vinho assemelhado ao xerez andaluz. Deixou-se estar no esfumaçado salão do fundo, recendendo a cigarro, com os fantasmas de Lorca, Pirandello, Rubinstein, Josephine Baker, Piazzolla e do bruxo Jorge Luís Borges. Todos freqüentadores assíduos do café, em diversas épocas. Borges teve mesa cativa ali para admirar-se e ser admirado.

Fotos dessas personagens decoravam o espaço virtual de um museu, junto à porta da sala de bilhar. Fundado por um *snobe* francês do século XIX, o Tortoni mantinha a aura européia. Agustin hesitava entre a saudade do passado, que ali jazia, e a notável decadência *fin-de-siècle*, que ora o café exalava.

Com a sensibilidade à flor da pele, os códices só lhe perturbavam a razão. Sonhara à noite com a Serpente Emplumada. Ainda hauria as energias da deusa. A Kukulcán dos mayas tinha nova missão: abrir o portal da percepção para todos os humanos ante o novo milênio. A Serpente Emplumada – símbolo do arquétipo da mulher selvagem – tinha tudo a ver com o novo calendário das Treze Luas, matriz fêmea a governar o mundo, a partir de 2012. Agustin retinha na medula tal verdade e, assim, andava e refletia na tarde invernal.

"E os códices?" – indagava-se, obsessivamente.

Depois do informe de Maruska, não se contivera. Telefonara-lhe. Ouvir sua voz quente e rouca, aliviara-lhe, mas não lhe bastara. A loira dissera: "os códices foram confirmados por xamãs do Yucatan, mas ainda não foram encontrados".

Hauria o azul intenso do céu sem nuvens, de vento cortante e friagem a pespegar umidade pelos pés aos passantes. O Sol desfalecia pleno na Plaza de Mayo, a cobrir a Casa Rosada de rosa-pálido, nem *colorado* nem *blanco*, como outrora quisera, sabiamente, o general Sarmiento.

Olhava sem ver. Pensava só nos códices. Será que trariam mesmo novas revelações acerca da profecia de Pacal Votan? Se fosse verdade, cumpririam um ciclo de 5.125 anos, iniciado em 13 de agosto de 3113 a.C., o número palíndromo e secreto dos mayas. E data enigmática. O *Codex* de Dresden, obra que tudo diz da astronomia maya, salvo da fúria piromaníaca do bispo Dom Diego de Landa, revelava, naquela data, o nascimento de Vênus.

"A presença holística da Serpente Emplumada era a matriz de todos os ritos da Mesoamérica" – refletia, enquanto caminhava. Isso intrigava-o. Cria na Kukulcán, um panteão de deuses. União do Céu, expresso pela ave celestial *Quetzal*, com a Terra, simbolizada pela cobra, *Coatl*. A Serpente Emplumada trazia no ventre a cor de jade de treze dimensões celestiais, mas também a escuridão de nove dimensões infernais.

Um turbilhão de idéias revirou-lhe a mente. Só serenando com a vinda do xerez. Ao olhar para a mesa do bardo bruxo, ouviu-o dizer: *Calle grande y sufrida. Eres la única música de que sabe mi vida...*

Dentro do café, calor a emanar dos corpos, depois de a burguesia afetada deixar seus capotes nos enferrujados cabides antigos. Ambiente cheio de energia. Em meio à voragem de vozes desconexas, soou-lhe musical a palavra *Kuxam Suum*, proferida por uma voz sensual de fêmea, na mesa atrás da sua.

– Os anciãos mayas traduziam tais fios por *Estrada para o Céu que leva ao Cordão Umbilical do Universo* – dizia a voz cava para alguém à mesa. São fios de luz invisíveis de vida galáctica, unindo o ser individual à Terra, através do Sol, e ao núcleo da galáxia – *Hunabku, Único Doador do Movimento e Medida*, princípio da vida, muitas vezes para além do Sol...

Virou o pescoço, com discrição, para melhor admirar a dona da voluptuosa voz. A loira sussurrava para um homem belfudo. Loira natural, como Maruska. Por baixo da mesa, pernas bem feitas. Seios proclives, entumecidos pelo frio, queriam saltar do abismo do decote. A loira prosseguia:

– Os fios de luz são iguais aos que saíam do plexo solar de Dom Juan, nos livros de Castañeda, sobre o clã dos yakis...

Sabia que os *yakis* foram os primeiros a deixar os clãs. Queriam adentrar o mundo críptico, no qual se falava a língua do *Zuvuya*, código secreto de significados de distintos ciclos temporais. A chave era o *Tzolkin;* um calendário de duzentos e sessenta dias, sistema de treze algarismos e vinte ícones.

Os *treze* números referiam-se aos *treze tons galácticos* ou poderes de criação, ligados às *treze luas* ou lunações anuais; os *vinte ícones,* unidos às vinte freqüências solares codificadas como *vinte ícones* ou *selos solares.* Este era o calendário sagrado ou matriz galáctica, um outro mistério a desvendar.

Agustin misturava seus pensamentos sobre Kukulcán com frases da loira. Hesitava. Ou deixava a *finesse* de lado e interpelava a bela fêmea de longos e crespos cabelos; ou retornava às suas meditações. O olhar corria a face rósea da linda loira, com uma interrogação inscrita no olhar. A mente divagava. Da loira, só se ouvia o suave sussurro sensual a ronronar mistérios:

– Os mayas diziam que Pacal Votan viajou através da *Morada das Treze Serpentes*, atravessou a passagem intergaláctica por meio do *Kuxam Suum*, os fios vitais galácticos, cujo símbolo era a Serpente. Ele próprio era manifestação de Kukulcán. Sua vinda fora prevista desde 13 de agosto de 3113, data na qual os mayas, através de Vênus, vaticinaram como sendo a do início do ciclo de 5.200 anos. Ciclo que terminará em 2012, quando um novo portal se abrirá. E aduziu:

– Você, sabe, Olavo, a profecia de Pacal Votan...

Agustin encarou Olavo. Não lhe parecia nem parente nem marido. Riu da conclusão. Sempre acreditou que marido e mulher não eram parentes, mas *karma* de outras vidas. Observava com acinte a mesa da loira. Chegou a virar-se de lado para obter melhor visão. Não ouvira ainda a voz de Olavo. Nada dizia. Balançava só a cabeça, assentindo ou negando.

"Vaca-de-presépio. Quem era a bela loira de crespos cabelos?" – pensou. A noite toda sonhara com a Serpente Emplumada. Aliás, uma mistura de sonho e pesadelo. O tempo parecia escapar-lhe. Nem se dera conta. Seu espírito percorria dimensões estranhas. Ora no passado, ora no futuro. Acordado, sonhava. Agora, só pensava na loira, que tudo sabia de Votan, o bruxo do novo mundo.

"Além disso, a vinda do avatar, um enviado da Serpente Emplumada, quiçá até mudasse o curso da profecia de Pacal. Daí, o enigma" – refletiu.

A descoberta dos códices deixou-o entre o medo e a ansiedade. Assim, sem levantar-se, interpelou, de súbito, a misteriosa mulher:

– Perdão, não pude evitar. Ouvi você citando Pacal Votan. Sou etnólogo e estudo os mayas... também é cientista?

– Arquiteta, estudo a arquitetura de Palenque... não quer se sentar com a gente? – insistiu Doreen – cruzando as pernas e deixando visível as fortes coxas.

– *Gracias*. Muito prazer, sou Agustin Saens Peña, argentino – disse o cigano, mudando de mesa, olhos nos olhos da loira, que lhe estendia a mão e um sorriso.

– Doreen Goldberg, mexicana. Odeio formalidades. Este é o meu colega – Olavo Parmegiano, egiptólogo, italiano – disse Doreen – indicando o amigo.

– Prazer... – arriscou Agustin, automático, sem sequer fitar Olavo.

Olavo, porém, cravou-lhe intenso olhar, fuzilando-o. Os dois pareciam lutar pela posse da fêmea que, fingindo não perceber, jogava o colo à frente, como se os quisesse espetar com os duros mamilos. Curto silêncio caiu sobre a mesa. Só rompido pelo serviçal que trazia nova dose de *manzanilla*.

– Servidos? – indagou Agustin, olhando com desdém para o café de ambos.

– *No*, *gracias* – disseram em coro.

– Você costuma ir a Palenque? – quis saber Doreen, busto proclive.

– Pesquisei muito lá... a profecia, sabe? Meu sítio predileto é Chichen Itza. Tem tudo a ver com a Serpente Emplumada, o novo enigma...

– Novo enigma? Por quê?

– Olhe, Doreen, nem sei bem... falam da vinda de um novo avatar...

– Novo avatar?... e quando virá, Agustin?

– Amanhã, vai chegar Maruska, uma colega, talvez traga a resposta...

– Esse avatar tem a ver com o Apocalipse?– indagou Olavo, deixando de lado o habitual mutismo com um olhar penetrante, inquisidor.

–Talvez – disse Agustin – eludindo Olavo com a destreza de um toureiro. E fitando Doreen, continuou: Maruska fala de três códices secretos não descobertos, com as letras sagradas mayas G, T e O. Se os acharmos, descobriremos tudo a respeito da Serpente Emplumada e do novo avatar.

– Há relação entre Kukulcán e o avatar? – indagou Olavo.

– Quase sempre há... a Serpente Emplumada é a forma simbólica do avatar.

Doreen teve ciúme de Maruska. Só então deu-se conta de seu interesse por Agustin. Ouvira muita gente falar da deífica Kukulcán. Se é que era mesmo uma deusa. Todos a sentiam de forma tão díspare, tão estranha e tão distante que a deixavam confusa.

– Mas... como é essa profecia maya? – quis saber Doreen.

– Não é simples – insistiu Agustin. A profecia de Pacal Votan poderá mudar, se nós também nos corrigirmos, como, por exemplo, se usarmos o calendário de Treze Luas...

– Há um calendário novo? – perguntou Olavo, interessado.

– Temos de adotar o novo calendário, se não estaremos descalibrados com a Terra, com o Sol e com a Galáxia. E, não iremos para a quarta dimensão...

– Isso é demais! – exclamou Doreen – vamos para a quarta dimensão?

– Você não leu *2012 – A Profecia Maya*? – perguntou Agustin.

– Mas se houver correções... será melhor sabermos a profecia definitiva – insistiu Doreen, evasiva.

– Foi bom você tocar no assunto. Uma profecia pode sofrer alterações, se houver mudanças entre causa e efeito. A Terra precisa limpar-se do lixo por nós deixado. A limpeza será feita pela meditação e por meios físicos. "A sujeira somos nós..." – como diria o Jean-Paul, não é?

– Sartre? – indagou Doreen, passando a língua pelos lábios secos pelo frio.

– Sim – disse Agustin – o autor de "o inferno são os outros"...

– Mas, e o calendário das Treze Luas, como é isso? – quis saber Olavo.

– Treze meses de vinte e oito dias cada um – devolveu Agustin.

– Treze meses de vinte e oito dias dá um ano de 364 dias, não é? – ironizou Olavo, sarcástico.

– O dia que falta está fora do tempo sendo usado para meditações e rituais.

–Um dia zero? Você diz calibrações, como é isso? – insistiu Olavo.

– Podemos dizer que é um dia de tempo zero. Nosso tempo está errado. Devemos nos calibrar, baseados no *Tzolkin*, o calendário sagrado: ou seja, os primeiros treze algarismos que simbolizam os treze *tons lunares*; e os vinte signos ou selos solares. Assim, estaremos calibrados na freqüência 13:20, de acordo com o novo calendário. E não, como agora, em 12:60, doze meses do ano; e os sessenta minutos de uma hora.

– E, se eu continuar calibrada em 12:60? – interrogou Doreen, sensual.

– Não irá para a quarta dimensão. Olhe, não se trata de escolha. A ordem já foi dada pela galáxia ao planeta. A Terra está calibrada em 13:20. Se a Terra for para a quarta dimensão de consciência, e você ficar na terceira dimensão... nem sei o que lhe poderá acontecer... viu como o mundo capitalista está ruindo? Quem acredita só no dinheiro, está com a saúde mental abalada...

O silêncio caiu sobre eles, tendo o salão de bilhar, ao fundo, como lindante. Após beber sôfrego o segundo cálice de *manzanilla*, revirando o cálice de cristal entre os dedos, Agustin despediu-se. Deixou o endereço nas pequenas e finas mãos de Doreen. Balançou os braços para Olavo, um gesto desorbitado, e saiu do café, intempestivamente. A saída teatral de Agustin pareceu-lhes uma fuga.

2

Pacal Votan, o herdeiro da Mãe Cósmica

29 de julho de 615, cinco horas da manhã (calendário Gregoriano).

Xibalanqué, 9.9.2.4.8. (calendário Maya).

O quetzal peregrino, ave sacral dos mayas, sobrevoava silencioso a urbe. Mirando-a do alto, o pássaro via templos, palácios e lares nobres, construídos com torres em declive, a característica do estilo arquitetônico de Palenque. Em priscas eras, a cidade parecia chinesa, toda pintada de vermelho vivo. Milhares de anos após, flutuava branca como uma brilhante nave, a vagar, em meio aos místicos vapores de nuvens, que a recobriam de denso mistério; tornando-a mais fincada ainda nas profundas e verdes florestas, que circundavam as terras encharcadas, ao norte das montanhas do Chiapas. Depois, o mergulho nas praias do Golfo do México. O tempo esbranquiçara-a.

Com apenas doze anos, Pacal Votan alçara-se ao cargo de rei-sacerdote da antiga Xibalanqué, nesse exato dia. Não fora fácil sua ascensão ao trono, após sua mãe – Senhora Zak-Kuk – ter abdicado em seu filho a coroa de Palenque. Havia muita desconfiança por parte da nobreza. Pacal era muito jovem para um trono de tanta responsabilidade, diziam. Além de não descender de linha paterna, como mandava a tradição.

Antes do ritual, tão logo o Sol nasceu, o adolescente quase rei subiu à Torre dos Ventos para meditar. Lá, vira o quetzal peregrino. Como trazia frutas na taleiga, prodigou o pássaro de sapotis. Assim se fizeram amigos. O futuro rei sabia o que representaria a ave em seu destino. O quetzal, adorado pela cor de jade das compridas penas, também intuíra o seu fado, mas tinha, no instante, fome voraz.

* * *

Agustin deixara o Tortoni e voltara à Avenida de Mayo, agora, em direção ao anoitecer. Desfrutava de ócio igual aos que deixavam o trabalho, ao final da tarde e penetravam os prazeres da vida. Pensava na Serpente Emplumada e na bela Doreen, nome a lhe percutir o ser como um badalar de sino. Raros sabiam da Serpente Emplumada, a deusa andrógina. Só os leitores de *The Plumed Serpent*, de David Herbert Lawrence, uma obra-prima, hoje esquecida.

"Kukulcán – *Lugar onde mora a Serpente* – dos mayas, diferia subtilmente da *Quetzalcoatl* dos astecas, fosse Serpente-Pássaro ou Dragão. A energia da deusa, porém, era a mesma. Cada qual devia adentrar tal dimensão em transe e com a consciência em estado totalmente transcendente.

"Os estímulos viriam, mas só com rituais" – pensava.

Preparara-se para um ritual em Chichen Itza. Daí, ter marcado um encontro com a russa Maruska Raskolnikov, que deixara seus estudos paranormais para abraçar os mitos mayas. A loira iria chegar às quatro da tarde. Dali vinte e quatro horas. Tempo bastante para que pudesse vagar sem rumo pelas *calles sufridas*. Seu coração saudava Buenos Aires. Amava errar pela cidade e meditar no Dragão da América. Sentia a Serpente Emplumada como nave-mãe holística a espargir outras deidades numinosas.

Os discípulos de Kukulcán hauriam os códices secretos, emanados dos sacerdotes, ao se prestarem a rituais profundos, em honra à deusa de plumas. Se quisessem entender a essência da profecia, tinham de perceber com o coração o idioma críptico do *Zuvuya*.

"O que me impede de atingir o estado mental propício a comunicar-me com a Serpente Emplumada?" – indagava-se.

Lera *2012 – A Profecia Maya* com emoção. Pacal Votan, o profeta, nascera em 26 de março de 603 e reinara por sessenta e sete anos, desde 29 de julho de 615 até sua morte, em 31 de agosto de 683 d.C., aos oitenta anos.

Agustin sempre soubera: a crença em Kukulcán, essência de toda a cultura mexicana era, no seu âmago, um processo mental para uma unificação mística. Assim, todos os rituais se tornavam ecumênicos, fossem mayas, fossem astecas. Mas, tinha dúvidas. Uma delas, sobre a chegada profética de Quetzalcoatl e seu retorno antes de 2012, para instaurar o portal para a Quarta Dimensão Cósmica. Sonhara até com parte de um texto antigo, escrito no idioma do *Zuvuya*, do qual traduzira um trecho: "só os espiritualmente fortes... do... para o quinto mundo". As palavras ausentes eram essenciais para sua melhor compreensão.

"Verbo que se fez homem e habitou entre nós", dos textos sagrados. "Quezalcoatl teria sido uma encarnação de Cristo? – Riu da própria pergunta.– "Auguste Le Plongeon teria razão ao afirmar que as últimas palavras de Cristo foram em maya: ***Heli, lamah zabac tani?*** (*Agora, funda-me na aurora de tua presença)*?"

Lera a explicação em Ignácio Duarte, autor de *Os Senhores do Homem*, a confirmar Le Plongeon acerca da última frase de Cristo. E James Churchward escrevera em *O Continente Perdido de Mu: "Jesus, após estudar no Egito, entre sacerdotes de Heliópolis, mudara-se para Caxemira e para a Índia, aprendendo neste país os ensinamentos de Buda"*. Lembrou-se que Ignácio Duarte dissera: "podemos comprovar que Jesus esteve por um longo tempo no

Himalaia. Por um texto existente no mosteiro de Hemis, em Leb (Caxemira), fronteiriço ao Tibete, obtivemos dados históricos autênticos, indubitáveis, que nos dão a conhecer onde e como Jesus aproveitou o tempo de sua ausência histórica. Diz o texto: "*Quando Jesus deixou sua terra natal, primeiro foi ao Egito, ali estudando a antiga religião Osiriana-Maya. Do Egito passou à Índia, onde esteve em muitas cidades, inclusive Benares e Laore, nas quais aprendeu os ensinamentos de Buda Gautama (que também estudara a religião maya), depois entrou para o mosteiro do Himalaia, no qual aprendeu diretamente o maya e suas ciências cósmicas. Ao final de doze anos, converteu-se em mestre.*"

O mistério da encarnação da Serpente Emplumada dos mayas e astecas residia em Teotihuacan, *Lugar onde os deuses tocaram a Terra*, e em Xochicalco, *Casa das Flores*. Teotihuacan foi a Roma americana. Xochicalco, nas montanhas do Estado de Guerrero, tida por xamãs como o *habitat* da Serpente Emplumada, foi fundada entre os séculos IX e X d.C. Era a fusão dos estilos arquitetônicos de Teotihuacan e das cidades clássicas mayas. De formas simples, Xochicalco nunca tivera a sofisticação das edificações de Palenque, mas acolheu as elites mayas e as de Teotihuacan, após o êxodo repentino das cidades da era clássica, entre 700 e 900 d.C. Um enigma até hoje.

Foi também em Xochicalco que renasceu a Serpente Emplumada, em 947 d.C., energia necessária ao desenvolvimento de Chichen Itza, no Yucatan. Deu-se ainda em Xochicalco, no século IX, um simpósio secreto de astrônomos. Neste simpósio, os mayas estiveram presentes, a convite dos astecas, e apelaram para os seus profundos conhecimentos estelares, a fim de solucionar o problema ali colocado por um eclipse solar.

Os astecas, a cada 52 anos, quando as Plêiades ocupavam o centro do céu, achavam que o mundo acabaria. Daí o simpósio. Nos baixos-relevos do templo principal de Xochicalco, vê-se uma misteriosa deidade de pedra devorando o Sol. No simpósio ficara acertado que todos teriam de deixar as suas cidades, se quisessem sobreviver. Assim, voltaram ao nomadismo. Como não acreditaram nos sábios mayas, os astecas foram trucidados pelos espanhóis.

"Como sabiam os mayas que tais civilizações desapareceriam? Que forma tivera o apocalipse? Seca prolongada? Chuvas torrenciais? Ordens da galáxia? Os novos códices seriam a resposta a tais perguntas? E a presença da Serpente Emplumada nisso tudo? Como será em 2012?"– perguntava-se, Agustin, ansioso.

Desconfiava que Kukulcán era mais que simples deidade. Não pressentia dela emanar a energia de uma só deusa. Pelo contrário. Parecia-lhe uma estrutura mental complexa: mítica e mística, ao mesmo tempo, uma constelação de deuses ecumênicos, cuja presença parecia estar em toda parte na vida mesoamericana.

Esse panteão animava a vida de astecas e de mayas. Astronomia, artes, religião, calendários, costumes, tudo sob influência de Kukulcán, o Dragão da América. A ciência maya apontava Kukulcán como um avatar do porte de Moisés, e até de Cristo ou de Buda. A Serpente Emplumada fora ligada, cosmicamente, às estrelas da Manhã e da Tarde, ambas, na verdade, o Planeta Vênus, calibrador dos calendários mayas e responsável pela data de 3113. Este número palíndromo fazia do 13 a base de toda a numerologia maya. Agustin via o número 3.113 como um 13 visto ao espelho, já que 31 era seu inverso. Nessa data nascera Vênus.

A primeira profecia maya previu a chegada de Cortés, em 1519. Hernán Cortés aportou no México, no dia 1 Reed, ano 1 Reed, no calendário asteca, uma sexta-feira santa, no calendário Gregoriano. E, realmente, assim aconteceu.

Uma lenda asteca, manipulada pelos espanhóis para justificar o genocídio da conquista cristã, dizia que Quetzalcoatl, era nome de um governante, segundo as crônicas espanholas e astecas do século XVI. Este governante distinguiu-se por seus dotes sacerdotais e sabedoria. Não cria em sacrifícios humanos, preferindo imolar pássaros e borboletas.

Quetzalcoatl ficou mais conhecido pela data de seu aniversário: 1 Reed. O glifo 1 Reed (*Ce Acatl*) esteve sempre presente em todas as representações da arte asteca. E se opunha a todas as facções guerreiras em Tula, lideradas por Tezcatlipoca, deus da Guerra e da Noite, deidade de aspecto felino. Tezcatlipoca, literalmente "Espelho que Fuma", era detentor da habilidade de enxergar para além do mundo visível.

Tezcatlipoca liderou Quetzalcoatl e uma legião de seguidores, depois que Quetzalcoatl pecou – bebeu pulque demais e fez amor com a deusa da natureza e do amor – Xochiquetzal (Pássaro Florido). Quetzalcoatl, após pecar, erigiu uma pira funeral, ao alcançar a costa, e meteu-se dentro. Antes, vaticinou o seu retorno no dia 1 Reed, para reaver seu trono. No dia 1 Reed, Cortés chegou ao México. Outro vaticínio havia para 2012. Neste, a presença da Serpente Emplumada era essencial para os primórdios do Terceiro Milênio. Agustin queria saber o porquê.

Andava ao acaso pela Avenida de Mayo. Sem notar que retornara à Casa Rosada, centro do poder argentino. Guardas vigiavam a República. Sentiu aquele mundo prestes a ruir. Um sorriso amarelo riscou-lhe a face. Será que se salvaria, quando chegasse 2012 e o portal se abrisse? Os códices trariam nova ordem ao novo milênio?

A ansiedade de Agustin aumentava a cada passo. A avenida parecia-lhe sem fim. Seu final estaria tão próximo, que nem conseguia vislumbrá-lo? Enquanto vagava, viera-lhe à mente os versos de Borges: *Las calles de Buenos Aires/ ya son mi entraña/ No las ávidas calles,/ incómodas de turba e de ajetreo,/ sino las calles desganadas del barrio,/ casi invisibles de habituales / enternecidas de penumbra y de ocaso...* Borges estava vivo, mas vivia numa dimensão encantada.

Parou um *remisse*, os taxis criados pelo desemprego global, e foi dormir. Devia estar cedo no aeroporto. Rever a empedernida, de lindas pernas, lembrava, com saudade. Tinha na cabeça duas loiras, duas lobas para turbar sua solidão. Uma, delgada, racional e fria; outra, de carne voluptuosa, seios à frente, tentando espetar o mundo com seus róseos mamilos.

Naquela noite o sonho de Agustin fora revelador. Kukulcán lhe segredara as grandes verdades da civilização maya. Enviara-lhe *Ahau Kin*, o Senhor Solar, um emissário da Quinta Dimensão. Vestido de sacerdote, grande toucado à cabeça, tendo na mão o escudo de Pacal Votan, *Ahau Kin* parecia um holograma.

– *In lake'ch* (Eu sou um outro você) – disse, saudando-o, à maneira maya.

Agustin respondia também como um maya. A estranha figura indicou-lhe a Serpente Emplumada, que jazia enrolada em um bastonete na mão direita, além de o quetzal, a coroar-lhe o bizarro toucado. Agustin fez uma reverência ridícula.

– Vim sacudi-lo de seu torpor materialista – disse *Ahau Kin* – Acorda! Não há mais por que esperar, o tempo da terceira dimensão se repete e se esgota...

Agustin virou-se, como se levantasse, mas emborcou no travesseiro. Com as pálpebras pesadas, em hipnose. Uma luz, vinda de lugar algum, iluminava todo o quarto, aquecendo-o. Imagens passavam ante seus olhos e se repetiam, porque findara o tempo da terceira dimensão, e a Terra seguia para a quarta.

Por isso, tantos fatos repetitivos, fazendo da vida uma rotina sem sentido. A Terra, a enorme Babel, ainda via a luta entre árabes e judeus, no Oriente Médio, tão antiga quanto o mundo. A divisão revivida entre sérvios, croatas e islamitas na Bósnia, ex-Iugoslávia, cada vez mais a exacerbar as questões tribais.

A Checoslováquia novamente repartida: eslovacos, de um lado;

checos, de outro. O novo mapa da Rússia, ao deixar de ser a URSS. Libertando países que antes tanto torturou, sob ditadura implacável. Tudo retornava, como um pesadelo. As questões tribais na África, ampliando à miséria milenária de crianças a morrer de fome, exânimes. Suicídio de índios no Brasil, ao se sentirem no mundo caótico e sem sentido em que viviam. A mesma questão entre os aborígenes australianos, não mais se reproduzindo para que a raça findasse, tudo graças à insensatez do mundo, onde só o dinheiro contava, tornando-se a maldição dos seres humanos.

– Deve lembrar-se: a História está morta – prosseguiu *Ahau Kin*. A história, modelada pela radiação galáctica, emanada de *Hunabku*, energia-mãe que vive a comandar a Terra, através do Sol, nos últimos 5.125 anos já renovou suas ordens para que o portal do novo ciclo se abra em 2012. Esqueceu-se de que a cultura terráquea sempre seguiu períodos galácticos, código que nos foi ensinado pelos *Nove Senhores do Tempo*? E continuou:

– Você perdeu contato com *Hunabku*, mas poderá conectar-se, a qualquer momento, com a energia da radiação emanada do centro da galáxia. Só assim irá despertar para a mente real, a mente superior, a mente mais profunda. Lembre-se sempre: a Terra, o Sol, a Via Láctea e o Universo têm vida e são inteligentes. Não são aparelhos mecânicos ou digitais. Estão vivos. Deve conectá-los!

Agustin acordou sedento. Olhou em derredor. Nada. Ninguém. Quem era *Ahau Kin*? Tentou, sem conseguir, dormir de novo. Levantou-se para o café. Não era insônia o que sentia, mas uma doída e profunda lucidez. Como se fosse um filme, repassou todas as cenas sobre os mayas, pesquisas em Chichen Itza, Uxmal, Mayapan e Palenque. Só esta última fora clássica; as demais, mayas e toltecas simultaneamente, nascidas após o êxodo clássico, e a conseqüente invasão das cidades mayas pelos toltecas. Invasores e invadidos instauraram uma civilização mista no Yucatan.

E misturaram as raças e a arquitetura.

Lembrou-se do alemão Günther Schielen, arqueoastrônomo, ciência que analisa o céu das eras primevas, a dizer-lhe que nenhuma outra civilização antes abordara a radiação galáctica como os mayas. A ciência só recentemente provara a influência de radiações que singram a galáxia:

– O Sol nasceu assim – dissera Günther – a onda de densidade provocou a ignição da estrela gigante, e bum! Fez-se o Sol! E descrevia essas radiações, que atravessam a galáxia, como *ondas de densidade*.

– Ao varrê-la, influenciam em sua evolução. O núcleo da galáxia – *Hunabku*, o deus dos mayas – é um organismo envolvido no seu próprio desenvolvimento. Há, pois, uma dinâmica auto-organizadora na galáxia, ou seja, a galáxia vive em permanente expansão. E o simples nascer de uma estrela faz parte da epigenia galáctica. O Sol é ativado pela dinâmica governada pelo núcleo galáctico.

"Será que após a ignição, Sol e galáxia seguiram sós? Até que ponto irá a dinâmica galáctica do Sol e dos planetas?"– Agustin se inquiria, quando o celular tocou. Ele atendeu de má vontade:

– Olá!

– Aqui, é o Günther. Como vai, Agustin? Já soube dos códices?...

– Os códices... ah! Sim... estava pensando em você, que coincidência...

– Isso não existe, Agustin. Você vai a Palenque?

– Não, vou a Chichen Itza com...

– Chichen Itza? Não será Palenque, Agustin? Você e quem mais?

– A Ma..., deixe estar... Por que Palenque? Como soube dos códices?

– Não se fala em outra coisa. Há mulher nessa história, não é,

Agustin?

– Bem, sim, Günther. Uma arqueóloga minha amiga...

– Amiga?!... (Agustin percebeu malícia na voz do amigo).

– Não é o que você está pensando... mas já que ligou, pode me ajudar...

– Diga lá, Agustin, qual é a dúvida?

– As radiações da galáxia estão comprometidas com a evolução da vida?

– Sim. As radiações de densidade vêm-se espalhando pela galáxia nos quatro bilhões e meio de anos de existência do Sol. Toda a vez que o atravessam, alteram sua dinâmica e a energia radiante que banha a Terra...

– Sofremos, então a influência de *Hunabku*, como diziam os mayas?

– Isso mesmo, Agustin. Você deve refletir sobre isso: uma simples folha de plátano é formatada pela galáxia, através do Sol; não só pela seleção natural do meio ambiente da Terra, mas, principalmente, pela ação da galáxia e do Sol como um todo. Tem mais: há novas teorias de que o Sol é o responsável até pelo nosso caráter. Não exatamente na data do nosso nascimento, como quer a astrologia, mas na concepção, quando ainda somos um simples feto...

– Mas, isso é demais, Günther! Haverá explicações nos códices?...

– Talvez, Agustin. Os mayas já sabiam disso, com certeza...

– Günther, já ia me esquecendo, como vai Nakin e seu filho, Kin?

– Nakin vai bem. O Kin está com um ano. E você quando vai a Palenque?...

– Não sei, depende de Maruska... por que Palenque, Günther?

– Ah, o nome dela é Maruska? Palenque?... mero palpite. Até logo, Agustin.

– Até, Günther. Lembranças a Nakin... beijos no Kin...

3=...

A Cidade Vermelha

Palenque, 25 de agosto, sete horas da manhã.

3, Lua Escorpião Lunar, Mago Solar Branco – kin 74: "Com o tom solar do intento, sou guiado pelo poder do coração."

Eric Miller banhava-se na *Borboleta*, uma piscina natural de Palenque. Magro, pernas finas e alongadas, como uma garça, tinha um olhar triste, a dar-lhe o falso aspecto de fragilidade. Ledo engano. A chapinhar as águas, que escorriam por milênios, perguntava-se por que a cidade se chamava vermelha?

Sabia que o vermelho de Palenque se devia aos pontos cardeais. Para os mayas, o Norte era branco; o Sul, preto; o Oeste, amarelo; o Leste, vermelho. Como Xibalanqué fora erigida a leste do império, era a Cidade Vermelha. Porém, não era bem assim. O jovem espeleólogo soubera que o vermelho fora mesmo a cor da cidade. A ação do tempo e a invasão da selva a descorara, após milênios, quando seu povo, sem qualquer razão, abandonou-a em 799 da era cristã.

A antiga urbe fora sempre cercada de quedas d'água que, ao descer dos contrafortes das montanhas de Chiapas, formavam várias cachoeiras. Além dos rios Otolum e Motiepa. O Otolum desaguava na *Borboleta*. Depois, as águas se iam em catadupas para o sul, criando a cascata do *Guarda-Chuva.* Antigamente, corriam em subterrâneos artificiais, erigidos pelos geniais construtores, suprindo o aqueduto do Palácio Real, abastecendo-o. O Motiepa despejava suas águas na piscina de Pacal, onde o rei banhara-se em priscos tempos.

Eric sentia haver uma conexão entre Pacal e Kukulcán. Por isso, julgava o rei uma manifestação da Serpente Emplumada, daí o nome Votan, outro nome de Kukulcán. Se voltara às Plêiades, de onde viera, fora para dizer aos mayas de lá, os mayas galácticos, que os seres da Terra estavam prontos para a nova radiação de 2012. Só, então, o portal se abriria para a nova Era.

* * *

O quetzal pousara no cimo mais alto do colar de montanhas. Esta massa de terra dividia Palenque, a menos de mil metros, de Tonina, a três mil metros de altitude. Fizera-o em cima de um dos últimos penhascos, a destacar-se como a pedra principal do maciço de morros e colinas, a coroar a região de guerrilhas de Chiapas. Outrora, este fora o domínio de *El diablo*, apodo dado ao comandante Nuno, tido por morto, após a última refrega contra forças ocultas, havia pouco mais de um ano. Jamais se soubera quem o matou. Se é que o tinham matado.

Eric ouvira do irmão – Leopoldo – tudo sobre *El diablo*. Seu instante final: caído a sangrar; jornais a cobrir-lhe o corpo exangue. Vira-o assim, ao passar para tomar o helicóptero, que o levaria cativo ao aeroporto da Cidade do México. E, daí, de volta ao Brasil. Tudo acontecera sem que os cientistas sequer soubessem por que estavam sendo deportados, nem quais forças coercitivas intervinham tão rude e brutalmente contra aqueles estudiosos da profecia de Pacal, o Grande.

* * *

O quetzal permanecia pousado no cume mais alto do colar de colinas. Inerte, como uma rocha, recortava o seu perfil de ave sacral contra o confim crepuscular de cujo epicentro dourado provinha o Sol. O astro moldava as prateleiras de cores e sombras do colo das colinas, ao deitar-se rubro no horizonte da cidade. A ave sagrada tornara-se tempo. Os mayas viviam naquelas terras havia milhares de anos.

A civilização ali renascida viera de algum canto do mundo, quiçá da terra de Mu ou da Atlântida, talvez das Plêiades. Seriam ainda simultaneamente cósmicos e terráqueos. Alguns criam provir do umbigo do mundo, sendo talvez primos dos sumérios. Tudo isso porque no século III d.C. inventaram o zero, daí o respeito dos cientistas por esses fundadores da mais sofisticada civilização da Terra.

Eric Miller sabia que em 1840, a equipe arqueológica de John Stephens e Frederick Catherwood registrara suas viagens pelo Yucatan e América Central. O resultado surpreendera o mundo. Traziam o suspense da descoberta de uma raça perdida e muita fantasia. Escritores-exploradores do século XIX, como o abade Charles Brasseur de Bourborg e Lorde Kingsborough e, notadamente, Auguste Le Plongeon, começaram a relacionar a civilização maya aos egípcios e atlantes. Entre outros, James Churchward e Lewis Spencer que, ensejaram uma relação entre os mayas e os lemurianos, devido às ruínas e aos hieróglifos encontrados.

* * *

O quetzal esperava que Pacal viesse dar-lhe uma fruta, o sapoti ou o cacau silvestre, e coçar-lhe a cauda de jade. A sapota, árvore do sapoti, produz um látex de quinze por cento de borracha, que dá o chiclete. Os mayas mascavam chiclete, além de beberem chocolate, bebida por eles inventada. O sapoti tem baga parda, carnosa, dulcíssima. O quetzal amava o sapoti, mas com uma fome voraz muito o aprazia se o amo lhe prodigasse o fruto do *cacauha*.

Era a única ave peregrina no Chiapas. Tinha paradeiro na Guatemala, onde jazia até nas armas da República. Pássaro solitário, sumido em Palenque, longe do seu *habitat* natural, espreitava Pacal para fruir da fruta carnuda e sumarenta, guloseima que os macacos-prego destruíam, com os dentes, antes de maturar.

O quetzal parava entre ruínas: Palenque, Bonampak, Yaxchilan, Piedras Negras, voando sobre o rio Usumacinta e tributários, além do Grijalva e as terras altas do Chiapas. Ansiava vorazmente por todos os frutos da região. No seu intuir de pássaro não saberia por que gostava mais do sapoti e do cacau, quando dados pelo amo – o rei Pacal de Palenque.

* * *

"Se não tiver espírito forte..." – dizia a frase encimando a caixa de madeira. Neste ponto, a caixa descoberta no Templo do Sol, fora raspada. Quem será que esconderia informes de um códice talvez ali contido?

Eric jamais saberia. Achara a caixa sem-querer no Templo do Sol, a oeste da praça central, perto do Palácio Real, ao pé de uma colina. Havia outras edificações ali circunscritas: o Templo da Cruz, o da Cruz Florida, e pirâmides inexploradas, típicas da arquitetura de Palenque.

Ao entrar no templo, notou nos pilares do pórtico hieróglifos e figuras humanas modeladas em estuque. Aliás, como em quase todo prédio da cidade. Viu que o Templo do Sol representava a ascensão de Chan-Bahlum ou *Serpente-Jaguar*, filho de Pacal, como lhe dissera o irmão. Viu o signo do *Sol-Jaguar* bem ao centro do escudo esférico, no qual duas lanças se cruzavam, terminando por pousar no santuário, sustentado por dois atlantes. Do lado direito, Chan-Bahlum, um *Ahau Kin* – Senhor Solar – em ofertório, na própria data de sua ascensão ao trono: 10 de janeiro de 684, ou seja 9.12.11.12.10. (calendário Maya), depois de uma cerimônia de dez dias.

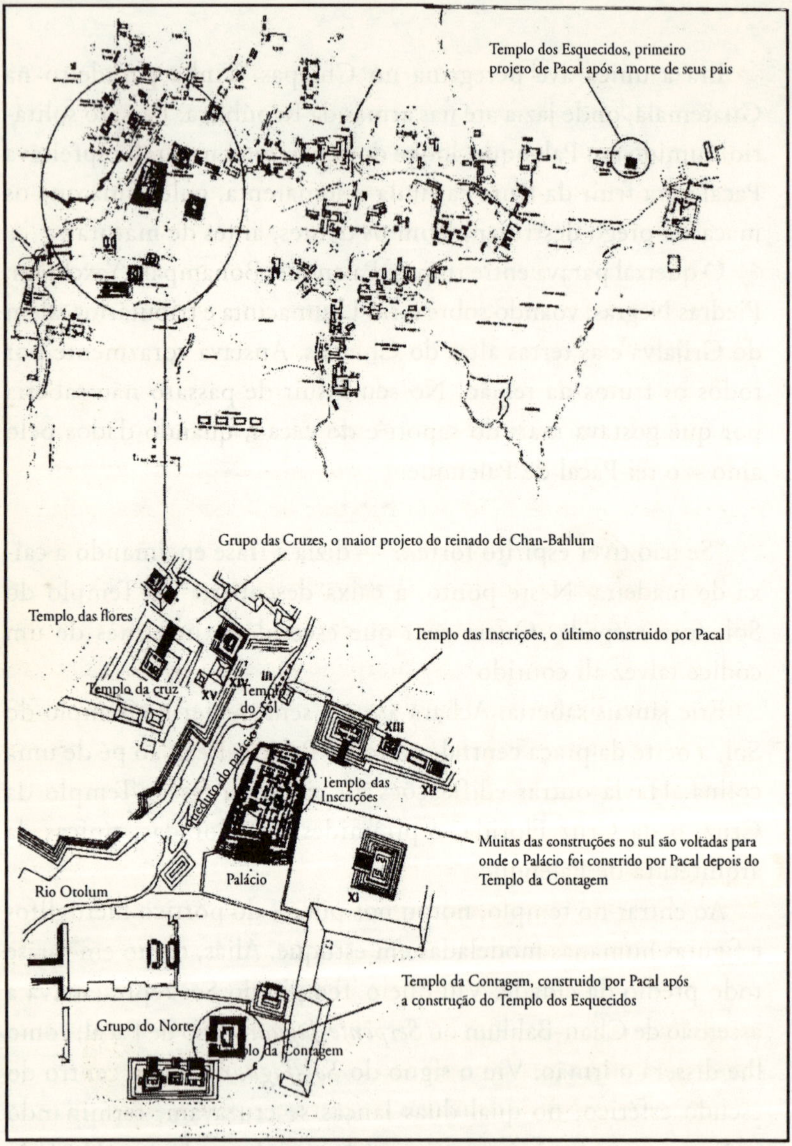

Planta de Palenque

Assim diziam os hieróglifos a emoldurar o retábulo. A muito custo, Eric os traduziu. Só o conseguindo, graças às leituras dos livros do irmão. Do lado oposto, Pacal com o cetro real quadripartido, símbolo da divisão quadripartida do mundo maya. Mirou nos olhos do Sol-Jaguar, inscrito no escudo, em cima do trono. Em ambos a forma espiralada, símbolo da letra G, cujo som e forma tinham origem maya. O G sempre fora o símbolo da Via Láctea, mesmo se desenhada ao revés. Eric soube então que os sacerdotes de Palenque adoravam a G sagrada. E que os olhos do Sol eram também os da galáxia.

Tocou com cuidado os olhos do Sol-Jaguar. As lanças uniram-se, revelando um nicho secreto. A surpresa paralisou-o. Custou a aprumar-se. Um vento gelado provinha daquelas entranhas pétreas. Arrepiou-se. Não pelo frio que de lá vinha, mas pela expectativa de que algo misterioso estava por vir, fazendo-o tremer.

Percebeu a caixa dourada na reentrância da parede. O códice devia estar lá dentro, mas a caixa era lisa, sem saliência. Totalmente lisa. Como abri-la? Na tampa, o mesmo ícone do altar do templo: duas figuras sacerdotais de perfil, como nas figuras egípcias, a estender as mãos em ofertório: *a energia só virá até nós em espiral, a forma da Via Láctea, de que nós, seres da Terra, dependemos.*

Segundo os glifos, na lateral da caixa, o sábio maya Pacal Votan, *Escudo-Serpente*, escrevera o conteúdo da caixa, fosse o que fosse. Eric assim traduzira, apesar de seus parcos conhecimentos do idioma maya clássico. Os demais glifos eram arcaicos, talvez litúrgicos, na língua críptica do *Zuvuya*. Eric adentrava, no instante, o idioma secreto e sagrado dos mayas.

Leopoldo dissera: "os mayas definiram à perfeição ao chamar o idioma de YAK'; palavra que invertida se transformava em K'AY, e significava *canto*". Os lingüistas chegaram à mesma conclusão: o ser humano aprendia a falar cantando.

"Rara unanimidade" – pensou.

Havia muito texto ainda para traduzir. Eric sabia disso. Seu irmão lhe falara de Maruska e de seu amigo, Agustin, raro decifrador da língua maya. Banhava-se na *Borboleta* bem cedo para energizar-se ao Sol. E pensava. Em Palenque talvez estivesse também o Códice T, outra letra de origem maya, a T da árvore sagrada ou T do mundo, de onde vinha a Humanidade. Eric percebera que a ciência maya não se apartava da religião. Viu-as sempre amalgamadas, como uma só unidade espiritual. Aliás, como devia ser, pois religião, em latim, queria dizer *religare*, ou ligar de novo.

A importância da T sagrada fora ter sido adorada no palácio de Pacal, onde vivera, no século VII, o profeta. Na tampa do seu sarcófago a figura parecia viajar em uma nave com a forma da T sagrada. Para os mayas, o nascer mitológico da Humanidade provinha da árvore sagrada. E a letra T simbolizava a árvore original. Por isso em maya Árvore Sagrada, *Yaxché*, queria dizer Primeira Árvore. *Yaxché* era ainda a seiva. E a seiva, o símbolo da Árvore Sagrada.

Eric Miller sabia da importância da recém-descoberta. Mas queria estar no Peten, atrás do tesouro de Moctezuma. Trouxera até obras de cronistas da época. Uma delas trazia minúcias sobre o tesouro do lendário imperador asteca, segredo guardado por milênios. Por isso, Eric ansiava por notícias de Maruska, a amiga do irmão, sobre códices perdidos na floresta do Peten. Só assim poderia pretextar uma incursão ao tesouro perdido. Repetia a mesma *mis-en-scène* de Cortés, havia mais de quatro séculos.

Lera em crônica do século XVII que, após conquistar o México, em 1524, Cortés se embrenhara na selva do Peten para atingir as Honduras Britânicas. Preferira assim o caminho mais difícil, por terra, em vez da via marítima, bem mais rápida e cômoda. Opção estranha.

Como constava dos autos, Cortés devia surpreender e punir um díscolo – o capitão Cristobal de Ollid – mas almejava mesmo era o tesouro de Moctezuma, que diziam estar esconso em uma das inúmeras cavernas da região do Peten. O eterno aventureiro espanhol sempre se apaixonara por terras ignotas. Depois de conquistar os astecas, a vida retornara à pasmaceira insípida da rotina. Some-se a isso, o desconforto dos maçantes e inumeráveis problemas de gerir um império tão grandioso quanto o México. Cortés queria livrar-se de tais encargos. O desafio de invadir uma terra hostil, quase impenetrável, pantanosa, mergulhada em densa selva de lagoas insalubres, de rios largos e de poderosas correntezas, animara-o. A viagem durou dois anos. Uma epopéia de dois mil e quinhentos quilômetros, dos quais oitocentos através de floresta virgem.

Eric lia e relia essa epopéia que jazia agora na história dos grandes feitos dos exploradores espanhóis. A expedição de cento e quarenta soldados, tinha noventa e três cavaleiros, três mil índios mexicanos, cento e cinqüenta cavalos e varas de novecentos e sessenta porcos, além de pequena artilharia, munições e mantimentos. A presença de muitas varas de porcos era normal nas expedições. Os suínos comiam qualquer coisa e poucos homens bastavam para os vigiar. Eram toneladas de carne fresca a garantir a sobrevivência do pequeno exército. Apesar dos cuidados, tornou-se marcha de famélicos. Houve canibalismo entre os índios. É provável que também entre os espanhóis.

Cortés levava Cuauhtémoc na louca epopéia. O príncipe asteca assumira o trono com a morte do tio – Moctezuma – depois que este imperador fora lapidado pelo próprio povo, por submissão e servilismo dos invasores. Após a morte do tio, Cuauhtémoc retomou a luta armada, mas era já tarde.

Cortés dominou a revolta, mas não o cominou. Ao contrário, admirou-lhe a coragem e acabou por se tornar seu amigo. Cuauhtémoc teria contado a Cortés sobre o tesouro, até para aplacar-lhe a ira, já que restara certa hostilidade entre os dois.

Desde o início, houve revoltas entre seus integrantes, o que irritou Cortés. Certo dia, sem provas, Cortés acusou Cuauhtémoc de alta traição e o condenou à forca. Não devia ter escarmentado o príncipe com tão severa pena. Este fato fora sempre obscuro. A história jamais revelou as razões. Nem as que fizeram Cortés levar o príncipe nem as que o condenaram à morte. Assim, Cortés jamais pôs as mãos no tesouro de Moctezuma.

Eric também ouvira lendas da existência do tesouro escondido no Peten. Mitos que corriam de boca em boca entre as nações indígenas, ao nordeste da Guatemala. Só este fato justificaria a odisséia fracassada de Cortés ao Peten. Ao chegar às Honduras, Ollid já fora justiçado. Cortés, então, retornou à Espanha, fraco pelo impaludismo adquirido na selva do Peten. E morreu, em Madri, para onde fora obrigado a voltar.

A prova da existência do tesouro de Moctezuma deveu-se a um caso ainda mais obscuro, ocorrido no século XIX. Eric lera: "Alguns índios do Peten haviam se instalado, em 1846, em uma aldeia das Honduras Britânicas, hoje Belize, entre o Peten e o Yucatan. Os índios diziam ter fugido de uma guerra contra uma tribo vizinha. Depois de três meses, queimaram e pilharam a aldeia, antes da fuga e o retorno à floresta natal. A patrulha, lançada no encalço, os alcançou quatro dias mais tarde, junto à lagoa de Yaloch. Os índios, então, propuseram aos vinte e cinco soldados mestiços e ao oficial italiano, que os comandava, um negócio: deixariam suas famílias como reféns, por oito dias; tempo suficiente, para irem buscar ouro e, assim, comprarem a liberdade. Negócio fechado. Sete dias após, voltaram carregados com vinte e seis barras cilíndricas de ouro, com desenhos de uma cabeça de águia e hieróglifos. O selo do imperador Moctezuma? Os índios, assim diziam."

Eric tinha certeza que os mayas sabiam da existência do tesouro esconso em uma furna, talvez em um lago do Peten. Por isso, quisera sempre trabalhar perto de cavernas. Sendo espeleólogo, saberia safar-se de armadilhas ali postas pela própria natureza. Ansiava por notícias de Maruska. A empedernida vinha a Palenque, em busca do códice G, conforme lhe dissera por *e-mail*. O *codex* talvez estivesse ali, na caixa lisa que lhe ardia as mãos e o perturbava.

Naquele instante, estava longe do Peten. Só havia uma solução: esperar a chegada de Maruska e Agustin, o tradutor, abrir a caixa e decifrar o conteúdo. Resolvera banhar-se na cachoeira. Quem sabe, assim, refrescasse as idéias e espantasse o medo que sentira ao encontrar a misteriosa caixa lisa.

* * *

No dia combinado, Maruska desembarcou no Ezeiza e nada de Agustin. Os atrasos habituais do argentino a deixavam mal-humorada. Agustin vivia atrasado. Desde os tempos de universidade fora assim. Além disso, poucos meses antes da formatura, bandeara-se para o curso de etnologia. Especializou-se em raças e dialetos mayas. Notadamente *yucateca* e *cholan*; além do *nahua*, a língua asteca.

A sorte de Maruska fora encontrar no vôo Hans Berg, o doce velhinho, seu professor de pós-graduação na Universidade de Berlim. Hans ficara muito tempo desaparecido, depois de aventuras em Palenque. Frans, preocupara-se. Nunca mais vira o pai. Diziam que se tornara um iluminado e até que se transformara em luz, segundo os exagerados.

Certo dia chegou carta de Hans. Frans alegrou-se. O pai deixara de ensinar e tornara-se um xamã. Aprendera o esoterismo maya e descobrira a profecia de Pacal Votan para 2012. Depois, andou pelo mundo ensinando discípulos a atingir a iluminação. Acabava de descer no Ezeiza para encontrar o filho, professor de História em duas faculdades argentinas. A mulher de Frans – Luara

– dera à luz a gêmeos: Frans Berg Jr. e Hans Berg II. Hans viera conhecer os netos.

Afinal, Maruska viu Agustin correndo confuso no meio do povo. Esbarrava aqui e ali nos viajantes. Estes sentados em suas bagagens, esperavam os aviões, mantendo bom-humor e paciência, diante das longas demoras. Ao vê-la, Agustin correu ao seu encontro, quase derrubando Hans, que, porém, conseguiu eludir-se a tempo.

Maruska e Agustin ficaram com os corpos unidos por longo tempo. Ambos carentes, solitários e tristes. A loira tentou desatar-se. Ele a comprimiu com mais força, fazendo-a corar. Agustin colara no corpo de Maruska. Ambos com o desejo em brasa. Hans observava com o olhar complacente dos sábios. Sabia o que era solidão, desde a morte de sua Sara.

– Então, Maruska – sussurrou Agustin, ainda trêmulo – está tudo bem?

– Sim – disse a loira, disfarçando. Leu o meu *e-mail* sobre os códices?

– Claro. Estou curiosíssimo! – respondeu Agustin aflito, descolando-se aos poucos do corpo esguio e fremente de Maruska.

– Quero lhe apresentar o professor Hans – disse a loira, ainda sem graça.

– Prazer – disse Agustin – reconhecendo o velho que quase atropelara.

– Não sou mais professor de nada – cortou Hans. Só aprendiz de feiticeiro maya... mero aluno, diga-se. Mas gostaria de saber sobre os códices...

– O professor Hans foi coordenador da minha tese sobre profecias mayas. É um especialista no esoterismo maya – explicou Maruska, de pernas moles.

– Que bom! – exclamou Agustin, ainda adusto pelo desejo.

– Quero lhe dar o endereço onde vou ficar, Maruska. Preciso

conhecer os novos códices. Olhe, aqui tem o endereço, é o do meu filho... no centro...

– Está bem... eu telefono se... se tivermos novidades – despistou Maruska.

As pessoas se engalfinhavam no Ezeiza. Os carros atropelavam-se no afã de ocupar o exíguo espaço ao redor do aeroporto. Hans buscava um taxi para ir ao centro, onde agora viviam os seus gorduchos netos.

4=....

Quetzal, o pássaro sagrado

9.10.2.6.6.

Ano 635 (calendário Gregoriano), quatro horas da tarde.

O quetzal esperava paciente a vinda de Pacal Votan. A cada minuto atitava a clamar o amo. O encontro, um ritual. Pacal subia os quatro níveis da Torre dos Ventos, ofertando sumarentas e apetitosas frutas à ave sagrada. O pássaro, em gratidão, deixava o sacerdote enfiar, com toda a potestade, os dedos curtos entre suas penas; santa mão a comburir suas plumas e a coçar a longa cauda de duas penas cor de jade, agrado que só a si própria a ave prodigava.

Depois, *Etznab*, nome dado pelo amo, sobrevoaria as cúpulas dos templos, preferindo sempre a do Templo das Inscrições, o último erigido pelo rei, antes de tornar-se luz. Ali, o profeta deixara o seu s*arcophagus* em cripta secreta que o arqueólogo Alberto R. Lhuillier descobrira e anotara: "No dia 15 de junho de 1952 (...) Eu estava numa cripta espaçosa, que parecia talhada em gelo, pois tinha paredes cobertas por uma capa calcária lustrosa e numerosas estalactites, que pendiam das abóbadas como cortinas, e as grandes estalagmites suscitavam a impressão de enormes círios."

O cume do Templo das Inscrições era o seu predileto. *Etznab* não sabia o que o seu nome queria dizer, mas aceitara-o. Sabia que o amo só lhe queria bem e, assim, *Etznab*, fosse o que fosse, só podia ser um bom nome. O que teria Pacal pensado ao dar o nome de *sala de espelhos* ou *padrão do tempo nulo* a uma ave?

Etznab era o *tempo nulo* que especulava ante toda a natureza. E a *sala de espelhos* do tempo, na qual todos se miravam. Pousara no cimo do templo. Havia ali energia despercebida em outros edifícios da urbe. Ali, a ave via a homogênea arquitetura. Palenque era o seu território; seu paradeiro, Tonina. Longe dos vivos e dos mortos.

A cidade silenciara, como se Pacal a tivesse esvaziado para um ritual na floresta. De onde estava, o quetzal não divisava qualquer ser vivo. A ave sagrada tinha, entretanto, a paciência própria dos pássaros. E fome de frutos voraz, mas não peremptória. Se quisesse, voaria à primeira sapota e desfrutaria da frugal carnidade do sapoti. Ou pousaria no próximo cacaueiro, para o desfrute do mel do *kakauha*, a doce calda do cacau. Em sua intuição de ave, mais doce era a fruta, quando ofertada pelas mãos puras do profeta.

Se soubesse dos costumes mayas, intuiria que estavam no *uayeb*, os cinco dias aziagos do fim do ano. O calendário civil dos mayas clássicos – o *Haab* – tinha dezoito meses de vinte dias cada um, perfazendo os 360 dias; e mais o mês torto de cinco dias, o *uayeb*, *a cama do ano*.

Dias antes, Votan terminara a profecia que mais tarde seria o Códice T. O sacerdote deixara indícios para que só eleitos o encontrassem, na hora propícia. Escrevera na casca da *baalché*, a árvore sagrada, com a qual também se fazia a bebida sacral dos rituais. A *baalché* tinha composição insólita, ao virar beberagem: água e mel silvestre fermentado, misturados à casca tóxica macerada. Os mayas se embebedavam nos rituais com esta bebida bizarra e enjoativa. Na mata do Chiapas, a *baalché* crescia em estado selvagem. As cascas eram recolhidas com pompas, bem como o mel silvestre. O mel acelerava a fermentação.

* * *

Pelo colar das montanhas vulcânicas do Chiapas a notícia se espalhara de clã em clã. *El diablo* fora visto próximo a Palenque, no primeiro dia de setembro; data de um eclipse solar. *El diablo* estava vivo, se o boato, em sua escorrência pelas serras, fosse verdadeiro. O povo dali estava escarmentado com a pobreza que lhe caíra como destino. Daí, respeitar o rebelde que o ajudara a transformar o seu fado miserável em outro mais humano, mais cósmico. Os que o conheciam, sabiam de sua alma avezada às traições políticas, o suficiente para não mostrar qualquer turbação. Fora caçado como fera e ferido mortalmente. Tudo acontecera em Chichen Itza, por isso havia a desconfiança de tratar-se de boato, já que agora fora visto em Palenque, local bem mais distante. Os inimigos nem sequer lhe confirmaram a morte, de tanto que sangrava por debaixo do jornal mentiroso com a manchete: *PAZ NO CHIAPAS*.

Os helicópteros raptaram os cientistas em Chichen Itza e os levaram para a Cidade do México, indevidamente. Não fora o governo que os deportara para seus países, mas sim a entidade sem nome. Havia ali uma guerra não-declarada entre o inimigo X e os que alertavam o povo para a profecia maya.

Segundo os boatos que corriam pelos serros, após a ida das naves, Hans deixara a dimensão onde se ocultara, levando *El diablo* a ser medicado no Templo do Jaguar. O mesmo lugar onde os cientistas reuniram-se, antes do rapto. Aí fora tratado por um curandeiro cósmico de nome *Ahau Kin*. Reaparecer naquela região tinha razão de ser; ali criou-se desde menino, fruindo solto o sítio de Palenque em seus folguedos infantis.

Os boatos cresceram de intensidade. Os clãs mayas sentiram haver alguma verdade nos murmúrios que varriam aquelas paragens, fossem nas altas colinas, fossem nos páramos. Na verdade, falavam de uma guerra sutil, a Quarta Guerra Mundial, que começara com a globalização, a gerar desemprego e fome. Isso fora previsto na profecia de Pacal Votan, "se a humanidade não entrasse na calibração do tempo verdadeiro: 13:20".

* * *

– Por tudo isso, era muito importante a descoberta dos três códices – disse Hans ao filho Frans, tendo ao colo o neto que lhe tinha o nome. Sem os códices não se saberá como agir em mais um ano da profecia, na sua trajetória para o grande portal de 2012. Os olhos de Hans brilhavam, ao recordar os números mágicos mayas: 1, 2, 3, 4, 5, 6, 7, 8, 9, 10, 11, 12, 13. Frans, ao seu lado, também relembrava:

"Colocados em oposição, teremos todos a somar quatorze:

+	1	2	3	4	5	6	7	8	9	10	11	12	13	= 91
	13	12	11	10	9	8	7	6	5	4	3	2	1	= 91
	14;	14;	14;	14;	14;	14;	14;	14;	14;	14;	14;	14;	14	

O sete ocupa o centro, sendo número místico por natureza. Ao subtrairmos, o sete é o único que se subtrai de si próprio, fazendo aparecer o zero, obrigatório hoje em qualquer sistema de posição, e dessa forma, talvez, os mayas tenham descoberto o zero. A soma dos algarismos entre si totaliza 91.

(1+2+3+4+5+6+7+8+9+10+11+12+13)= 91

Se diminuirmos as duas parcelas anteriores, teremos uma progressão de números pares, em ordem decrescente até o zero e, depois, em ordem crescente até doze. A soma das diferenças é 84:

12+10+8+6+4+2+0+2+4+6+8+10+12 = 84.

O *sete* continua a ser o número mais importante dessa progressão: assim, 1+2+3+4+5+6+7+8+9+10+11+12+13 = 91; que é 13 x 7; se somarmos as diferenças, teremos: 84 = 7 x 12, ao mesmo tempo em que a diferença entre os dois totais 91-84= 7. Assim, os dois números chaves do *Tzolkin* são o 7 e o 13.

– Lembre-se Frans que os treze números mágicos estão relacionados com o ciclo anual das *treze luas* que toda mulher conhece muito bem; são os ciclos menstruais. Além disso, os treze números são tons galácticos ou poderes de criação. Daí, o calendário de Treze Luas proposto para substituir o Gregoriano.

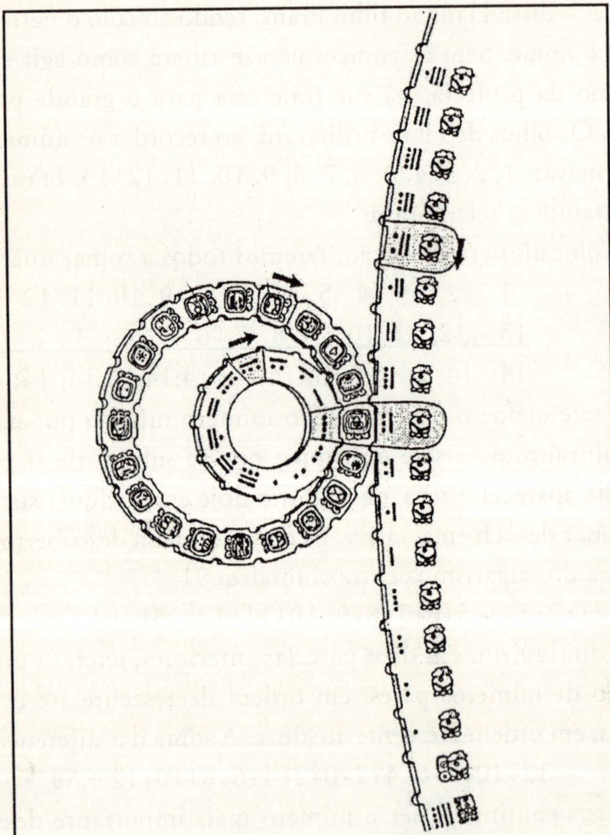

Os dois calendários maya (o menor acoplado ao maior) funcionavam como rodas dentadas

– Os vinte ícones referem-se às vinte freqüências *solares* codificadas como selos solares. Por isso, temos de vibrar na freqüência 13:20. A permutação entre os 13 números e os 20 ícones resultam em 260, ou 20 x 13 = 260 *kin* ou dias do calendário sagrado – o *Tzolkin*.

Hans relembrava Frans do dever de preparar-se para a descoberta dos três códices mayas, tríade que conseguira livrar-se da fogueira do bispo do Dom Diego de Landa, autor da queima de todos os códices mayas.

Frans desorbitara, depois de preso em Chichen Itza. Vivera certo tempo meio exânime, sem nada comer. Luara chegou a darlhe comida na boca. Estava pálido, mas atento ao que o pai dizia:

– O abade Brasseur de Bourbourg (1814-1874) publicou em 1869 o relato de como encontrara, nos arquivos da Real Academia de História de Madri, a obra *Relación de Las Cosas de Yucatan*, de Dom Diego. Ali assumia sua culpa: "Essas gentes empregavam certos sinais ou certas regras com os quais escreviam em seus livros, a história antiga e suas doutrinas. Graças a essas letras, assim como a desenhos e figuras, compreendiam a história, faziam-na compreender aos outros e podiam ensiná-la. Encontramos grande número desses livros, e como não continham senão superstições e mentiras diabólicas, os queimamos todos, apesar do grande desgosto e desespero dessas gentes."

Hans recordava: "as gentes" eram os mayas. Tudo sucedera em Maní, sul de Mérida, em 1562. Dom Diego nascera em Cifuentes, Estado de Guadalajara, no início do século XVI. Era da nobre família dos Calderones. Entrara na Ordem de São Francisco. Em 1553, fora para o Yucatan, tornando-se provincial daquela Ordem. Em 1572, o rei Carlos V, atendendo petição do Real Conselho das Índias, nomeou-o bispo de Yucatan, cargo que ocupou até sua morte, em 1579.

A descoberta dos três códices não saía da cabeça de Hans. Frans sentira o pai muito ansioso. Sabia-o um iluminado, um sacerdote-jaguar. E fora sagrado em Chichen Itza. Aí contatara Pacal Votan em outra dimensão, na qual haurira aquela profecia.

* * *

Etznab volitava em círculos. A cidade acordara, afinal. Talvez o sacerdote trouxesse a fruta tão ansiada. Pairava sobre a Torre dos Ventos. A mancha que a ave via lá embaixo subia os degraus do observatório astronômico. Pelo toucado, o quetzal reconheceu o amo. Andava firme e trazia uma taleiga atada ao braço.

O pássaro sentiu o cheiro doce de fruta sumarenta: o sapoti. Sua cota, após cinco dias da mais completa volição. O amo propiciaria à ave a fruta sumarenta e propinaria ainda água fresca, trazida do aqueduto do palácio. *Etznab* pousou na última torre. Ali esperou que o amo trouxesse o tão esperado sapoti. A paciência do pássaro fora mais forte que a fome voraz. Talvez agora o amo, em sua humilde potestade, mais de uma fruta prodigasse.

* * *

Maruska Raskolnikof, depois de discutir com Agustin, conseguiu demovê-lo da idéia de ir até Chichen Itza para ali realizar um ritual.

– Seria melhor – dissera – irmos ao ritual da Pele da Serpente, na entrada do equinócio de primavera no hemisfério norte, dia quatorze, Lua Jaguar Solar, no calendário das Treze Luas; vinte de março, no Gregoriano.

Agustin detestou a mudança de planos, mas se deixou levar por mais este capricho da loira, já que tanto a desejava. Não sabia lidar com as mulheres. O rito da Pele da Serpente sempre acontecera no Templo de Kukulcán. Este fora erigido de forma que, na entrada do equinócio da primavera, no hemisfério norte, o sol, ao projetar sua luz sobre a escadaria do templo, formasse triângulos semelhantes ao desenho da pele da cobra, cuja cabeça fora esculpida na escadaria do templo.

Agustin irritara-se. Maruska preferira ir a Palenque, atrás do projeto de um tal Eric Miller, que jamais ouvira falar, mas a russa fez-se desejável e contornou a situação com charme, acarinhando-o, mostrando-se sensual, ardente e incutindo desejos em Agustin, que se rendera. O etnólogo recebia tais carícias pela primeira vez. A loira, sempre fora empedernida, fria e distante. Se comparadas, Agustin iria preferir Doreen. Terna e de corpo quente, apesar de estar sempre acompanhada com o beiçudo do Olavo, sujeito que lhe lembrava um termo em desuso, mas o predileto de seu pai – Hugo – ao maldizer um desafeto: "má catadura".

"Olavo era sujeito de má catadura" – pensou. E riu saudoso do pai. Chegou mesmo a vê-lo no seu jeito simples de ser, a cachimbar pela casa, em Matadero, um subúrbio de Buenos Aires, reconhecido pelo odor de sangue do matadouro. Depois de muita discussão e beijos, o casal seguiu de avião para Palenque, onde Eric ansiava pela decifração da caixa, que estava a lhe queimar as mãos.

* * *

O eclipse solar deixara Eric atordoado. Ficara meditando, na penumbra da urbe. Imaginava a Cidade Vermelha nos cinco dias aziagos do *uayeb*. Nesses dias nada se fazia, só meditação e jejum.

"A cidade devia levitar" – pensou.

Depois, quando o eclipse totalizou-se e a penumbra adumbrou-se sobre Palenque, Eric viu-se em meio à fantasmagoria do passado: os antigos habitantes projetados como sombras. Parecia-lhe que a antiga história da cidade repassava ante seus olhos incrédulos, como no cinema. Sentado na escadaria do palácio, perplexo, como se diante das enxárcias de um velho veleiro fantasma, a navegar pelo tempo zero, Eric singrava mares dimensionais na nave fantasma da Cidade Vermelha. Não sabia se era passado ou futuro; presente não era. Vira o quetzal peregrino atitar, clamando o rei Pacal que, no átimo, surgira em toda a plenitude.

Subira as escadas da Torre dos Ventos, assemelhada à câmara do rei, em Gizé, no Egito. Ambas – a câmara e a torre – tinham quatro níveis. No último, Eric vira o pássaro pousar. O sacerdote trazia algo na taleiga. A Serpente Emplumada jazia no toucado a lhe cobrir a cabeça, mal se lhe divisando o rosto. Eric estava diante de Pacal, o Grande. Viu-o dar uma fruta ao pássaro e depois propinar-lhe água fresca. Passava a mão por entre as verdes penas e coçava a cabeça de jade, enquanto a ave mantinha-se equilibrada no parapeito da torre.

Sentiu algo zunir na mente. Aos poucos, um turbilhão de zumbidos, como se tivesse, não uma abelha, mas toda a colmeia a ruidar-lhe as idéias. Vivia um hiato entre dimensões de tempo: o passado de Pacal e o futuro do instante, a vir veloz e a perturbar-lhe os sentidos. Viu Pacal e a ave transubstanciarem-se na Serpente Emplumada. A visão aturdiu-o pelo tempo de dimensões infindas. Viu o corpo de Votan serpentear-se em movimento de alongamento vertical. Viu *Etznab* espelhar-se no tempo nulo, ao enfiar a cabeça de ave entre as presas do réptil, como se a cabeça triangular da serpe coroasse a da ave sacra, engolindo-a. Ao mesmo tempo as longas penas de jade de *Etznab* perpetrava uma cauda à serpe, cauda emplumada, metamorfoseando-se no Dragão da América, Dragão Atlante, de ventas sem fogaréu, dragão a navegar nas ondas fundas, infindáveis do tempo.

O quetzal do tempo, após fruir das frutas carnudas e sumarentas, voou para outras plagas. O eclipse cessara. O sol voltara a brilhar forte, retirando sombras e penumbras invasoras, ainda a adumbrar a urbe e a semear fantasmas e fantasias.

* * *

Hans Berg, o iluminado, tentava convencer Frans e Luara da necessidade da ida a Palenque. O códice, encontrado por Eric, fora intuído por Hans. O mestre percebera a manobra de Maruska, ocultando-lhe a informação sobre o códice. Tivera o estalo ao tomar o taxi para a casa do filho. Penetrava desenvolto todas as dimensões, desde que se iluminara e se transformara em um áugure. Hans sabia da importância dos códices para a profecia de Pacal Votan. Haveria neles, com certeza, informações mais minudentes sobre os novos tempos por vir. Essencial para o futuro de uma humanidade mais luminosa e numinosa, se cumprida as normas contidas nos códices.

Frans licenciara-se da universidade. Luara, com bebês para cuidar, estava fora de cogitação. Hans, apesar da senescência, ainda queria participar com o filho da nova aventura. O próprio Frans lhe dissera que não devia andar por aí só. Era perigoso na sua idade. Hans já completara setenta anos, mas tinha saúde. Após muita discussão, Frans assentiu em ir com o pai, mas ficou preocupado com Luara. Tudo foi resolvido com a chegada de Solara, irmã de Luara, sem avisar. Viera de Lisboa para conhecer os sobrinhos. Nascidos, como dizia, de uma só fornada. Então, tudo se ajustou. E iniciaram os preparativos para a longa jornada. Frans teria de pedir um substituto para suas aulas. Talvez demorasse uns dias mais para terminar os preparativos, mas já deixara Hans feliz.

5= —

O Códice da Via Láctea

8 de setembro, quatro horas da manhã.

17, Lua Escorpião Lunar – kin 88 – Estrela Planetária Amarela: "Aperfeiçôo afim de embelezar, produzindo arte, selo o armazém da elegância, com o tom planetário da manifestação, sou guiado pelo poder da inteligência. Sou portal da inteligência galáctica, adentra-me."

Maruska e Agustin chegaram a Palenque em dia especial. Abrira-se um portal de ativação galáctica, pelo calendário das Treze Luas. A nave pousara em campo improvisado. Trazia jovens cientistas para conhecerem a cidade. Em cada rosto uma expressão de espanto dos que avistavam a arquitetura da cidade, pela primeira vez. Agustin estava também surpreso, mas de maneira diferente. Achara os amigos do Tortoni, logo ao desembarcar, perto do palácio real.

Maruska e Doreen entreolharam-se de cima a baixo, cada qual procurando ver defeitos na outra. Eterna rivalidade de duas lobas, fêmeas guardiãs da intuição selvagem, sabedoria primitiva do ser da névoa em suas psiques.

– Doreen! – gritou Agustin – agitando, frenético, o braço para a loira.

Doreen virou-se, para ver quem lhe chamava.

– Olá, Agustin. Chegaram agora? – quis saber Doreen, mirando Maruska.

– Acabamos de chegar. E as pesquisas? – perguntou, sem jeito, Agustin.

– Não vai nos apresentar? – inquiriu irônica Doreen, encarando Maruska, que também a media dos pés à cabeça.

– Desculpe-me. Esta é Maruska, minha colega de faculdade...

– Muito prazer – disse Doreen, automática e friamente.

– Você também é cientista? – quis saber Maruska, a perscrutar a rival.

– Arquiteta. Vim pesquisar a arquitetura de Palenque.

– Já que ninguém me apresenta, sou Olavo, egiptólogo, vim a passeio...

O grupo riu. Olavo, calado, passava despercebido. Mas, não se importava. Acostumara-se a enfeitar as conversas. Talvez, por ser tímido, talvez; quem sabe, por sabedoria. Analisava, como poucos, o caráter das pessoas. E quase sempre acertava. Maruska queria contatar Eric, rapidamente. Apesar de nunca tê-lo visto, tinha certeza de reconhecê-lo de imediato, já que se parecia ao irmão, Leopoldo, seu colega e amigo. Precisava de uma desculpa para sair dali, mesmo se Agustin quisesse ficar com a loira exibida e o paspalhão do egiptólogo. Eric passara pela Internet um *e-mail* sobre a caixa lisa. Não sabia abri-la. Tinha glifos intraduzíveis. Enviara o *e-mail* em *cholan*, idioma maya.

Doreen gostaria de saber qual a relação entre Maruska e Agustin. Discreto ciúme emergira por aquele cigano de olhos negros, tez morena, que muito lhe agradara. Maruska intuíra o desejo de Doreen. Entretanto, no instante, não queria ver uma turba envolvida com o códice, se é que havia um códice dentro da caixa lisa. Tentava afastá-los, se não teria de dividir o segredo. A empedernida tentava adivinhar onde Eric se metera.

A Cidade Vermelha tinha seu áxis no palácio de Pacal Votan. Tudo para ali convergia, dividindo-a em dois grupos de templos: ao norte, o da Contagem e o estádio do jogo-de-bola, espécie de basquete. O jogador tinha de ultrapassar a bola por um aro de pedra, como uma cesta, mas colocado na vertical e a mais de dois metros de altura. Jogo mortal, às vezes até para os vencedores. A vida ou a morte dependia do grau do sacrifício em jogo. Se a oferenda fosse importante, os sacrificados seriam os vencedores. Os jogadores eram impedidos de usar as mãos e os pés, só empregando a lateral do corpo e as coxas. O jogo durava dias.

Ao sul do palácio, o Templo do Sol, do Jaguar, da Cruz e da Cruz Florida, e os menores, como o Templo dos Esquecidos, a primeira edificação de Pacal, em homenagem póstuma aos pais. Depois, a ala residencial dos nobres. Maruska teria de descobrir em que templo estava Eric Miller. Jornada difícil. Se levasse em conta o labirinto de templos por transpor. Tinha de deixar o grupo e seguir o alvo traçado: achar Eric e a caixa lisa contendo o códice.

– Agustin! – chamou Maruska, indicando que deviam sair dali.

– O que foi, Maruska?

– Temos o que fazer lá no sul da cidade... vamos!

– Estou indo...

Doreen percebeu a argúcia da rival e riu para a ardilosa Maruska. O grupo dividiu-se. Doreen e Olavo foram para o Palácio Real e o Templo das Inscrições, onde ficava a cripta de Pacal Votan; Agustin e Maruska para as margens do rio Otolum, onde ficava o Grupo da Cruz.

Um raro pássaro de cauda comprida, cabeça de jade e peito vermelho vivo, volitava sobre a cidade, atento aos passos de Maruska. Agustin perscrutou-o e reconheceu o quetzal, ave sagrada dos mayas. Percebeu-o voando bem longe de onde parava.

"O que fazia o quetzal tão longe de seu paradeiro? " – perguntou-se.

Maruska, ao seu lado, nem dera pela ave. A atenção toda voltada para Eric e a caixa. Seria tão enigmática como a caixa de Pandora? A loira riu do absurdo da idéia. Logo ela tão racional e lógica. Sua atenção voltou-se para a via que ia tangenciando o rio Motiepa. Havia ainda muito chão. Optou pela Via Real, estrada pavimentada, o melhor caminho para os seus cansados pés. Os dois iam tão ansiosos e distraídos que sequer se deram conta de estar sendo seguidos.

O quetzal sobrevoava a Via Real. Ia e vinha, por cima de ambos. Agustin sondava-o, enquanto Maruska nenhuma atenção lhe dava. Desdenhava-o, como se fosse só mais uma mancha verde jade e vermelho vivo no céu claro. *Etznab* pairava sobre o casal com certa intenção esconsa que, infelizmente, Agustin não decifrara. Não era à toa que a ave se chamava *Etznab* – ou *Tempo Nulo*. Todos à sua volta ficavam aturdidos.

Agustin sentiu o turbilhão. Parecia-lhe um enxame de abelhas, tal o som acutíssimo que se lhe instaurara na cabeça. Som inaudível aos ouvidos, embora percutisse na mente, agredindo-a, à medida que o pássaro mais e mais atitava. Eric viu quando passaram, mirando o céu, onde um raro quetzal silvava.

"Devem ser eles" – pensou.

O quetzal, em vôo, piava agudo. O canto parecia clamor de outra dimensão, de um lugar de tempo zero ou infinito. O espeleólogo viu-os entrar no Templo do sol e logo tratou de segui-los, já que não lhe perceberam. Apressou-se. A caixa a queimar-lhe as mãos de ansiedade. Perguntou-se, no silêncio que pairava entre um atito e outro do quetzal, se o códice G estaria mesmo ali?

* * *

El diablo metamorfoseara-se de boato em lenda. Nas serras de Chiapas já não se falava de outra coisa. Para os mayas que ali viviam era o único líder, o único salvador da raça. Os clãs jamais duvidaram. *El diablo* não só sobrevivera como ainda reunira os antigos camaradas para novas investidas contra o sistema, que até ali só trouxera miséria para a região, desde tempos imemoriais. *El diablo* falava de uma nova guerra mundial cujos artefatos bélicos haviam mudado; em vez de mísseis, obuses financeiros.

O comandante sabia que o dinheiro, da forma como era usado, acabaria. A profecia de Pacal Votan assim dizia. Havia mais: o capitalismo sofreria mudanças profundas, se a humanidade quisesse ir para a quarta dimensão. A mentira do capitalismo nascera do apotegma: *time is money*. Tempo nunca fora dinheiro. Esta máxima estava prisioneira do calendário Gregoriano de doze meses incorretos e da hora de sessenta minutos. Relógio falso a marcar um tempo mais falso ainda.

"O dinheiro tornara-se deus de uma civilização caótica. As nações mais desenvolvidas uniram os dois lemas: *em Deus nós confiamos* e *tempo é dinheiro*, fazendo da matéria o deus *ex-machina* dessa filosofia. Esse mundo concebido em torno do dinheiro estava ruindo. Só se salvaria, se mudasse. A mudança essencial era adotar o calendário das Treze Luas, mais correto em relação à biosfera e ao cosmo." – dizia *El diablo*.

Os mayas do Chiapas disseram ter ouvido tudo de *El diablo* em pessoa. Só se escondera porque havia gente querendo exterminá-lo de forma peremptória e sem deixar rastros. Um dos amigos pessoais do comandante era Juan Portero. Um ex-professor de matemática, que vivia agora recôndito como exilado. Juan, casado com Rosita, vivia em uma aldeia próxima da cidade do México. Depois das buscas policiais aos adeptos da profecia, sumira com a família para um lugar ignorado. E perdera de vista *El diablo*, depois de sua morte anunciada. Só Hans sabia onde paravam ambos – *El diablo* e Juan. Ninguém mais. Nem a polícia, que lhes vivia no encalço. Depois da morte anunciada de *El diablo*, nunca se soube onde viviam. Nem o líder da guerrilha, nem o seu amigo fiel.

Com graça e humor, *El diablo* vivera a vida a eludir os esforços da polícia para capturá-lo. Agora, viera notícia de que o morto andava pelas serras a fazer comícios e desafiar o poder. O povo era imaginativo. Só podia ser isso. *El diablo* morrera, sim. Disso, as autoridades não duvidavam. E arquivaram o caso.

O amigo fiel de Juan Portero – Pedro Ruiz – era ex-professor de biologia e dono de restaurante. Também se ocultara temendo ser preso pelas forças que detinham o poder do dinheiro e do mundo de calibração 12:60. Pedro seguia o calendário de Treze Luas, desde que conhecera a profecia. Adotara-o por motivos históricos. Por mais de vinte e seis mil anos de história humana, o *homo sapiens* seguira a Lua e usara o calendário lunar. Falara com Günther, o astrônomo, e ainda se lembrava das lições que lhe dera:

– A Lua, como a mulher, é sensível e volúvel, tendo natureza elusiva e sutil. Diz-se no México que a mulher tem *La Luz de La Vida*. A luz não está no coração, nem atrás dos olhos; mas sim *en Los Ovários*, onde toda semente está guardada, antes mesmo de nascer. Depois, Günther explicou como se dava a lunação:

– A lunação se dá sobre seu eixo a cada 29,5 dias. A medida de uma lunação sinódica é a mesma para nós, porque vemos sempre o mesmo lado da Lua. A lunação sinódica de 29,5 dias, duração de um ciclo lunar visto da Terra, é só um dos ciclos lunares que podemos medir. Mas há ainda o ciclo lunar sideral de 27,33 dias, tempo este que a Lua leva em seu retorno a um ponto fixo no céu; e ainda o ciclo lunar tropical de 27,32 dias – tomando-se a longitude celeste –, e ainda o ciclo de 27,2 dias, tempo que a Lua leva para retornar ao mesmo nodo. O fato resultante disso tudo é haver sempre 13 lunações, ao se transitar de um ano solar para o outro.

– A verdade – enfatizara Günther – é uma só: a humanidade fora machista e a Lua foi desconsiderada em favor do Sol, símbolo do macho. Além disso, o treze tornou-se aziago para a humanidade. Por isso, os homens não adotavam o calendário de Treze Luas, preferindo uma bula papal, o calendário Gregoriano, apesar de todos os erros nele verificados.

Nakin, mulher de Günther, uma princesa maya, interviera:

– Vocês homens é que pensam assim. Para a mulher a discrepância entre os dias de um ano solar e os ciclos lunares não é problema. Sentimos na carne as treze lunações, pois o ciclo menstrual segue exatamente o calendário de Treze Luas. É a grande prova de que sofremos influência dos astros.

* * *

Maruska e Agustin encontraram Eric na porta do Templo do Sol. Depois de uma conversa desconexa, na qual se apresentaram, Eric abriu seu coração. Disse de sua angústia, desde que encontrara, por acaso, ali naquele templo, a caixa lisa. E como a caixa parecia queimar-lhe as entranhas. Maruska riu, mas acabou sentindo o mesmo. Uma ansiedade muito forte, um desconforto estranho, um roer de ossos a lhe exaurir. Agustin olhava a caixa como se quisesse adivinhar o seu conteúdo. Perscrutava-a a cada ponto. Tateava-a como cego. Como fora fechada?

Hans descia a montanha no exato instante. Viu-os entrando no Templo do Sol. Duas sombras seguiam-lhes os passos. Apressou-se para alcançá-los. Hans sabia que desconheciam como abrir a caixa. Caminhou mais depressa, apesar de sentir dores na perna pelo esforço da descida. Frans, ao seu lado, levava mochilas e outros pertences. Não entardecera ainda e o sol fulgurava, esbatendo sobre os templos, alumiando-os e avivando-os, furtando-os daquele ar de ruína. Aquele punhado de templos fora construído por Chan-Bahlum (Serpente-Jaguar), depois da morte do pai, o profeta Pacal Votan.

Ao entrar no Templo do Sol, Hans viu Eric e Maruska tentando abrir a caixa, tendo Agustin como espectador interessado. O velho áugure sorriu.

"A juventude cometia rudezas por exuberância em demasia; ou pelo uso incontido da força, ou por desbragada ansiedade" – pensou o velho.

Os três, de tão obcecados pela caixa, nem se deram conta. Maruska foi a primeira a vê-los e assustou-se. Passou a língua pelos lábios secos, e sua voz rouca resmungou:

– Professor Hans... – (a voz quase não saía) – o senhor por aqui?

– Vim para ajudar. Deixe-me ver a caixa, por favor – disse Hans com seu sotaque germânico.

– Quem é o professor? – perguntou Eric, surpreso.

– Não sou mais professor de coisa alguma – disse Hans, enquanto deslizava a mão de dedos curtos pela caixa.

– E esse outro aí? – quis saber Eric, no desprazer de ver tanta gente.

– Meu nome é Frans – apresentou-se. Sou historiador, filho de Hans.

– O dia é hoje. A caixa deverá abrir-se às seis horas da tarde – disse Hans, consultando o relógio de Frans. Daqui a uma hora...

– Como sabe disso, professor? – quis saber Eric.

– Simples: hoje, no calendário das Treze Luas é 17, Estrela Planetária Amarela. Estamos no kin 88, logo, hoje se abriu um portal de ativação galáctica. A palavra de ordem ou essência do poder guia é *Inteligência*. O tom do dia é 10, ou seja, *aperfeiçoar para produzir*.

– E daí? – replicou Maruska.

– Daqui a uma hora o portal se fechará. Antes, porém, a caixa se abrirá...

– Como? – quis saber Eric.

– Com meditação e consciência cósmica – respondeu Hans.

– É uma longa história... vamos esperar a caixa abrir-se? – pediu Frans.

Agustin ficou pensando no que dissera o velho bruxo. Foi bom ter surgido, se não estariam perdidos. Estivera tão quieto que ninguém notara sua falta. Hans gostou dele. Tinha alma jovem e profunda. Agustin amou Hans. Era único. Sua energia entrava em cada um com força inaudita. Chegava a queimar o plexo solar. Ambos, então, acercaram-se, como velhos amigos.

Olavo e Doreen saíram das sombras. Vinham seguindo-os desde o início. Olavo entrou na conversa, sem ser convidado:

– Vi semelhanças entre Pacal, o Grande, e Ramsés II, o Rei dos reis. Será que há ligação entre mayas e egípcios? – indagou, sério.

– Quem é esse aí – quis saber Eric, cada vez mais preocupado.

– É Olavo Parmegiano– disse Maruska, também aflita, fuzilando Doreen com o olhar. Doreen, porém, apenas riu.

Hans então explicou: "Alguns mayaistas acreditavam ser a língua maya tão antiga que havia certas palavras idênticas ao idioma Naga da Índia, raça que se perdera no tempo. O nome dos números era igual, em ambas as línguas. Que povos tão antigos e tão distantes entre si tenham dado o mesmo nome aos algarismos, só podia significar que possuíam uma raiz comum".

Hans pediu-lhes para meditar. Deviam centrar o plexo solar na Serpente Emplumada. Só assim adentrariam as treze dimensões celestes, domínio maior do *quetzal* ou *kukul*, e as nove mansardas infernais ou Xibalba, império da cobra *Coatl* ou *Cán*, a serpente. Da fusão das vinte e uma dimensões vivia o tempo de *religare* maya. Hans garantiu: antes do portal fechar, a caixa se abrirá, revelando o conteúdo.

Todos meditaram por uma hora. Pouco antes das seis horas,

quando o Sol sumia entre as montanhas, ouviu-se um som. Os participantes se entreolharam. Vinha de outro lugar; não da caixa. Apesar disso, era da caixa também que vinha o silvo agudo, a entranhar-se na pele, no corpo, na alma de cada um. Uma nota musical vibrou. Tudo se equilibrou com o som, que lhes pareceu sol sustenido. A escala completa fez-se, atordoando-os. A música profunda emergia. Hans notou a caixa entreabrir-se, vagarosa e suavemente. O grupo sentiu calafrios, seguido de fortes calores. A caixa lisa abriu-se. Dentro, o códice, com a letra G, inscrita na capa, o símbolo da Via Láctea.

Agustin então tivera o estalo: a Serpente Emplumada era um panteão de deuses. Soma dos deuses celestes dos treze céus com os das nove moradas das maiores profundezas da Terra, aquilo que os mayas chamavam de Xibalba. Hans Berg pegou o códice e o abriu, lentamente. O glifo de Pacal estava ao lado da letra G, escrita como em um espelho, lembrando *Etznab*, o espelho do *tempo nulo*. A ave voava entre tempos distintos; ora a fruir de frutas sucosas, que o amo lhe prodigava; ora seguindo os passos de alguns integrantes do grupo, que ainda não sabiam ser o tempo a base de toda a ciência-religião maya.

Com o códice, cabia a Agustin decifrá-lo. Hans mais intuía que traduzia; era um áugure. Tinha sido iniciado por Pop Men, o duplo de Pacal Votan, assim como o duplo da serpente, *coatl*, era o *quetzal*. Por séculos, *Bahlam* ou jaguar fora o título que os olmecas – povo anterior aos mayas e seus primeiros mestres na América – davam aos sacerdotes. Às vezes, diziam também *bahlum*.

Agustin e Hans sentaram-se na soleira do templo, enquanto os outros foram dar uma volta, afastando assim o cansaço que lhes sobreviera da ansiedade e do medo. Agustin calculava e anotava estranhos signos no caderno que trouxera. Olavo foi o primeiro a sair, seguido por Maruska. Doreen preferiu admirar a rara arquitetura do templo. Frans hesitou. Vendo *Etznab* pousado no Templo da Cruz Florida, saiu atrás do quetzal que a cada instante mais e mais atitava.

* * *

Juan Portero e Pedro Ruiz subiram as serras do Chiapas atrás de *El diablo*. Tinham sido seus melhores amigos. Diversas vezes estiveram juntos em situações difíceis. Isso os irmanara para sempre. Juan Portero deixara Rosita e duas filhas. Já o solteiro Pedro Ruiz resolvera cumprir sua sina: descobrir onde se metera *El diablo*, se é que vivia ainda. Boatos corriam pelas vulcânicas serras como magma. E não lhes foram de muita ajuda. Andavam perdidos, de vila em vila, sem sequer uma só informação que lhes valesse.

Estavam já para desistir quando, em San Cristobal de Las Casas, um velho barbudo lhes acenou. Com o indicador na vertical, aposto aos carnudos lábios, pedia-lhes silêncio. O ancião, barba rala e comprida, vestia-se como um aldeão do lugar. Aproximaram-se, temendo que fosse mais um aldeota inventor de histórias, como a de que *El diablo* fora visto em um corcel negro com arreios de prata.

Entretanto, o velho não lhes pareceu demente; nem atacado pela febre de mitos, que corriam mais céleres que o jaguar. Acercaram-se. O velho os convidou para entrar em sua tapera, sempre com o dedo indicador a pedir silêncio. O sombrero de palha, preso por um cordel seboso, jogado às costas, mostrava sua origem humilde. O que condizia à perfeição com sua morada. Convite aceito, os dois amigos só temiam que o velho fosse um informante das tropas federais.

A casa, arrumada e limpa, acusava a presença de mulher, fato confirmado pelos vasos de frágeis margaridas nas janelas. O velho parecia conhecê-los, o que lhes aguçava ainda mais a curiosidade. Tinha olhar agudo e voz grave.

– Vocês não se lembram mais de mim? – perguntou o ancião,

movendo a barba para frente, no assopro das palavras.

Os dois entreolharam-se interrogativos. A negativa veio por um simples mover de cabeça. O velho riu-se do desconcerto de ambos, mas se sentiu feliz pela forma ilusiva do disfarce usado.

– Sou Fulgêncio, o lugar-tenente de *El diablo*! – denunciou-se.

– Não é possível! – exclamou Juan, ainda em dúvida.

– Incrível! Como ficou assim... irreconhecível? – quis saber Pedro.

– O comandante me ensinou muitas coisas...

Depois de um minuto de incertezas, os três se abraçaram. Havia na face dos dois recém-chegados uma outra interrogação maior:

– O comandante está mesmo vivo, como dizem? – quis saber Juan.

– Vivíssimo! – exagerou Fulgêncio, olhando-os com ar de mistério.

– E onde está? – indagou Pedro.

A conversa ia ser longa. A garrafa de tequila surgiu da cozinha, trazida por uma morena de corpo esguio, olhos negros, emoldurados por longos cílios. A neta de Fulgêncio, Juanita. Os visitantes a conheceram menina. A jovem não guardara qualquer semelhança com a criança que fora. Tequila servida, os descendentes de mayas confraternizaram-se. Fulgêncio narrou-lhes, então, a sua história: *El diablo* não morrera no dia fatídico da expulsão dos estrangeiros que defendiam a profecia. Ficara quase morto, sangrando por baixo dos jornais, como já sabiam. Hans Berg, que se tornara invisível em outra dimensão, acolheu-o e o levou para um *Bahlum* maya. O santo homem tratou logo de fortalecer-lhe as carnes, dando-lhe chá de ervas especiais. Vertera muito sangue e precisava de transfusão. Mas, se recebesse sangue em Chiapas, onde nascera e crescera, o segredo findaria.

– Por isso, foi levado a Guatemala. Lá, curou-se; indo depois ao Yucatan, onde terminou o tratamento. Durante este tempo, quase um ano, *El diablo* pensou muito – disse, por fim, Fulgêncio.

No dia fatídico, Nuno deixara a guerrilha devido à morte do irmão caçula – Alfonso. Nos meses de recuperação, mudou de idéia. Rebelou-se, mas encarou a nova ordem mundial de outra forma. *El diablo* dissera, então, que a Quarta Guerra Mundial já estava em curso, a guerra econômica: "Nesta, havia acúmulo de riquezas por parte de uns e carência para milhões de outros".

6=·

O falso tempo da Babilônia

Palenque, 16 de setembro, 10 horas da manhã.

25, Lua Escorpião Lunar – kin 96 – Guerreiro Entoado Amarelo: "Confiro poder com o fim de questionar. Comandando a entrepidez, selo a saída da inteligência. Com o tom entoado do esplendor, sou guiado pelo poder do florescimento. Sou um portal de ativação galáctica. Adentra-me."

Agustin terminara de traduzir o códice G, restrito ao calendário de Treze Luas. Consumira oito dias na tradução. Alguns itens estavam incompletos, mas o sentido geral estava pronto e certo. Hans chamara todos para a leitura ali mesmo, no Templo do Sol. O quetzal pousara bem na cúpula do templo. Podia ver e ser visto pelas frestas. O penetrante som, a lhe sair bico afora, acicatava os ouvidos de todos, deixando-os aturdidos, como se houvesse entre a ave e o grupo um tempo bem mais mental e agudo que o da terceira dimensão, onde restavam. Hans indicou Doreen para iniciar a leitura do códice.

– Por que Doreen? – quis saber Maruska.

– Porque é mulher e faz agora o seu noviciado na profecia maya...

– Também sou mulher – reagiu Maruska, rubra de raiva.

– Sei... sei... mas você já sabe o bastante. Venha Doreen... – chamou Hans.

– Quanta honra, *Herr* Hans! – espicaçou a mexicana, vitoriosa.

Doreen deixou o lugar onde estava e passou para o centro do templo, local de melhor acústica. Pegou o códice com cuidado. As folhas de *baalché* já se iam deteriorando. Ao lado do original, a tradução de Agustin, que ficara ao seu lado. Era um códice arcaico, da época de Chan-Bahlum II, filho de Pacal, que reinou, após a morte do pai, de 684 a 702. Chan-Bahlum II, o penúltimo rei-sacerdote da dinastia da antiga Cidade Vermelha.

Doreen percebeu no códice o caráter histórico: "Quando tudo começou, há cerca de nove mil anos atrás, a agricultura da Terra desenvolvia-se na região do Sol nascente. O poder estava nas mãos masculinas dos sacerdotes. A simples contagem do tempo tornara-se um poder incrível. Machos e fêmeas viviam sempre divididos: o poder do macho fora associado ao Sol; o da fêmea, à Lua. O poder do macho venceu, tornando-se paradigma. Assim, o calendário baseado no ano solar passou a ser o centro da contagem do tempo. Infelizmente, os egípcios criaram o tempo, repartindo o círculo de trezentos e sessenta graus em doze partes iguais, de trinta graus cada uma, pensando que, ao reparti-lo, dividiam o tempo, quando na verdade dividiam o espaço.

Assim, os sacerdotes da região do Egito e da Mesopotâmia instituíram as novas regras do poder masculino, tomando para orientação celeste o poder solar. O tempo foi assim inventado há cinco mil anos atrás. Os sacerdotes da Babilônia e do Egito, de comum acordo, dividiram o zodíaco em doze casas, criando os doze meses do calendário solar e a astrologia, na época um marcador de tempo já errado. O calendário babilônio tinha doze meses de trinta dias, somando trezentos e sessenta dias; os cinco dias restantes eram tidos como de purificação, assim se completando o ano solar."

Doreen olhou para Maruska e comentou:

– Esses homens estão nos traindo até no calendário, não é?

Maruska fez que não ouviu, mas gostou da observação. Doreen continuou:

"Os sacerdotes da Babilônia usaram só trezentos e sessenta dias solares para a correlação com os ciclos lunares de vinte e oito dias, em média. Há três mil e quinhentos anos, o sistema de trezentos e sessenta graus, divididos em doze partes, atingiu a Índia e a China.

As doze partes são divisão de espaço: uma figura geométrica, o círculo, foi dividida. Deveis mudar de calendário urgente. A divisão de tempo correta é a do calendário das Treze Luas, que nos governa e ilumina a cada ano, fazendo o mês das fêmeas de vinte e oito dias, comprovado, a cada mês, pela menstruação. O erro dos sacerdotes babilônios espalhou-se para as demais regiões da Terra, inclusive para Grécia e Roma. Hoje, está presente em quase o mundo todo.

O calendário Gregoriano provém de Roma, por isso os nomes dos meses estão todos em latim. Janeiro vem de *Juno*, um dos maiores deuses romanos e dos mais antigos. Chamado de deus dos deuses. Era o primeiro a ser citado nas preces; o primeiro a receber a porção de sacrifício: o guardião do universo, o inaugurador e o encerrador de todas as coisas, olhando para dentro e para fora de todas as portas, sendo o deus dos inícios, do primeiro dia e do primeiro mês do ano – *Ianuarius*. Juno era bifronte, e representado por duas faces; uma voltada para frente; outra, para trás.

É irônico que o Papa Gregório XIII, sacerdote-mor de uma religião cristã, tenha adotado um calendário pagão, como ele próprio definia a Roma antiga. Uma religião, dita sem superstição, não aceita o calendário biológico de Treze Luas, graças ao tabu do número treze. No mundo todo diz-se que o treze traz azar. E o Papa Gregório era justo o décimo-terceiro da dinastia de príncipes da Igreja.

Devido às crendices, o bispo D. Diego de Landa queimou códices mayas, restando alguns, como este, salvo da sua fogueira. O sacerdote Pacal escondeu-o, em outra dimensão, evitando essa ação devastadora. Nós, mayas, usamos a freqüência de tempo 13:20, nunca a de 12:60. Treze, para nós, se refere aos treze tons galácticos ou poder de criação, codificados nas treze luas do ano lunar; e o número vinte, às vinte freqüências solares, codificadas nos vinte ícones ou selos solares.

No tempo de freqüência 13:20, baseia-se o *Tzolkin*, o calendário sagrado dos mayas de 260 dias. Combinado com o ciclo solar de 365 dias, o *Tzolkin* nos dá o padrão pelo qual podemos construir qualquer sistema de tempo, mostrando, assim, a ordem harmônica do sistema solar e da galáxia em geral. Com essas construções calendariais, nós mayas mantivemos o calendário lunar e os ciclos de eclipses com grande precisão. A base do nosso calendário sagrado era de 260 kins ou dias – o *Tzolkin*, e não os trezentos e sessenta graus do círculo, por isso nunca precisamos da correlação do ciclo de lunações com o ano solar."

– Vamos parar por aqui – disse Hans. Não só precisamos meditar sobre isso tudo, como temos de dar tempo para que todos entendam o que se passa.

– Temos um calendário solar errado porque os machos nos usurparam o poder feminino, o poder da Lua, não é, Hans? – enfatizou Doreen.

– Sim. Os antigos sacerdotes da Babilônia tinham muito poder...

– Quando traduzi o códice, não acreditei. O poder dominou o espírito dos seres humanos até na contagem de tempo – refletiu Agustin, em voz alta.

– Talvez você tenha traduzido errado, não é, Agustin? – espezinhou Olavo.

– Ninguém vai me dizer como traduzir, muito menos um belfudo como...

– Belfudo? Que diabo é isso? – indagou Olavo, contrariado.

– Um sujeito com o beiço de baixo maior do que o de cima – disse Agustin.

– Esperem. Briga, não. Vamos pensar no códice... – pediu Doreen, busto à frente, como um aríete sensual.

Hans descobrira naquele momento o porquê do calendário de Treze Luas. Tivera o estalo. Sabia-o mais perfeito que o Gregoriano, mas agora percebera pela razão, o que antes intuíra. O *Tzolkin* de 260 dias era a constante galáctica para viajar no tempo, em busca de novas dimensões.

O áugure resolveu, então, contar-lhes um segredo maya: a guerra havida entre os planetas do sistema solar. De um lado – Saturno e Júpiter – de outro Terra e Urano. Os dois primeiros impediram os dois últimos de atingir a quarta dimensão. Um túnel para a quarta dimensão se formaria entre a Terra, terceiro planeta, a partir do Sol, e Urano, o terceiro, a partir da Galáxia. Havia um outro planeta entre Marte e Júpiter, chamado Maldek, destruído na luta. Maldek até hoje permanece no mesmo lugar, só que hoje é chamado de cinturão de asteróides. Os sacerdotes da Babilônia convenceram os terráqueos de que ganhariam com a freqüência 12:60, se abandonassem a freqüência 13:20, só conservada até hoje pelos mayas através de milênios.

O calendário maya – explicou Hans – contém conhecimento e sabedoria para alcançarmos a quarta dimensão de tempo. Para isso, temos de seguir o calendário de Treze Luas – treze meses de vinte e oito dias – e freqüência 13:20, necessária para atingirmos a quarta dimensão...

– E se não conseguirmos? – perguntou Olavo.

– Só se não quisermos...

– Mas, papai, se não conseguirmos por deficiência nossa?

– Escute, Frans, adotando o calendário de Treze Luas, daremos o primeiro passo para alcançar a freqüência 13:20... então, a quarta dimensão virá...

O quetzal no cume da torre do templo, atitou. O pássaro sagrado sabia de outras dimensões por instinto. Seu silvar agudo e denso a todos tonteava. Na beirada da cumeeira do Templo do Sol, olhando-os pela frincha do teto, o atito ribombou pelas paredes, ecoando dentro de cada um.

Todos foram meditar nas palavras do códice. Havia ali verdades que os levava a mais e mais perguntas. Uma era essencial: por que ainda se mantinha um calendário errado, se os humanos possuíam tecnologia para tê-lo perfeito?

Por que meses de trinta, trinta e um e até vinte e oito dias? O que poderá ocorrer, se não nos calibramos com o tempo certo do planeta? A freqüência 12:60 – doze meses do ano; hora de sessenta minutos – herdada dos sacerdotes babilônios – será o nosso apocalipse?

7 =..

O tempo é ilusão

9.10.2.6.6. (calendário maya).

635 d.C. (calendário gregoriano), 12 horas.

O sumo-sacerdote Pacal entrava naquele instante no palácio. Vira ao longe *Etznab* que, planando sobre a Torre dos Ventos, mantinha seu vôo temporal, a invadir dimensões, feliz por ter consumido o conteúdo da taleiga do amo – frutas saborosas e sumarentas de carnidade sólida e adocicada.

Pacal Votan tinha então trinta e dois anos e havia vinte fora entronizado sumo-sacerdote-rei de Palenque. Não fora fácil coroar-se. Tivera de provar aos súditos que a sua árvore genealógica era de linhagem direta da Primeira Mãe, a Mãe Cósmica, comprovando assim ter ascendência estelar e não terrena.

O ano de 635 corria calmo, graças ao carisma do sacerdote. Seu nome era de áugure: Pacal, ou *Escudo Solar* ; *Votan*, ou Serpente Emplumada. A dinastia iniciara-se em 11 de março de 431 d.C., quando *Bahlum-Kuk*, ou Jaguar-Quetzal tornara-se rei, aos trinta e quatro anos de idade. Assim, se instaurara a linhagem cósmica de Xibalanqué.

Pela tradição dos mayas de Palenque, a sucessão devia dar-se por linha direta masculina, patriarcal, por isso, Pacal Votan tivera problemas para ascender ao trono da Cidade Vermelha: vinha de linhagem materna. O pai – Kan Bahlum Mo' – não reinou. Deixou para sua esposa, a mãe de Pacal, Senhora Zak-Kuk, esta missão. Assim, a mãe de Pacal Votan reinou por três anos. Depois disso, renunciou em favor do filho, mas manteve as rédeas da política.

Pacal dissera aos súditos que, além de descender da linhagem cósmica, a data de seu nascimento – 26 de março – era a mesma data do nascimento da Primeira Mãe. Assim, seu nascimento era tão sagrado quanto. A Primeira Mãe ou Mãe Cósmica tivera três filhos, os três deuses centrais da religião de Palenque, deidades muito complexas e conhecidas por Tríade. Sua mãe – Senhora Zak-Kuk – vinha também de dinastia direta da Primeira Mãe, bem como sua avó – Senhora Kanal-Ikal – a primeira a quebrar a tradição, usurpando um trono que, de longe, pertencia ao poder masculino.

Só depois de todas essas explicações, Pacal descansou. Por isso, ao erigir o Templo das Inscrições, sua tumba, fez questão de exibir, no corredor da magna construção, toda a lista de sua dinastia cósmica, em placas de estuque, quase um afresco. Deixando ainda vaticínios na tampa de seu sarcófago.

Nas laterais do cripta, localizada nas profundezas do templo, tornou a listar reis e rainhas ancestrais, com suas datas de morte, já citadas no corredor, acima. Toda essa obsessão deveu-se às discussões sobre sua linhagem, quando, com apenas doze anos, subira ao trono de Palenque. Fato raro em qualquer dinastia. Contribuiu para tanto sua sensibilidade paranormal e o dom de profeta.

Etznab pousara no Templo do Sol, a esgadanhar o bico e as penas das escabrosidades que restaram do sapoti. Não atitava. Silenciara. Concentrava-se, agora, em sua própria higiene, vendo tudo em duas dimensões: a de Pacal, e a outra, onde o Códice G se introduzira. Girara sobre as pernas no cume do templo, e ali ficou tenso como uma corda, ajeitando a plumagem encarnada do peito, dando atenções íntimas aos agrados que só a si prodigava.

Para o pássaro sacral nada importava, nem mesmo a profecia que a tanta gente incomodava. Hauria a brisa, que passava leve, feliz porque tinha o corpo e o bico tersos. Olhava Palenque até o seu limite, a esparramar-se lá na curva da Via Real, bem ao sul, em direção a Naranjo. A noite caía na dimensão de Votan, e *Etznab* sentia o agouro da presença do Moã, ave destinada a levar os mortos à última morada. Enquanto a cidade adumbrava, voou para Tonina, seu paradeiro.

* * *

Hans chamara o grupo para a leitura da segunda parte do Códice G. Ainda não tinham almoçado. Ensinou que para ler-se um códice sagrado, precisavam de estar puros e em jejum. A segunda parte do códice dizia respeito ao tempo e só a ele. Para a segunda parte, Hans chamou a ressentida Maruska, ainda magoada por ter perdido o privilégio de iniciar aquele ritual.

Doreen entregou o livro sagrado com cuidado. As folhas esfacelavam-se ao simples contato. Maruska pegou-o com carinho, tomando cuidado para que não se desfizesse. Ao lado das folhas do original, a tradução de Agustin parecia fundir-se com o texto maya. Fez pose para iniciar a leitura, empostando a voz. Ao seu lado, Agustin ia seguindo a leitura, caso Maruska precisasse. Assim, a leitura começou:

"Quem vos fala é a Serpente Emplumada, símbolo de todos os avatares. Trago-vos o saber da natureza e a qualidade do tempo e sua relação com o ser humano e com o cosmos. Meditem sobre o tempo, senão estareis perdidos. O tempo possui qualidades. Assim como precisais de ar para respirar, precisais do tempo para oxigenar vossas consciências. Sabeis que o mundo está confuso e repetitivo, porque se esgota o tempo da terceira dimensão, e a

Terra viaja para a quarta dimensão de consciência. Confusa está a consciência humana. Vós que vivésteis sempre a usar o passado como projeção para o futuro, perdésteis a via da integridade temporal. Não haverá mais a história humana medida pelo tempo da terceira dimensão".

"A Nova Era será tão diferente que não haverá experiência anterior que possa projetá-la. Acabou-se o tempo da terceira dimensão, para vós circunscrito na dualidade do capitalismo do tempo é dinheiro *versus* o socialismo da igualdade falsa. Um novo tempo vos espera, preparai-vos, pois. O tempo da Terra, regulado por meses desiguais e dias mecanizados em horas e minutos, esgota-se. A mente humana encerrou-se no relógio falso que, ao marcar espaço e não tempo, acaba por polui-la. Por isso falta tempo para tudo. Ninguém acha mais tempo para nada".

"O tempo é da quarta dimensão pertence à consciência, tanto da mente racional quanto da mente emocional. Dois são os fatores essenciais da natureza do tempo da quarta dimensão: o caráter racional do consciente científico e o caráter emocional do subconsciente artístico. A quarta dimensão possui um tempo de caráter racional ou científico, porque vem do despertar do conhecimento das coisas. A quarta dimensão tem tempo de caráter emocional ou artístico, pois tanto a fruição artística quanto o fazer artístico são espelhos, a refletir o tempo".

"Arte é projeção do ser no tempo. O artista projeta-se em sua obra com seu inconsciente temporal de quarta dimensão. A consciência é a raiz do tempo. Seja a consciência da mente científica, seja a consciência da mente artística".

"Vós conviveis com a quarta dimensão, quando sonhais ou quando vós sois dominados pelo inconsciente. O artista vive a quarta dimensão, quando, em pleno êxtase, cria suas obras. A humanidade, quando em transe mediúnico, adentra a quarta dimensão. Na regressão de vidas, o ser encontra-se diretamente na quarta dimensão de consciência, pois atinge a espiritualidade da arte da vida".

"Para crescerdes espiritualmente, só no território da quarta dimensão. Só assim sereis guerreiros da luz. Estivésteis na quarta dimensão antes de nascer; volvereis à quarta dimensão, após a vossa morte. Por que, então, não procurais viver o tempo da quarta dimensão, tempo da mente liberta, da plena consciência, da mente verdadeira e do sentimento total"?

"O calendário Gregoriano vos cegou. Fostéis alucinados tanto pela razão quanto pela emoção. Perdésteis a noção de Ética e de Estética, que por serem xipófagas, não há cirurgia capaz de separá-las, sem que feneçam. Vossa mente está obliterada, pois obedeceis ao falso calendário, vossa perdição e vosso fim. A mente é da quarta dimensão, onde se fundem em harmonia razão e sentimento, filosofia e arte, ciência e religião".

"Não vos esqueçais: espaço pertence à terceira; tempo, à quarta dimensão. O tempo não é palpável, nem pode ser medido. Pertence à razão, à mente, à consciência. Não se pode medir o intangível, só senti-lo e pressenti-lo, e só assim torná-lo mentalmente tangível e palpável".

"Vosso entendimento e compreensão do tempo são diferentes dos nossos, que estamos em outra dimensão. Não entendemos o vosso significado de tempo, mas como já existimos antes em vossa vibração mais lenta, vamos explicar-vos: o tempo só existe quando não há compreensão de que a existência é contínua. Vós da terceira dimensão foram condicionados a crer na existência do tempo porque nesse espaço, onde vós viveis, só podem lembrar-vos do vosso ser, mas a mente opera dentro da estrutura do vosso corpo. O conceito de tempo e de relatividade foram inseridos na consciência dos governantes e dos que vos podem destruir. Tempo é um fator inexistente. A essência do tempo é ilusão".

"Quando o eixo da Terra mudar, vós sabereis de forma mais

profunda que o tempo foi criado por uma Inteligência Superior, como forma de controle sobre o vosso cérebro. O tempo é uma salvaguarda contra a corrupção, mas inexiste em sua própria essência. A ilusão do tempo deverá continuar por um bom período".

"O pensamento sim só precisa de energia para existir e continua muito após a destruição do cérebro, depois da destruição da matéria, após o fim do corpo. No espaço não é preciso criar matéria com o pensamento. O tempo é a criação da matéria. O pensamento é energia pura".

Maruska terminou a leitura do códice G e todos silenciaram. Hans disse:

– Vocês viram. Estamos errados, em relação ao tempo. Tentamos medir algo impalpável, intangível. Construímos uma vida falsa, seguindo um marcador de tempo mais falso ainda. Só há três tipos de ordens dadas ao tempo da quarta dimensão: ordens da galáxia, ordens das estrelas e ordens dos demais planetas do sistema solar. Cada qual depende do outro. Cada uma das ordens enviadas à Terra são projeções holográficas das demais e, assim, formam o Todo.

– Como isso funciona, Hans? – indagou Agustin.

– A pergunta está mal formulada. Você pensa o tempo como algo mecânico. Tempo não é coisa que se possa pegar, medir, pesar, como é a rotina do cientista da terceira dimensão. Em relação ao tempo, o espaço não é nada, não passa de um ponto material. Pensar o tempo, é pensar o infinito...

– Sei que não estamos acostumados a pensar o tempo como algo mental. Como devemos agir, Hans? – perguntou Doreen.

– Primeiro, terá de calibrar-se na freqüência 13:20. Depois, precisará de muita meditação em torno dessa conquista, usando o calendário de Treze Luas e, assim, sua mente estará de novo vivendo o tempo correto, o da quarta dimensão, juntamente com o planeta.

– Será o tempo o nosso apocalipse? – quis saber Olavo.

– Será o fim para quem não se calibrar. Não estamos acostumados a olhar nossa galáxia como uma energia que nos comanda. Cremos sofrer influência só do que nos está próximo. Temos de preparar-nos para a viagem de volta ao seio do universo. Fazemos parte do todo, temos de estar calibrados com *Hunabku* e com a nova ordem que virá, após o término do ciclo, em 2012. Depois, outros ciclos virão. A idéia de princípio e fim, vida e morte, é reflexo do espelho dual da terceira dimensão, que dá a ilusão dicotômica do real visível, e nos obriga a tudo ver como algo que tem de ter vida e morte, princípio e fim...

O grupo ficou pensativo, depois das palavras de Hans Berg, o iluminado. Alguns, como Agustin e Frans, chegaram a ser tocados na sensibilidade, e nem sequer esconderam as lágrimas.

Lá no longe, Etznab atitava ainda mais agudamente. O tempo começava a penetrar na mente de cada um. Hans propôs que meditassem por três dias, depois de uma refeição frugal de frutas e broas de milho, que ele próprio preparara. Era a única forma de entrar no tempo dos mayas, que tinham por deus – *Hunabku* – a energia radiante existente no núcleo da Via Láctea.

O códice G, a verdade da galáxia, já mudara o comportamento do grupo. Hans daria agora mais informações sobre outro códice, o que levava a letra T ou TE, que ele sabia estar em Palenque, ou no palácio de Pacal Votan, já que ali fora adorada. O avatar Pacal, o emissário da Serpente Emplumada e das Plêiades, ocultara-o em algum lugar de Palenque? Onde?

O grupo vivia uma experiência única no mundo. Ninguém jamais iria prever que todos os acontecimentos do mundo: guerras, pestes, lutas pelo domínio de territórios, a poluição da Terra, tudo se devia ao tempo descalibrado em que todos viviam. Urgia, pois, a mudança para a freqüência 13:20. Assim, poderiam voltar a compor com o cosmo e tornar-se uno com *Hunabku*.

8=...

O sumiço do códice T

20 de setembro, oito horas da manhã.

1, Lua Veado Elétrica – kin 100 – Sol Solar Amarelo. "Pulso com o fim de iluminar. Realizando a vida, selo a matriz do fogo universal. Com o tom solar da intenção, sou guiado pelo poder da inteligência."

Todos acordaram da longa meditação com a sensação de leveza na mente e no corpo. Acampados perto das cachoeiras, cujas águas escorriam das serras, armaram barracas bem na curva do rio Otolum, antes deste cumprir o seu destino direto ao aqueduto do palácio real. Ali, havia água em abundância e ficava perto da quadra do jogo de bola, lugar espaçoso, onde todos podiam meditar, longe do rumor dos turistas. Hans reuniu o grupo para falar acerca das revelações contidas no Códice G. Maruska estava furiosa. Acabara de ver Doreen deixar a barraca de Agustin e sentira um ciúme mortal, mas se contivera.

Na noite anterior, abrasada pelo desejo, Doreen invadira, sensual e furtiva, a barraca de Agustin, quando todos dormiam, acometendo-o. Agustin assustou-se, mas gostou do ato impensado. O sangue fervia e a natureza deu-se. Como se fora combinado, ambos se amaram sofregamente, quase derrubando a frágil tenda. A Lua adumbrava os templos, criando fantasmagorias. O silêncio parecia cruel para aqueles urbanóides, avezados aos ruídos das metrópoles. Adustos pelo desejo, em plena volição, amaram-se por um tempo que jamais saberiam, não fosse o Sol luzir no cimo mais alto do colar de colinas.

Ainda não saciada, Doreen deixara a barraca, no instante exato em que Maruska saía da sua. As duas miraram-se: Doreen extasiada pela fantasia salaz do ato; Maruska incrédula pela visão sáfica ante seus verdes olhos ciumentos. Como mulheres que conservavam o *self* selvagem, preferiram ocultar o que lhes ia no íntimo. O corpo de Doreen, em brasa e dolente, parecia dizer: "sou senhora da situação, não me moleste". O olhar de Maruska, antes punhais agudos, amainou-se, como a dizer: "você sofrerá muito por esta noite, sua pervertida".

Ambas se encontraram e se beijaram. O olhar de Doreen dizia ter sido uma noite pródiga. Maruska captou o recado sub-reptício, como só fazem as mulheres lobas. A russa perdera a oportunidade de saciar-se, havia anos, na universidade. Agustin não escondera a preferência por sua selvática beleza, apesar da dureza de sua mente racional. Tornara-se a empedernida. Lembrando o passado, viu-se diante de um tempo de racionalidades sem qualquer sentido prático. De longe fora a melhor aluna do curso, mas também a mais solitária.

Doreen levara vantagem. Apaixonara-se pelo cigano desde que o vira. E agora acabara de cumprir o que a natureza mandara. Ninguém percebera, além de Maruska e Olavo. Para mulheres, cenas de amor sempre acabam em segredos absolutos. Olavo lembrava-se da mitologia egípcia, na qual Ísis trabalhava – do anoitecer ao amanhecer – para reconstituir o corpo do irmão, Osíris, esquartejado pelo outro irmão – Set. Se não, o Sol não nasceria. Muitos sóis teriam de nascer antes que as duas lobas voltassem a reconstruir aquela amizade. O amor faz milagres, mas também inimigos.

A mulher loba nada mais era que um paralelo com os mitos universais, nos quais os mortos serão sempre ressuscitados. Amar como Doreen amava era uma espécie de morte para a ressurreição da nova vida. Além de restaurar a vida em Agustin que, na barraca, pensativo, ainda não acreditava no sucedido. Doreen cumprira o seu destino e matara o seu desejo.

"Difícil entender as mulheres. Seres dúbios, de dualidade reconhecida, ora amam, ora odeiam, sempre com a mesma ferocidade intuitiva" – pensou o cigano.

Hans marcara a reunião no Templo das Inscrições. O áugure sentiu que algo sucedera ao Códice T. Não sabia ao certo o que fora. Ali não estava. Alguém dele se apossara. O rosto que lhe aparecia em sonhos era o de alguém que Hans não queria crer. Sabia, mas não dizia quem era.

– O Códice T sumiu – disse Hans. Em meu sonho, na noite passada, vi o rosto de um ser, mas não tenho certeza. Temos um problema. Precisamos do Códice T para saber sobre a vida na Terra. Vamos esperar um sinal de Kukulcán.

Agustin e Doreen miravam-se com ternura, depois daquela noite de amor.

Olavo e Maruska observavam os seus gestos. A russa desconhecia que Olavo também vira Doreen deixar a barraca trôpega e feliz. Hans sentiu o ar pesado, mas nada perguntou. Sua atenção estava toda voltada para o sumiço do códice.

Etznab voltara a volitar, enquanto se encaminhavam para o Templo das Inscrições. Voava em silêncio, a perscrutar com o olhar sensível seres e templos. Para a ave sagrada dos mayas, Palenque era o seu principal divertimento. Havia as frutas de inigualável sabor, encontradiças só naquelas paragens, onde seu amo só para si tais frutas prodigava.

Hans sabia que no templo estavam os indícios do códice e de

quem o furtara. Conhecia de quem fora a mão rapace que se apoderara do *codex*. Apesar disso, nada dizia, sorumbático, distante. Vira o quetzal sobrevoando a cidade e sentiu que *Etznab* tentava dar-lhe alguma informação críptica.

O *espelho do tempo nulo* parecia fletir algo transcendente em seu gestual aéreo. Hans iniciou raro diálogo com o pássaro. *Etznab* sabia quem cometera a rapacidade, apoderando-se do que não lhe pertencia, algo que só à humanidade serviria, justamente às vésperas de um novo tempo.

Todos silenciaram diante o diálogo diacrônico entre Hans e a ave. Viviam tempos diversos, sintonizados mentalmente no infinito, abstração que só se podia atingir com o terceiro olho, o que via Tudo; onde o espaço crescia como buraco negro. Enquanto o planeta se tornava uma nave temporal – nave do Tempo Terra. Nave solitária, a mover-se em espaço próprio, em rotação pelo seu próprio poder; mantendo o próprio espaço em órbita espiralada, ao redor de seu corpo estelar.

Assim, em ressonância com as ordens estelares, a Terra tornara-se uma nave-tempo, mantendo seu espaço em ordem, com a finalidade de proporcionar a experiência consciente dos infinitos ciclos e razões de tempo. Hans vivia este raro instante. Esta consciência de razões infinitas e de ciclos imensuráveis de tempo. Só assim contataria *Etznab*, que atitava em outra freqüência, na mesma dimensão de Pacal, o profeta. O velho áugure penetrara a dimensão da Cidade Vermelha, no instante em que Pacal acabava as notas para o *Codex* T. Escrevia com a pena da cauda comprida do quetzal e com a tinta de um mineral secreto. Ali estava o códice que tratava das relações da humanidade com a Terra, de como o mundo fora criado, o por que os mayas estiveram na Mesoamérica, esconsos em florestas, criando as urbes mais modernas de sua época, mais que qualquer outra raça de seu tempo.

Hans Berg deixara o grupo para assumir a verdadeira dimensão de áugure. Profeta do novo milênio, cujo portal começava a abrir-se. Só não entendia por que *El diablo* se transformara em *Ahau Kin* ou Senhor Solar, deixando de lado a luta política. Sentia em seu plexo solar que a resposta só o comandante poderia dar. Talvez ser político, hoje, fosse mesmo lutar pelo planeta que, a cada dia, mais e mais se transformava em um grande lixo da humanidade.

– Quando o portal da quarta dimensão escancarar-se em 2012, política, ciência e religião voltarão a ser uma coisa só, una e indivisível – disse Hans, em voz alta, para si mesmo, enquanto os demais se entreolhavam surpresos. Hans sabia que mediante a auto-reflexão consciente, a Terra passará pela experiência holográfica que a fará conhecer os outros dois níveis, o estelar e o galáctico. A Terra, planeta-nave-tempo, pressupõe um tipo de biosfera (esfera de vida), capaz de transformar-se em noosfera (esfera mental), a qual será capaz de então manifestar-se como um banco *psi*, o banco de dados da *alma* da Terra.

– O único problema do ser humano é crer que a Terra não é inteligente. Ao percebê-la um ser vivo inteligente, que troca informações com todo o cosmos, poderá ser tarde demais – informou Hans, em voz alta.

– Por que você está dizendo isso? – inquiriu Olavo.

– Estou aqui pensando com os meus botões. Achamos que o planeta não é um ser vivo, mas uma "coisa", na qual habitamos...

– E a Terra é um ser vivo? – perguntou Doreen, distraída.

– É, sim, Doreen. Nosso planeta é uma nave, um ser vivo e também nossa casa. Agora, às vésperas de ir para a quarta dimensão, está recebendo informes radiais da galáxia, das estrelas e dos planetas. Por isso, os seres da federação galáctica estão querendo comunicar-se...

– Por isso os discos voadores estão aparecendo? – perguntou Eric.

– Talvez. Só saberemos, depois de encontrarmos o códice...

– E por que não o encontraríamos? – quis saber Maruska.

– Porque está nas mãos de alguém que o achou antes de nós, alguém...

– Você sabe quem é, não é, papai? – pressionou Frans.

– Talvez. Quero ter certeza da intenção de quem o levou, eis a questão...

– É algum amigo, não é, pai?

– É, sim, Frans. Um amigo muito querido. Só não sei porque fez isso...

A noite caía sobre a Cidade Vermelha, onde viveram muitos clãs mayas. Impossível entender aquela realidade atemporal. Antes mesmo da passagem do primeiro para o segundo milênio, Palenque fora abandonada. Os governantes deixaram, entretanto, obras-primas em suas paredes, contando a história do povo que ali vivera, e cujos descendentes ainda hoje habitam as cidades próximas.

9=....

O diário de *El diablo*

26 de setembro, oito horas da manhã.

7, Lua Veado Elétrica – kin 106 – Enlaçador de mundos lunar branco: "Polarizo com o fim de igualar. Estabilizando a oportunidade, selo o armazém da morte. Com o tom lunar do desafio, sou guiado pelo poder da magia. Sou portal de ativação galáctica. Adentra-me."

Meu nome é Nuno, mas me chamam *El diablo*. Sou procurado pelos novos fascistas como um animal. Para que persista a dúvida sobre minha morte, não irei datar este relato. Assim, pensarão o que quiser; os que me amam, que estou vivo; os que me odeiam, que estou morto. Nesse quarto em que estou metido, olho pela janela do mundo e só vejo morte. Aliás, desde o dia em que Alfonso, meu pobre irmão, foi baleado por minha culpa, nunca mais vivi. Não estará errado aquele que me julgar morto.

Morri no mesmo dia em que a bala trespassou o corpo infante de Alfonso. Tenho os olhos voltados para o teto, deitado na enxerga que me contém, desde o dia fatal. A fatalidade não é só a morte; às vezes, como no meu caso, morre-se de pé, ao se morrer por dentro, na vã tentativa de reunir os cacos do destino. Neste quarto, de tons róseo e violáceo, amargo a minha dor. Este cômodo vazio, em que a desesperança preenche de branco meu desespero, vivo a angústia consagrada da ausência de Alfonso. Lembrar tempos felizes não apaga da memória a desdita. Custa-me crer na morte desse irmão, morto antes mesmo de ter vivido.

Minha memória refaz a nossa fugaz infância, quando corríamos pela Cidade Vermelha, sem saber que um dia viveríamos a profecia de Pacal. Chamo-a de Cidade Vermelha, pois esse era seu nome em maya – Xibalanqué. Palenque foi, ou invenção do cura que a descobriu, o padre dominicano, Pedro Laurêncio que, em 1564, trazido por escravos, descobriu-a sentado num *palanquim*, daí o nome da cidade; ou Palenque vem do espanhol *palizada*, um meio de defesa (paliçada). A Cidade Vermelha era realmente encarnada, um vermelho brilhante, tinha estilo oriental e mais parecia, treze séculos atrás, uma urbe chinesa.

Vivíamos – eu e Alfonso – em meio às ruínas, cada vez mais devastadas pela invasão da selva, a correr entre majestosos templos de cúpulas em aclive, torres que se alçavam ao céu, nossa felicidade infantil. As recordações da Cidade Vermelha ferem minha memória com o punhal da incoerência, trazendo-me doce embriaguez aos meus sentidos, misturada ao espanto de estar vivo; enquanto o pueril e puro Alfonso se esvaía em sangue na terra úmida, na qual antes medrava o milho e, agora, o ódio. Minutos antes da bala fatal, estávamos de frente um para o outro, a pisar a mesma terra, que formava o pó de espanto a nutrir a vida. Antes, assustava-me ao ver o simples nascer do milho. Agora, só resta o pó da morte.

Quando a bala trespassou a pele tenra e suada de Alfonso, duas lágrimas rolaram de suas faces, deixando-me aturdido e indefeso, ante o fado malfadado, intimidando-me na velocidade do susto e na morosidade da angústia. Na hora fatal só me lembro do silvar agudo do quetzal, a ave sagrada a se fundir à serpente, transubstanciando-se em Kukulcán. Seu olhar, mirar do tempo pleno, era o duplo espelho a unir, em total plenitude, o zero e o infinito.

Não deixei que ninguém o banhasse. Alfonso ali morto parecia uma árvore vergada pela dor do instante. O corpo nu, deitado na mesa da sala-de-jantar, já estava pronto para a ceia dos deuses: *morrem jovens os que os deuses amam*. Minha mão, molhada pelo sangue inocente de Alfonso e da água que corria da velha torneira, percorria seu corpo jovem de incipientes penugens, peito perfurado, ainda quente. Abracei-o com força e minha memória encharcou-se de lembranças do tempo em que nadávamos a chapinhar as águas geladas das cachoeiras de Xibalanqué. Então, morri ali com Alfonso.

Chegamos ao ponto principal desse relato: o Códice T. Apossei-me dele. Não sei se o deixarei chegar à humanidade. Os humanos não merecem saber seu destino, mesmo após a abertura do portal de consciência em 2012. O Códice T prende-se a esta letra maya. E o uso da letra T é muito antigo.

Há trezentos anos antes de Cristo, Balmiki, que vivia na Índia, compilou os dois livros mais sagrados dos hindus: o Mahabarata e o Ramayana. Balmiki disse, então: "a cultura naga-maya levou para a Índia o uso da letra T".

Sabemos que a Bíblia fala da Árvore do Bem e do Mal, macieira simbólica que deu origem ao pecado original, quando Eva deu a maçã a Adão. A palavra Eva, com a V latina, letra labiodental, substituiu, por ordem papal, a letra U, como se fazia em espanhol arcaico – *Civdad* em vez de Ciudad – porque a letra U tinha origem pagã. Em maya, Eva é Eua, que significa isolar. Aliás, o que ocorreu. Eva separou-se do corpo de Adão. E o primeiro homem, ao perceber que parira uma fêmea, exclamou Eua! Ou seja, a que se isolara de seu corpo andrógino.

Nos primórdios do tempo, na criação da humanidade, a árvore e o sagrado sempre estiveram unidos. O nome da árvore deriva em maya de *Teol*, nome que se dá ao sagrado. *Te* quer dizer árvore; *Ol*, espírito. Os mayas representavam a árvore sagrada com o hieróglifo T. O T simbolizava ainda o Ar, o Vento e o Alento Divino. Para eles, a árvore possuía espírito, vida e sensibilidade.

Volto a dizer que a humanidade não se preparou para tais códices. Estou em guerra contra a Besta. Sun Tsé diz em sua obra *A Arte da Guerra*: "a guerra é um assunto de importância vital para o Estado – é a província da vida e da morte, o caminho que conduz à sobrevivência ou ao aniquilamento. É indispensável estudá-la a fundo".

A bomba financeira é a arma da Quarta Guerra Mundial. A Terceira Guerra Mundial – a Guerra Fria – beneficiou o vencedor – o Capitalismo. Depois dela, se antevê um novo dispositivo planetário, cujos principais elementos conflitantes são o crescimento decisivo das terras de ninguém, o desenvolvimento de só algumas potências – notadamente os EUA e a Europa –, a crise econômica do mundo e a nova revolução da informática.

Graças aos computadores, os mercados financeiros, baseados em casas de câmbio e a seu bel-prazer, impõem suas leis e seus preceitos ao planeta. A globalização nada mais é que a extensão totalitária de sua lógica a todos os aspectos da vida. Mestres recentes da economia, os Estados Unidos são teleguiados pela própria dinâmica do poder financeiro – a livre troca comercial. Esta lógica tirou proveito da porosidade acarretada pelo desenvolvimento das telecomunicações para apropriar-se de toda uma gama de atividades do espectro social. Enfim, a guerra mundial totalmente total. Um guerra planetária – a pior e a mais cruel – movida pelo neoliberalismo contra a humanidade.

Estou com o *Codex* T em meu poder. Sei de seu conteúdo. É de suma importância para qualquer ser que viva na Terra. Só não sei se adiantará passá-lo à frente. Tenho dúvidas. O códice fala mais especificamente da vida no planeta Terra, pois o T é a árvore da vida ou do mundo.

Deixo aqui uma surpresa para os antropólogos. A antropologia ortodoxa crê que os mayas deformavam suas cabeças, desde a mais tenra idade, por mero capricho ou por motivos estéticos. Nada na existência dos mayas, chamados de clássicos ou *mayax*, foi gratuito. Até os seus saberes matemáticos e astronômicos prendiam-se à religião, ou eram eles próprios a religião. Sua estética também cumpria esse destino, ou seja, estava unida aos ritos religiosos. Não havia divisão entre astronomia e astrologia. Os sacerdotes eram a um só tempo governantes, administradores, políticos, astrônomos, astrólogos e profetas; tudo, porém, com base na ciência maya, um conhecimento cosmológico e cosmogônico. Agora, a surpresa: por que os *mayax* tiveram alto grau de conhecimento? Por que até hoje o alto grau de habilidades espaciais dos mayas permanecem tão desconhecidas?

Sabia-se que os mayas tiveram grande desenvolvimento em astronomia, artes, matemática e arquitetura. Tais conhecimentos superiores eram restritos aos sacerdotes e à elite. A antropologia erra, ao pensar que deformavam a cabeça das crianças por questões estéticas. Os mayas sabiam que as tornando braquicéfalas (cabeça em forma de ovo), ampliavam-lhes o poder de pensamento, de inteligência e de domínio espacial. Sabiamente, a descoberta só foi aplicada aos paranormais, aos intelectuais e aos homens de conhecimento. A sociedade maya era bastante hierarquizada. Cabia à elite e só a esta conduzir o destino da raça.

Os *mayax* alteravam o crânio das crianças, pois sabiam que a modulação do campo magnético do Sol causa efeitos benéficos ao sistema endócrino. Este efeito melhora o biorritmo e as funções de fertilidade do corpo humano. Se nós olharmos para a cabeça esculpida de Pacal, encontrada em sua tumba, veremos alguns sinais incomuns, mais parecendo três pétalas de flor, colocadas de forma estratégica sobre a sua cabeça.

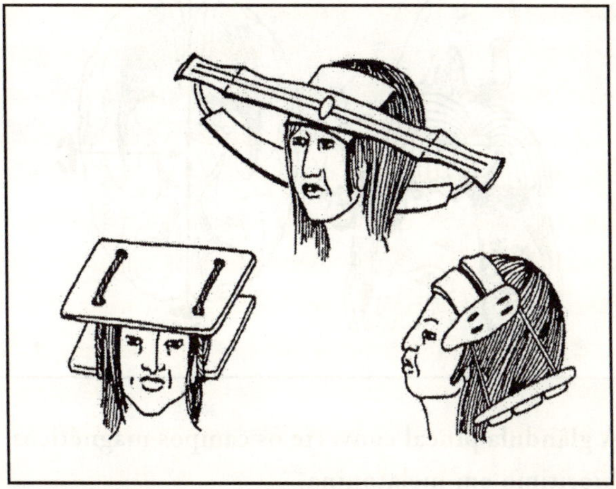

Assim os mayas deformavam suas cabeças desde a infância

As pétalas da testa criam uma fonte, a espargir linhas de força magnéticas,emergindo do topo da cabeça e das áreas do lóbulo temporal. Se nós olharmos as três pétalas juntas, vemos que as três ocupam o mesmo eixo e estão postas de maneira a impingir para o alto a área pineal, região do hipotálamo do cérebro, a sugerir que tais pétalas formam objetos de natureza magnética. As pétalas têm a função de melhor capacitar o sistema de comunicação entre os dois hemisférios do cérebro, fazendo-os mais efetivos, além de acomodar e armazenar melhor as informações em um neuro-hemisfério, fazendo de um hemisfério o espelho real do outro, tornando-os tal e qual um programa de computador, a armazenar dados em memórias separadas para procedimentos independentes. Surpresas virão com o códice T. Espero passar o códice ao Hans, se eu não tiver morrido.

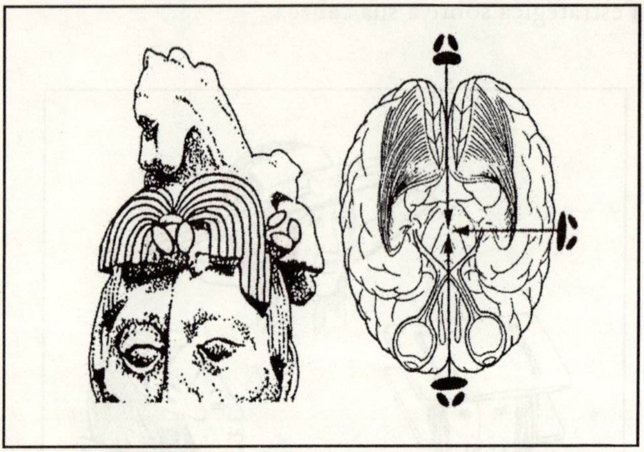

A glândula pineal converte os campos magnéticos do bioritimo em melatonina.

A pituitária e o hipotálamo afetam a produção dos hormônios Estrogenio e Progesterona. Esta conversão do campo magnético para o químico é conhecida por transducção eletroquímica. Tudo isso ocasionado pela radiação solar e o alinhamento das glândulas dos mayas, conforme o desenho acima.

10

O enigma da tampa do sarcófago

27 de outubro, nove horas da manhã.

10, Lua da Forma – kin 137–Terra Ressonante Vermelha: "Canalizo com o fim de evoluir. Inspirando a sincronia, selo a matriz da navegação. Com o tom ressonante da harmonização, sou guiado pelo poder da água universal."

Após um mês procurando o códice T, o grupo preferiu pesquisar a cidade. Enquanto isso, Hans buscava *El diablo* para reaver o *codex*. A sensual Doreen estudava a arquitetura da Cidade Vermelha durante o dia; seduzindo Agustin, à noite. O argentino vivia seu melhor romance, à noite; enquanto durante o dia estudava as diversas línguas ali faladas havia mais de mil anos.

Frans, saudoso de Luara, especulava acerca da história da cidade, a seu ver uma urbe cosmopolita. Maruska Raskolnikof, a loira empedernida, analisava um novo templo recém-escavado, ao lado do palácio, cujo homenageado, fosse um deus, fosse um dignitário, tornara-se um mistério. Eric e Olavo faziam análise da tumba de Pacal, o Grande. Todos dialogavam ao mesmo tempo:

Escute aqui, Doreen, não acha demais suas noitadas com Agustin? (M)

Perguntando ou acusando? O que deu em você, heim?! (D)

Não sei, mas me parece que você exagera... pensa que não vejo?... (M)

Você tem ciúmes e é moralista... nós somos livres... (D)

Não sou, não... e você poderia se comportar melhor... (M)

Não me lembro de estar em colégio interno... é uma delícia, sabe? (D)

Não duvido, mas somos cientistas, devemos nos comportar... (M)

Você é cientista! Só Agustin apaga o meu desejo, somos humanos... (D)

Estamos aqui para entender os códices e não para... para isso aí... (M)

Você tem medo de amar, não é, Maruska? Acha que sexo é feio... (D)

Assim, desse jeito, sem pudor algum, acho, mesmo. (M)

Olhe, Maruska, todo mundo deseja e tem direito ao amor. (D)

Olavo chega com novidades e interrompe o diálogo das duas mulheres.

Estudo com Eric os glifos da tampa do sarcófago de Pacal Votan... (O)

Por que esse estudo, agora, se já houve tantos e nada se concluiu? (M)

Porque ali está o mistério da Serpente Emplumada... (E)

Que mistério é esse? Vocês não se cansam de tantos mistérios? (F)

Não, Frans. Tudo é mistério na civilização maya. A tampa é mais um. (E)

Sabe, Eric, creio ser perda de tempo... (O)

Não é, não. Creio que li algo sobre isso... um tal de Cotterell... (D)

Maurice Cotterell, não é? (E)

Sim. Ele fez uma pesquisa perfeita sobre a tampa do sarcófago... (D)

Por isso, estamos pesquisando a tampa. Tem a ver com

Kukulcán... (O)

E o que nos diz esse Cotterell? (M)

Muita coisa. Toda civilização tem sua pedra de Roseta, não é? (O)

O Olavo quer dizer que o mistério dos mayas está todo na tampa... (E)

Como, assim, qual deles? (D)

Por que motivo abandonaram suas cidades é um deles... (O)

Eu vi como Pacal se fundiu com o quetzal e virou Kukulcán... (E)

Como foi isso? (M)

Não sei explicar. Deu-se em outra dimensão. Eu olhava distraído a cidade, quando, de repente, vi a Palenque do tempo de Pacal. Ele dava frutas ao quetzal, quando se tornou Serpente Emplumada. Fiquei tonto pela confusão entre as duas dimensões de tempo. Era real demais. Nem quis mais falar sobre isso... (E)

Por que você não nos contou? (F)

Não sei, Frans. Talvez, medo de cair no ridículo... (E)

Por isso você está estudando a tampa do sarcófago de Pacal Votan? (M)

Creio que lá estão as respostas de muitos mistérios mayas... (E)

Mas você falou no Cotterell... (D)

Ele descobriu mistérios estudando a tampa do sarcófago de Pacal. Ela já foi muito estudada, com muita especulação sem levar a nada. Uns, viram nos glifos da tampa um ser extraterrestre viajando em uma nave espacial, como o Erich von Daniken. Os glifos da tampa servem a muitas teorias. Está em linguagem cifrada. Estamos quase a decifrá-la. O Olavo tem experiência nisso. Era o seu trabalho, no Egito. Por isso, a ligação com a Pedra da Roseta, decodificada por Champollion. A tampa é a Pedra de Roseta dos mayas... (E)

Puxa, Eric, você nos enganou... com essa cara de anjo... (M)

Será que o códice fala da tampa do sarcófago? (D)

Talvez. Com certeza toca no assunto... foi escrito por Pacal... (F)

Como você sabe disso, Frans? (O)

Simples, Olavo. Meu pai me disse. São muitos os mistérios mayas... (F)

Por falar em Hans, onde ele se meteu? (D)

Foi atrás do códice... deve estar chegando... (F)

Foi o que ele me disse, há uma semana, antes de desaparecer... (M)

Voltemos à tampa entalhada do sarcófago. Diga mais, Eric... (F)

O que posso dizer? (E)

Faça um relato, um sumário do que vocês encontraram... (M)

Estamos precisando de Agustin para decifrar certos glifos... (O)

Ah! Agora precisam de mim, não é? (A)

Você está tão calado, Agustin. Por que não nos ajuda a decifrar a... (D)

Estava pensando. Creio que o códice tem a ver com... (A)

A tampa? Também creio nisso... (E)

Sim, a tampa. Ali deve constar o renascimento de Pacal... (A)

Renascimento? Como, assim? Pacal ressuscitou? (M)

Sabe, Maruska, acredito que renasceu em outra dimensão... (A)

Faça o relato, Eric, precisamos saber tudo sobre a incrível tampa... (D)

Bem, se vocês insistem. A primeira coisa a se levar em consideração é o nível artístico da tampa do sarcófago, obra de um grande artista gravador. Há uma complexidade de signos e de motivos religiosos, formando uma imagem plena de mistérios, tanto artísticas quanto míticas e místicas. Vê-se uma pletora de signos, símbolos desconhecidos e confusos, no emaranhado de formas, e ao redor dos glifos e motivos. Deram muitas interpretações, mas nada conclusivo. Sentimos – eu e Olavo – que ali há muito mais informações do que as até hoje descobertas. Cotterell diz: "Os entalhes mostram, entre outras coisas, a atividade das manchas solares, bem como efeitos da atividade solar sobre a fertilidade dos mayas... (E)

Isso quer dizer o quê? (M)

O segredo do êxodo maya deve-se à atividade malfazeja das manchas solares sobre a fertilidade do povo... (E)

Há relação direta entre apogeu de civilização e intensidade do Sol... (O)

Expliquem-se melhor. Não estou entendendo bem essa coisa... (F)

Eu estava estudando a relação entre o apogeu do Egito e o da intensidade máxima do Sol. Coincidência: apogeu do Sol, apogeu dos egípcios; declínio das manchas solares, declínio da raça egípcia... (O)

Os mayas vaticinaram o declínio de sua raça, ao saber do declínio do sol. O bombardeio solar causou males às crianças, que nasceram deformadas... (E)

Mas isso cai sobre a gente como uma bomba... Vocês podiam ter... (M)

Não tínhamos certeza. Poderia ser mais uma teoria entre tantas que há por aí... esse é o segredo dos mayas... (E)

Puxa! será que meu pai sabe disso? (F)

Deve saber, Frans, mas ele só revela o que pode ser revelado... (O)

Há ainda outro mistério... (E)

Você não vai contar aquilo, vai? (O)

Por que, não? (E)

Porque há muita confusão em torno disso. Vamos esperar o códice... (O)

Está bem. Não contarei. (E)

Se vocês querem ajuda na decodificação, seria bom contar, se não... (A)

É uma bobagem, Agustin. Não tem valor científico... (O)

Não importa. É bom contar... (A)

Vocês homens gostam de guardar segredos, não é? (D)

Conte logo, vá! (M)

Está bem. Vou contar... (E)

Não conte, não. Por favor, Eric... (O)

Vou contar apenas o que pode ser contado. Os mayas clássicos, os ditos *mayax*, acreditavam viver na quarta era cósmica. Na tampa está tudo lá sobre os quatro ciclos, mas falta justamente a quinta era ou ciclo, que se perdeu ou não foi gravada na tampa. O espaço existe, mas os glifos não estão lá... (E)

Justo a nossa época! Não pode ser!... (D)

A questão é essa: a quinta era, a do Jaguar, não está representada... (E)

Mas esta quinta era é a profecia de Pacal Votan, não é? (D)

A profecia já foi divulgada em *2012 – A Profecia Maya*, não é? (A)

Sim, Agustin. Está certo, mas queríamos uma comprovação... (M)

Ou, quem sabe, outros dados sobre o inexorável futuro... (F)

Creio que já foi muito o que apuramos, não foi? (O)

É verdade. Vamos refletir sobre isso. (A)

Talvez, se você decifrar mais alguns glifos, não é, amor... (D)

Talvez. Creio que haverá muito mais descobertas, sem dúvida... (A)

Descobriram para que lado vai o "navegador" Pacal da tampa? (M)

Sim. Pacal se dirige para Xibalba, a terra dos mortos, a região maya para depois da vida, mas não há uma evidência total nessa assertiva... (E)

Sempre o mistério... (D)

Vamos tentar contato com o Günther Schielen, o arqueoastrônomo... (A)

Por que, Agustin? Quem é Günther? (M)

Já disse, um arqueoastrônomo que estuda o céu do tempo dos mayas. (A)

No que ele poderá ajudar? (O)

Nessa questão das manchas solares e no possível fim dos mayas... (A)

Até hoje a ciência não estudou o sol em profundidade... (M)

E no entanto, o sol é o pai de todas as religiões primitivas... (O)

E também das ciências primitivas... da intuição humana... (E)

Uma humanidade dividida: homem igual ao sol; mulher igual à lua... (D)

A idéia de que os mayas profetizaram o seu fim está na tampa? (A)

Sim, Agustin. Está lá, na linguagem críptica de Pacal Votan... (E)

Mas se vocês não decodificaram, como sabem? (A)

Pela divisão quadripartida do mundo maya. (E)

Ah! a história dos quatro mundos, não é? (A)

Claro. E o quinto era sempre muito perigoso... (E)

Que história é essa? Não estou sabendo disso... (D)

Os mayas dividiam tudo por quatro, Doreen, inclusive a vida... (M)

Dê um exemplo! (D)

A vida de um maya era de cinqüenta e dois anos, dividida por quatro: treze anos de infância, treze anos de puberdade, treze anos de maturidade e treze anos de velhice. E a cada cinqüenta e dois anos os calendários se encontravam. (M)

Os calendários solar e o sagrado, o *Tzolkin*, não é? (F)

Sim, Frans. Daí a vida ser marcada pelo encontro dos calendários... (M)

E depois? (D)

Depois vinham a sabedoria e a morte... (M)

E se morria muito cedo, não é? (D)

É verdade, Doreen... muito cedo... menos Pacal Votan... (M)

Que morreu aos oitenta anos e deixou vaticínios inscritos na tampa... (E)

Treze era o número mágico maya, não era? (D)

Era, sim, Doreen. (A)

E quantos anos governou Pacal, o Grande? (D)

Sessenta e sete anos. (M)

Se somarmos os algarismos, dá treze... (D)

Não tinha pensado nisso... (M)

Mas e a tampa? (D)

Registra o que sucedeu nos quatro mundos ou ciclos anteriores... (O)

E o quinto mundo ou ciclo, este que se iniciará em 2012?(F)

Era perigoso, talvez por isso, os entalhes sumiram da tampa... (E)

Sabe, nas cerimônias, os sacerdotes não nomeavam o quinto Chac... (A)

Mas eles não dividiam por quatro o mundo e as coisas?... (D)

Por isso mesmo. O quinto Chac era muito importante, mas perigoso... (A)

O mundo deles não estava sustentado por quatro Chacs? (D)

Isso mesmo. Um para cada ponto cardeal. O quinto era o centro... (A)

E o centro era perigoso... (D)

Porque era dúbio... tanto poderia ser bom quanto ruim... (M)

Também nos dedos da mão... (F)

Dedos da mão? Que história é essa de dedos... (D)

O polegar é o mais importante, mas quebra a harmonia dos demais... (F)

O polegar era *thup*, o pequeno, que se esconde entre os outros... (A)

Thup, nome engraçado. Aliás, polegar também é engraçado, não é? (D)

Thup era o nome do quinto Chac, o menor, mas essencial nos ritos... (A)

O quinto ciclo ou mundo é do Jaguar, não é? (D)

Isso mesmo. Deverá ser um mundo de magia, pois Jaguar é *Balam*... (E)

E o que é *Balam*, na verdade? (D)

Balam é o nome dado aos sacerdotes mayas, vem dos Olmecas...(A)

Por isso *Chilam Balam* é *O Livro do Adivinho das Coisas Ocul-*

tas... (M)

E Hans, quando trará o códice T? (E)

Ele está demorando demais... (D)

Será que encontrou o códice? (M)

Vocês vão continuar as pesquisas sobre a tampa? (F)

Creio que, sim, Frans. Há muitos mistérios ali... (E)

Aos poucos vamos chegando às conclusões finais sobre os mayas... (O)

Você acabou aderindo aos mayas, heim Olavo? (A)

A civilização maya é tão importante quanto a egípcia, Agustin. (O)

Estou bestificada. Nunca pensei que houvesse uma raça assim... (D)

Tomara que o professor Hans chegue logo com o códice... (M)

Meu pai some a aparece como um cometa... (F)

Seu pai é um sábio... se não fosse ele, estaríamos na estaca zero... (A)

11

A morte da Senhora Zak-Kuk

9.10.7.13.5.

Dois de setembro de 640, seis horas da tarde.

A Senhora Zak-Kuk acabara de morrer em Palenque. O rei Pacal viu, lá na Torre dos Ventos, o quetzal atitar. O tempo de sua mãe findara. Teria honras de estadista. Reinara em Palenque por três anos. Só renunciou ao trono em favor do filho, Pacal, o Grande. O pai de Pacal viveria ainda pouco mais de dois anos, antes que a morte lhe adviesse. O momento solene obrigava pai e filho a manter calma e potestade, apesar de as feições amarguradas dos dois mais transmitirem a dor inefável que lhes ia no espírito.

Etznab atitava como se, no espicaçar do seu piar, estivesse imanente toda a dor do amo. Clamor mortal, como se Etznab chamasse o pássaro da morte, o Moã, para buscar a alma de Zak-Kuk e levá-la a Xibalba, a derradeira morada.

Kan-Bahlum-Mo' sentia como homenagem o atitar que lhe feria os ouvidos e a alma dolorida. O pai de Pacal não quisera haurir toda a fortuna que o poder lhe conferiria, se reinasse. Antes, preferiu dar o trono a quem realmente se preparara para governar – sua mulher. Agora, a companheira, que lhe prodigara o filho mais maravilhoso de Palenque, estava ali inerte, como se jamais tivesse vivido. A vida, naquele instante, não lhe fazia o menor sentido. "Viver é já uma forma de morrer"– dizia o sábio pai de Pacal, o Grande.

O filho de Pacal – Chan Bahlum II – tinha só cinco anos, quando da morte da avó. Na sua pura crueldade de criança, o menino, que mais tarde teria o nome de Serpente-Jaguar, brincava distraído, em meio às feições fechadas dos mais velhos. Chan Bahlum seria o penúltimo rei da dinastia. Sua mãe, Senhora Ahpo-Hel, tentava dissuadir o futuro rei de brincar entre as pernas dos que ali estavam a prestar as últimas homenagens à ex-rainha. A solenidade assim o exigia. Afinal, fora o próprio Pacal que dissera: a Senhora Zak-Kuk (Papagaio Branco) era filha da Primeira-Mãe, a Mãe Cósmica, poder celeste primevo dos mayas de Palenque.

A guarda, adornada por compridas penas do quetzal, tinha cor de jade. O coral, entoando cantos funéreos, transformava a cena trágica em funesta. A ordem unida da tropa, com suas sandálias de latão, provocava intensa latomia na cena, baralhando os sons lúgubres e graves da cantilena do coral aos sons aguçados e marciais dos cadenciados passos da guarda.

Pacal Votan tinha trinta e sete anos. Apesar da dor estampada em seu rosto pétreo, trazia uma inquietação a mais que se lia nas feições carregadas. Naquele dia entrara em contato com Kin, o entalhador da tampa de seu sarcófago. Dera-lhe instruções sobre o vaticínio que ali deveria constar. Sabia que a dinastia estava por findar-se. E que o mundo maya vivia o seu estertor. Nada poderia fazer para inverter a situação, estava escrito. Raros sabiam disso. Sua mãe fechara os olhos para sempre, assim como findaria a cultura maya, em breve.

Conversara longamente com o artesão. Queria que ali constasse a história dos quatro mundos mayas já vividos. Talvez, as previsões para o quinto mundo. Dependia muito de seu dom profético. Isso o arrasava naquela hora trágica. Os mayas tinham como missão deixar aos pósteros todo o seu saber. A humanidade passaria ainda por situações extremas de miséria espiritual, no ciclo que estava por findar. Talvez, se recuperasse das aleivosias cometidas contra si própria.

Kan-Bahlum-Mo', ao seu lado, sentia a aflição do filho. Sabia-o grande e sábio. Viu-o passar noites indormidas, fazendo cálculos intrincados, empregando o idioma críptico, para que os pobres de espírito não tivessem toda a desgraça do porvir. Nada valeria ao povo saber de seu fim como raça. Sofrer por antecipação. Melhor seria deixar a dor vir no tempo certo. Se é que haveria um tempo calculado para tanta frustração.

A mãe de Pacal recebia as homenagens *post-mortem* no palácio, ainda em obras. O palácio seria terminado por Pacal e seus dois filhos – Chan Bahlum e Kan Xul – ao longo de quase um século, entre 615 e 711 d.C..

Pacal já pensava na maneira de dizer à elite como a profecia se cumpriria. Não seria fácil. Faria uma conclamação geral e tentaria explicar o inexplicável. Quem acreditaria? Nessa hora, até por sobrevivência, nenhuma cultura aceitaria sua extinção. Para que a raça sobrevivesse, ao menos na memória dos humanos, a única saída seria deixar as cidades e voltar ao nomadismo.

A situação compelia-o a aceitar o desafio de enfrentar a cidade de novo. Vivera já situação idêntica, ao assumir o trono. Fora preciso uma boa explicação para que o rapazote de apenas doze anos se coroasse rei. Via-se agora, de novo, em situação idêntica. Teria condições psicológicas para enfrentar de novo a elite? Seu discurso seria crível para ser aceito?

Etznab, no cimo da Torre dos Ventos, atitava. O rei Pacal ouvia-o e tinha dó do pássaro. O tempo ali se confundia. Sabia que viveria o suficiente para iniciar o êxodo da elite. Como reagiria o povo quando soubesse da terrível verdade? O povo que sempre acreditara nos sacerdotes, sábios, matemáticos, astrônomos de invulgares capacidade e competência. De repente, o maior dos mayas de todos os tempos teria de dizer à população que nada mais lhe restava, a não ser largar tudo para trás. Seria como decretar-lhes a morte ainda em vida.

– Poderíamos pôr a profecia na moldura da tampa do relicário – disse Kin.

– Seria uma boa medida – disse Pacal, distante. Seria melhor começar pelo primeiro ciclo da humanidade, girando da direita para a esquerda, até o quinto mundo. Estou ainda preparando a profecia para o fim do ciclo – para 2012.

– Vossa majestade é quem sabe. Sou apenas instrumento de vossa ordem.

– Eu sei Kin que tu tens feito o melhor... és um grande artista. Penso em pôr na tampa do meu caixão a essência do *Popol Vuh*, em linguagem cifrada, para só ser decodificada daqui a muitos séculos... talvez uma quebra...

– Uma quebra? – indagou, preocupado, o artesão.

– Espécie de quebra-cabeça para ser decifrada por uma pessoa sagaz...

– E isso, como seria?...

– Não sei ainda, Kin...estou pensando...

Pacal Votan mantinha-se carrancudo. O artista calara-se. Esperava sempre a hora certa de opinar. Havia entre os dois um tempo vazio, silêncio que deixava o artista constrangido. Vazio de morte. Kin não sabia o que fazer em tais instantes.

A Senhora Zak-Kuk seria enterrada no Templo Olvidado, a sudoeste da Cidade Vermelha, edificado por Pacal, justamente para conter os túmulos dos pais. Sua mãe estaria frente a frente com os Senhores da Morte, em Xibalba. Antes, pai e filho preparariam o caminho para que Zak-Kuk fizesse, de maneira correta, a passagem desse para o outro mundo. Para isso, um ritual deveria ser realizado, antes que a noite adumbrasse a cidade. O cortejo fúnebre atravessaria todo o centro da urbe, uma vez que o Templo Olvidado ficava no lado oposto ao palácio, onde o corpo era velado.

Kan-Bahlum-Mo' via, por antecipação, o mesmo cortejo de que participaria dali a dois anos, quando, então, seria ele o homenageado. Por isso, Pacal não se surpreendeu, quando ouviu o pai a sussurrar-lhe:

– Estou aprendendo o caminho... serei o próximo...

– Todos nós iremos um dia – foi tudo o que Pacal conseguiu dizer.

Etznab tinha, agora, a companhia do pássaro mítico, o Moã. Seu atito se fizera acutíssimo. Suscitada pela vontade do rei, o rito de passagem da ex-rainha deste para o outro mundo, ao encontro do Senhor do Limbo, se iniciava sob a intervenção do Moã, que assim preparava e concluía a reencarnação da morta.

O poder do Moã era o mesmo do Espírito Santo, inclusive seu glifo: o de uma pomba pousada em seu ninho. Sua cabeça, nos códices, estava reduzida a um círculo, com dois pontos para os olhos e uma linha como bico. Tais pontos e linhas significavam que o ser era mítico, espiritual. No ventre, a roda solar, sempre anunciando a clarividência ou êxtase do sacerdote.

Pacal Votan transubstanciou-se no corpo longo da Serpente Emplumada. O quetzal deixou de atitar, e infiltrou-se na boca da serpe. O Moã portava agora o fogo sagrado. Velava a morta, a filha da Mãe-Cósmica, a que retornava à casa materna. Para acompanhar a Senhora Zak-Kuk à última morada, outro ser mítico: a Grande Estrela ou *Lamat*.

A morta renasceria no ato de magia simpática. Suas células renovadas, o psiquismo letárgico iria brotar e reencontrar a atividade consciente, graças às suas virtudes. A morta germinaria e viveria a nova vida. Ao Moã só restaria levar o fogo prometéico. O Moã não voaria pelas próprias asas. Como ser mítico, o sacerdote tinha de pô-lo em movimento no ritual do renovo.

Pacal Votan reconheceu a luz sagrada. Sua aparição era essencial no ritual da reencarnação. Dizia o rito: "quando a luz se encontrar nos olhos do iluminado *Chilam*, o defunto reencarnará".

Luz espiritual, sagrada. Esta luz infiltrada na alma de Pacal era exatamente a que produzia o renascimento no Limbo: metamorfose do morto, a preceder, de imediato, o retorno ao ventre materno. A Senhora Zak-Kuk retornava ao ventre da Mãe-Cósmica. A luz que já penetrava a consciência de Pacal, resplandeceria o caminho. E a alma da rainha, por fim, enxergaria a fenda aberta da reencarnação.

Enquanto a morta estava em letargia, vivia em trevas. Para tirá-la dessa condição, o ritual se fazia necessário. Daí, o sacerdote realizar chamamentos e evocações. Se o morto permanecesse em letargia, seria sacrificado à gloria de Akbal – a Noite – ou Trevas Eternas. No instante, Pacal Votan precisava do Moã, fonte de luz, a irradiar o poder celeste. E a reencarnação, por fim, concretizou-se.

Na cerimônia funérea, estavam presentes todo o tipo de místicos: áugures, sacerdotes, e videntes. Esses esotéricos concorriam com o sacerdote-mor no renascer da mãe de Pacal. Se uns faziam sacrifícios, outros ofertavam seus dotes iluminados, como os áugures. Eram o exército dos *Ahau-Kin*, os Senhores do Sol. À frente do cortejo, os videntes. Traziam dois tímbales de braços compridos, sinais de clarividência. Eram sacerdotes-videntes, quase sempre homens de meia-idade. Dizia-se em Palenque: os defuntos voltam à vida, graças aos sacerdotes clarividentes. Depois, vinham os sacerdotes sacrificiais, que tiravam sangue de si mesmos, em pleno êxtase.

12=..

A caverna de hieróglifos

14 de novembro, oito horas da noite.

28, Lua Coruja Auto-existente – kin 155 – Águia Cristal Azul: "Dedico-me com o fim de criar. Universalizando a mente, selo a saída da visão. Com o tom cristal da cooperação, sou guiado pelo poder da realização. Sou um portal de ativação galáctica, adentra-me."

Hans Berg esperava a Lua cheia. Sabia que *El diablo* sairia da caverna com o luar. Como não apareceu, Hans entrou na *cave*. A luz do luar penetrava só na ante-sala da furna. Poucos passos adiante já penumbrava. Andava com cuidado, para não tropeçar nas estalagmites. Tinha o espírito desarmado, como convinha a um áugure. Sentir, naquele instante, era o mais apropriado. Cerrou os olhos para melhor estar em plenitude. A lua cheia inseria em seu corpo humores estranhos, aguçando-lhe ainda mais a sensibilidade.

El diablo estivera ali, com certeza. Sua energia impregnara as pedras e o ar rarefeito. *El diablo* tornara-se um solitário. Solipcismo. Ensandecera na solidão, se não estivesse mesmo morto. Hans percebia-lhe a presença energética. Por ali passara, com certeza. Hans desconhecia aquela energia. Não sabia se espitual, se corporal.

Sentira a presença do códice T, de alguma forma, nos cantos escuros da caverna. Andava a esmo. A energia compelia-o para ir ao fundo da furna. Ouviu rumor de água corrente a bater contra as rochas. Parecia adentrar no reino de Xibalba, o mundo dos mortos. Procurou galhos secos para uma tocha. Apalpou o bolso à procura do isqueiro. Sara lhe dera de presente de casamento. Lá estava, quase sem uso. Um milagre ter acendido. Há muito deixara de fumar. Entretanto, guardara-o como lembrança de um tempo feliz. Sara fora a única mulher que ele amara em vida. Depois de minutos, percebidos como horas, descobriu uns paus secos. Arrumou-os em forma de trempe, circundando-os com musgos secos. E a fogueira fez-se.

A visão da caverna era indescritível. Seus olhos foram-se acostumando à luz, depois de acomodados à escuridão. As carnes se lhe arrepiaram. Perdera o pulso na turbação dos sentidos. Lia-se nas rochas, ali contidas, glifos de todo o tipo. Seriam hieróglifos do Códice T o emaranhado de signos que preenchiam as paredes da caverna?

Sentiu-os indecifráveis. Só um estudioso de línguas crípticas mayas, como Agustin, talvez traduzisse tais signos enigmáticos, a cobrir quase toda a lapa. Pôs-se em posição de lótus. Quando não conseguia entender de forma racional algo, entrava em alfa para sentir em outra dimensão. Assim ficou por uma hora.

Depois, calmo, como se passeasse, olhou ao redor da cova, notadamente a ante-sala, ainda iluminada pelo luar. Os primeiros compartimentos estavam cheios de hieróglifos. Em meio àquela algaravia de signos, Hans reconheceu os glifos de Vênus e do Jaguar; este o símbolo de Pacal. Animou-se.

Teria agora de retornar ao acampamento. Achara o códice T escondido em uma caverna próxima a Chiapas, onde se acoitara o esperto *El diablo*. Não vira o comandante Nuno, que só ele o sabia vivo. Se houvera uma segunda morte, nunca saberia. Tudo indicava que *El diablo* não mais queria contato com os vivos.

Arrumava suas coisas para a volta, quando viu um vulto passar entre vãos alumiados pela Lua. Hans pensou ter visto um fantasma. A furna parecia mesmo pertencer ao Senhor da Morte. Seus olhos viram-no com clareza. Não sonhara. Ainda mais que os olhos, a aguçada percepção sensorial jamais lhe faltara. Vira, sim. Um vulto encapuzado a desaparecer em pleno ar. Sentiu o ser fantasmático eludi-lo com a destreza de saltimbancos. Largou a mochila e saiu à procura daquilo que vira, fosse o que fosse.

Tudo se dera rápido. Tinha de revirar a furna em busca do encapuzado. Pela primeira vez sentiu medo do sobrenatural. Talvez o clima da furna escura ou quiçá o espírito do Senhor da Morte anunciara o perigo por que passara. Medo e desassossego apoderaram-se de suas entranhas com a rapidez do raio. *El diablo* jamais lhe assustaria ou faria mal. Tinham sido bons amigos. Afinal, Hans salvara-lhe a vida.

A lua se fora. A caverna escurecera. Um gosto acerbo veio-lhe à boca, amargando-a. Estaria diante do mundo sublunar? Na mente algo se lhe impusera, como se ali estivesse de *per si*. Frases saiam truncadas, como se faltassem aos vocábulos um nexo de ligação: "Haverá muito sangue...a alma do templo será ensangüentada... procurando a proteção da morte, o *Chilam* elevará sua prece ao céu. As bênçãos celestes serão eliminadas da terra, a fecundidade voltará ao céu. Queda do Sol. Muitos templos serão cobertos. Os mortos purificados chorarão no Limbo... muitos *Chilam* morrerão... as almas dos anciãos falarão com os deuses... aflição para o mundo sublunar..."

Hans desorbitara. Akbal, a Noite, se fechara sob seu manto penumbroso. Nada via na sombra. Sentia o corpo frágil de velho arrepiar-se. O som de asas a bater contra o vento, teimando em invadir a cova, deixou-o ainda mais inseguro. Seria o Moã, a ave da morte? Ou quem sabe o quetzal peregrino, a insistente ave que ali vivia, em desacordo com o seu paradeiro.

"O sangue cobrirá o templo. Os ritos da santa geração serão confundidos. O sangue fará esquecer o êxtase. Os defuntos serão larvas. O poder celeste se afastará. As semeaduras ouvirão a morte do *Chilam-Balam*... muito sangue, pouca comida..."

O velho áugure sentiu-se desconfortável naquele corpo medroso. Não sabia o que fazer. O encapuzado esvanecera-se. Ficara ali ante as sombras negras, com a sensação de inutilidade e confuso, sem saber sequer se o tempo ali contido pertencia a um tempo presente ou a um tempo pretérito.

A Lua alçara-se ao alto da montanha e a noite se cerrara em nuvens negras e intimidadoras. Talvez chovesse e a água lavasse tudo que ali lhe perturbava os sentidos, deixando-o cada vez mais esgotado, fora do corpo inútil, que já nem sequer reagia tão bem quanto seu espírito. Logo ele, um guerreiro da luz. Tinha de abandonar tudo como estava e pensar no códice. *El diablo* brincava em outra dimensão. E assim, bem devagar, Hans foi deixando a caverna.

* * *

No acampamento, noite alta, Doreen viu quando Maruska deixava a tenda de Agustin. Perplexa, perdeu a fala. A russa tinha os olhos esgazeados de prazer concupiscente. A empedernida Maruska jamais sentira algo semelhante. O mundo lhe parecia irreal, agora que tocara as entranhas de Eros. Saíra da barraca com dificuldade, ainda cheia de amor, a queimar-lhe as coxas firmes.

Doreen não acreditava no que vira. A empedernida sucumbira ao desejo e se fartara com o seu homem. Pareceu-lhe traição. Precisavam ter uma conversa séria, já que o seu cigano tornara-se um homem-objeto. Doce ironia.

A empedernida vivia no Paraíso. Perdera a virgindade com o

homem que sempre amara em silêncio, apesar de manter-se sempre racional. O seu segredo, porém, fora mantido: o sobrenome – Raskolnikov.

Este remetia tudo ao cenário de São Petersburgo e da bisavó materna – abela Alióvna Ivanóvna – que vivera ao tempo de Fiódor Mikháilovitch Dostoiévski, autor de *Crime e Castigo*, cuja personagem – Aliocha Raskolnikov – fora uma homenagem do autor à família.

Alióvna vivia na velha São Petersburgo, quando Dostoiévski começara a publicar *Crime e Castigo*, em *O Mensageiro Russo* de 1866. No seu diário, Alióvna fazia menção ao seu sobrenome Raskolnikov, usado na obra-prima. Datado de janeiro de 1866, o diário de Alióvna trazia o relato do maior crítico da Rússia: "É fenômeno singular, mas freqüente, que um novo tipo humano apareça pela primeira vez na literatura de qualquer país novo, para daí penetrar sucessivamente, junto com todo o complexo de problemas que isso acarreta, na literatura do mundo culto. Assim, no século 18, Werther parte da Alemanha para conquistar a Inglaterra e a França; e assim, na segunda metade do século 19, irrompe Raskolnikov no mundo da cultura ocidental, provindo da Rússia, naqueles tempos longínquos, ignota e quase lendária." (Gyorgy Lukacs)

Alióvna Ivanóvna Raskolnikov nascera em São Petersburgo, em 1850. Tinha dezesseis anos, ao iniciar o diário. Sua vida não fora fácil. Roubada aos seis anos por uma cigana, segundo testemunhas, em um raro descuido de sua mãe – Maria Dmitriévna – fora vendida, em Moscou, para um rico comerciante – Marmelodov. Este revendeu-a para uma *puttana*, conhecida por Dúnia, dona de um lupanar célebre de Píter, por vinte rublos. Píter era o nome carinhoso da cidade à época.

Dúnia, a puta-mor de Píter, mulher esguia, precedida de majestosas mamas cujos bicos possuíam o diâmetro de um dólar de prata, convencera-se da compra excelente, apesar do estado deplorável da menina. Alióvna voltara, assim, à terra natal, com a missão precípua de seduzir e aprazer a perfeccionista clientela do mais disputado *bas-fond chic* de Píter, freqüentado pela nata da sociedade russa.

A beleza precoce da jovem a todos encantava. Notadamente, depois que a cafetina deu-lhe um bom banho morno de ervas aromáticas e pespegou-lhe uma loção de águas de rosas, friccionando-lhe a pele alva; nem tanto para ativar a sua circulação sangüínea, mas sim para retirar o pó da longa viagem e as lêndeas que teimavam em habitar-lhe os cabelos sujos e desgrenhados. Apesar desse estado deplorável da infanta, seus belos olhos azuis a tudo viam com curiosidade.

Alióvna cresceu naquele ambiente de fumaça e sexo. Quando completou dezessete anos, Dúnia obrigou-a ao batismo-de-fogo. Antes, prendeu, no seu belo vestido rendado, o broche de ouro e madrepérolas, distinção somente propinada às putas exclusivas da "Mansão do Prazer", nome dado pelos ilustres clientes ao famoso *rendez-vous*, o mais caro de Píter. E deu-lhe um sábio conselho: "uma boa puta, tal qual uma boa esposa, deve ser obediente, submissa e grata". Assim, a jovem *putaine* aprendera todas as técnicas de seduzir e de aprazer.

Em pouco tempo, Alióvna superara a decadente Dúnia e passara a ocupar o lugar de destaque no *Livre D'Or*, o *catalogue de toutes les putaines de la Maison de Plaisir*, no qual seu nome vinha impresso em letras douradas, inclusive com o seu preço, uma verdadeira fortuna. Objetivo demais, o catálogo nada dizia sobre os seus olhos amendoados, azuis como água-marinha, nem sobre os seus doces mamilos, duros e vermelhos como a ameixa. Nem sobre suas torneadas pernas, cujas coxas fortes e bem feitas, sempre abrasadas pelo desejo, terminavam em pequeninos e frágeis pés. E nada sobre suas pequeninas mãos de adolescente, que pareciam

– ledo engano – não conseguir envolver com maestria o diâmetro de um falo. Nem sobre a sua boca mínima, cuja cavidade dir-se-ia impossível acolher todo volume de uma glande inflada. Depois de conhecer todas as artes do ofício, no qual se tornara uma notável, Alióvna passara-as à filha – Babuska, a avó de Maruska, como a maior prova de seu amor maternal.

Babuska puxara à mãe nos seios, duros como amêndoas e ainda na boca pequena, que os adeptos da *fellatio* temiam engasgá-la. Suas mãos, porém, eram fortes e grandes, envolvendo inteiramente e com maestria uma glande inflamada. Crescera ali na Mansão do Prazer e se tudo aprendera de sexo fora pelas mãos preciosas da mãe – a patriarca Alióvna. A dinastia Raskolnikov de prazerosas mulheres instaurara uma tradição familiar que Maruska acabaria por herdar. Tal avoengo e linhagem só contrastavam com a qualificação de empedernida que lhe dera o cigano. A linhagem sáfica de Maruska só fora rompida pela mãe, Mariana, nascida sem o dom para o ofício comum às mulheres da família, rompendo assim uma tradição secular, já que Mariana, a mãe de Maruska não era mulher lasciva. Pelo contrário, era recatada no vestuário, e extremamente pudorosa nos modos e ditos, como então se dizia, pudica e de moral ilibada.

Assim, naquela noite de lua cheia, tal qual uma loba no cio, a empedernida atacara o cigano, alçando-lhe ventre acima e impalando-se, em gozo fremente, no seu rijo e adusto membro. Para tanto, lutara contra a síndrome de "sexo é sujo", que lhe impusera a mãe, Mariana, inconformada com os destinos devassos de sua genitora, Babuska, e da progenitora, Alióvna, que iniciara a dinastia erótica do clã Raskolnikov de São Petersburgo.

Maruska se tornara, por tudo isso, casta. Não que desejasse esta situação antinatural para si. Tinha medo de tornar-se, como as avós, uma meretriz. Palavra, aliás, que evitava, usando outra mais condizente: hetaira. Apesar disso, das avós aprendera, quiçá por atavismo, e só em teoria, todos os saberes e técnicas do amor carnal, os quais agora punha em prática.

Agustin nada entendera. A empedernida russa adentrara furtiva e silenciosa a barraca, sem sequer dar-lhe tempo de reagir. Era noite de lua cheia, a tenda às escuras, devido a certa nuvem erótica, quando Maruska entrou, sequiosa e nua, em total volição. Quem a visse naquele instante, poder-lhe-ia fazer mau juízo. Em desenfreada sofreguidão, a empedernida agora lúbrica expôs-se cúpida ao prazer carnal mais selvagem, daí seviciar o homem que mais desejava em toda a vida.

O que lhe facilitou o ataque foi um fato por ela desconhecido. Agustin sofria de priapismo, notadamente em noites de lua cheia. Estava, pois, com o priapo rijo e vertical, no instante em que Maruska invadira, voluptuosa e fremente, sua tenda. Ao constatar tal rijeza oblonga, a loira atracou-se ao falo, que se havia em toda a sua potestade, haurindo-o de forma abrasada, sugando-o feroz e sofregamente, nele impalando-se por horas, a cavalgar para frente e para trás, para baixo e para o alto, ciclicamente, como uma amazona em jornada guerreira, a galope.

Enquanto cavalgava, Maruska recordava-se dos bons conselhos das avós, formadoras de gerações de Raskolnikov em todas as técnicas de fruição erótica. Assim, empregava todos os artifícios sensuais para manter a montaria de cabresto curto, como as avós enfatizaram. Ao mesmo tempo procurava saciar-se, buscando um tal ponto G, situado em algum lugar entre o útero e os lábios vulvares. Montara até fartar-se, após o que caiu trôpega ao lado do cigano, ainda prenhe de amor e de desejo. Maruska sentira pela primeira vez na vida o *frenesi veneris*. A patriarca Alióvna orgulhar-se-ia da bisneta.

Dizem as crônicas da época que a jovem Alióvna, aos trinta anos, após ter gasto boa parte da vida na *Maison de Plaisir*, casara-se com um rico comerciante, depois de ter-lhe dado uma noite *au grand complet*. Rashid fruiu mil-e-uma-noites de prazeres cúpidos para só então casar-se. Esta fora a oportunidade de Alióvna deixar aquela vida que para a avó de Maruska tinha apenas começado. Sem nada saber, o cigano intuíra algo de estranho na noitada com a bisneta mais amada de Alióvna. O nome Raskolnikov mantivera a tradição. Maruska não decepcionara.

13=...

O Sol e o declínio dos mayas

21 de novembro, cinco da tarde.

7, Lua do Esplendor – kin 162 – Vento Rítmico Branco: "Organizo a fim de comunicar. Equilibrando o alento, selo a entrada do espírito. Com o tom rítmico da igualdade, sou guiado pelo meu próprio poder duplicado."

Günther Schielen desceu do avião em Palenque. Notou no rosto de todos um ar de preocupação. Havia uma semana que o velho bruxo fora atrás do códice T. A chegada do astrônomo a Palenque deixara o grupo ansioso. Viera com duas lindas estudantes, muito bem recebidas por Eric e Olavo. Os dois mostravam-se interessados tanto nas duas jovens quanto nas pesquisas de Günther sobre o Sol, que empolgavam os meios científicos. Os cientistas torciam o nariz para tais especulações, como sempre.

Ao desembarcar, Günther notara a preocupação coletiva, mas ao saber que se tratava de mais uma das inúmeras desaparições de Hans, ironizou:

– O Hans deve estar em outra dimensão. Adora brincar com os deuses!

Ao saber que o áugure fora à procura do códice, ficou sério,

Sabia muito bem da importância do códice para melhor avaliar a profecia maya. Ele próprio precisava decidir sobre a nova revelação da arqueoastronomia: Teria mesmo o sol influído de forma vital no apogeu e no declínio das civilizações da Terra?

Sua chegada fora inesperada, mas todos concordaram que sua presença trazia mais conhecimento ao grupo, até então desfalcado em astronomia. As jovens que trouxera, as antropólogas Camila Holz e Linda Montserrat eram alunas suas na Universidade de Colônia. Camila, austríaca; Linda, francesa. Camila, mais alta, tinha pernas compridas, que a microsaia reverenciava. Linda, com seus seios pontudos e arrebitados, praticamente desnudos pela blusa transparente, parecia a visão perfeita de um paraíso terreal pleno de lubricidade.

A chegada das duas exasperou ainda mais o ânimo das fêmeas do grupo, que as miraram de alto a baixo, como se tivessem invadido o território já dividido pelas lobas Maruska e Doreen. Aliás, a situação entre as duas tornara-se difícil após a investida da russa à barraca de Agustin. Maruska não conseguira dar uma explicação convincente a Doreen. A arquiteta estava furiosa porque a russa teve a pretensão de eludir sua autoridade de eleita no coração do cigano e usou seu homem. Apesar disso, a vinda de mais duas mulheres, mais jovens, mais magras, com um frescor recém-saído da puberdade, exacerbara ainda mais o ânimo das lobas e, ao mesmo tempo, as unira.

Como em uma guerra entre dois contendores sagazes, Maruska e Doreen sabiam como lutar entre si e que armas usar, pois se conheciam como rivais. A situação se complicara. Tinham agora mais duas rivais. A luta pelo domínio do grupo aumentara. Cada qual teria duas mais a enfrentar. Assim, esqueceram-se dos fatos passados, concentrando-se mais no presente, que estava bem ali diante delas: duas belas e sensuais fêmeas. E o que era pior, muito mais jovens.

Agustin, por fim, abraçara Günther. Ficara na barraca, a refletir em tudo o que recém lhe acontecera. Era-lhe difícil entender as elusivas mulheres. Maruska era enigma maior do que os mayas. Por que se recusara por tantos anos e, agora, se entregara, assim, despudoradamente?

O seu relacionamento com Doreen deteriorara-se. Sabia-se inocente. Não. Inocente, não. Seria errado pretender inocência; só não se sentia culpado. Não partira dele a ação, nem com Doreen nem com Maruska. Fora dado como prenda resultante da luta entre duas lobas no cio. Günther, quando soube, divertiu-se.

– Quer dizer que você agora é o homem mais gostoso de Palenque?

– Não brinque, Günther, sou só o obscuro objeto do desejo de duas lobas...

– Pelo visto, você está feliz, não é mesmo? – insistiu o alemão.

– Não estou me queixando, estou? Aliás, você chegou bem acompanhado...

– São minhas alunas de astronomia, mas são quase meninas...

– Meninas?... estão bem crescidas, não, Günther?

– Não tenho nada a ver com isso... agora, você vai se fartar de mulheres...

– Elas são muito bonitas e...

A conversa foi interrompida pela chegada das mulheres, além de Olavo e Eric, ansiosos por saber das pesquisas do alemão de quase dois metros.

– Günther, queremos saber da influência do Sol nas civilizações antigas... parece que você tem uma teoria...

– Errado. O estudo não é meu. Só fiz cálculos e vi as possibilidades de a teoria de Cotterell estar correta. Parece-me bem fundamentada...

– A intensidade do Sol coincide com o auge das civilizações? – indagou Eric.

– Ainda é simples especulação. A superfície do Sol é marcada de tempo em tempo por minúsculas manchas negras, flutuando em padrão cíclico permanente, algo ao redor de 11,5 anos terrestres. Essas manchas são sintomas da atividade eletromagnética que constantemente tomam lugar no interior do Sol. Análises das manchas demonstram que o campo magnético solar, e seus efeitos em espaço localizado, reverte a cada 3,75 anos, aproximadamente. Assim, cinco reversões magnéticas acontecem a cada 18,139 anos, e cada reversão despende 374 anos para realizar um ciclo completo do começo ao fim. R. Woolf foi o primeiro cientista ocidental a sugerir, em 1943, a existência de um padrão cíclico para o aparecer e o desaparecer das manchas solares na superfície do Sol. Estabeleceu um período médio de cerca de 11,1 anos. É a diferença média da rotação do Sol em seu curso exterior, mais especificamente a diferença entre a média dos campos magnéticos polar e equatorial do Sol, sendo os principais responsáveis pelo ciclo das manchas solares. E tem a ver com a profecia maya...

– Com a profecia maya, Günther, por quê? – quis saber Olavo.

– Ora, a profecia de Pacal Votan amparou-se nas observações do campo magnético solar e seus efeitos sobre a Terra. O que distingue a civilização maya das demais é que sabiam da reversão magnética solar e o conseqüente declínio de sua civilização, como sucedera, antes, como a grega, a egípcia e a romana.

– Foi assim que Pacal vaticinou o declínio de sua raça? – quis saber Olavo.

– Exato. Pacal tinha tudo calculado. Sabia que a reversão sucederia a partir do século VII, quando estivesse no trono. O mais essencial: os efeitos da reversão magnética solar ampliariam a intensidade do bombardeio sobre a Terra dos raios solares, resultando em aumento da mortalidade infantil e o fim da raça.

– Que loucura! – exclamou Doreen.

– Incrível! – disse Maruska, boquiaberta.

– Calma, meninas! Há muito mais! – espicaçou Camila, divertindo-se com a ignorância das duas em astronomia.

– Os mayas perceberam isso através da astronomia? – indagou Agustin.

– Para os mayas não havia diferença entre ciência e ocultismo. Primeiro, faziam os cálculos matemáticos e astronômicos; depois os interpretavam à luz do ocultismo. Talvez, por isso fossem tão adiantados. Não tinham preconceitos. Eles sabiam que os astros eram pontos materiais no universo. Sabiam ainda que iriam influenciar a Terra, através de ordens vindas da galáxia. Nós, ao contrário, nem estudamos seriamente a Via Láctea – disse Günther.

– Mas, você estuda, não é Günther? – perguntou Doreen.

– E estou cada dia mais confuso. Tenho ainda muito que estudar...

– Sabe, Günther, estivemos analisando a tampa do caixão de Pacal Votan – disse Eric, misterioso.

– Estamos para descobrir algo, mas não sabemos o quê – aduziu Olavo.

– Há muita gente estudando essa tampa – informou Günther, interessado.

– Tudo indica que ali está a profecia de Pacal Votan para o quinto mundo, o do Jaguar. Há duas rupturas geometricamente perfeitas, em duas das pontas da tampa da lápide. Talvez, uma espécie de jogo de armar... – acrescentou Eric.

– Interessante. Pacal deixou diversas inscrições em Palenque. Há muitos mistérios nas paredes desses templos – especulou Günther.

– Na tampa da lápide de Pacal parece haver indícios da sabedoria maya sobre o ciclo magnético solar – aduziu Olavo.

– Como é isso? – quis saber, Günther, cada vez mais curioso.

– Todos sabem que há a árvore da Vida na lápide. Ao mesmo tempo, a árvore desenha uma cruz, símbolo do Sol. Há na inscrição dobraduras que são semelhantes às aparecidas no campo magnético solar – relatou Eric.

– Como não sou especialista em civilização maya, como vocês, procurei saber o que significava 260, o número de dias do calendário sagrado...

– E o que você encontrou, Olavo? – quis saber Günther.

– Olhando tabelas e gráficos, concluí que os 260 dias do *Tzolkin* referem-se à interação entre os campos magnéticos polar e equatorial do Sol.

– Que se encontram a cada 260 dias... – concluiu Günther, impressionado.

– Exatamente. Por isso, estou com a suspeita de que o sistema numérico maya estava conectado com os ciclos magnéticos solares... – terminou Olavo.

– Você está certo, Olavo. Não havia pensado nisso – disse Günther.

– E há aquela história de que os mayas deformavam a cabeça das crianças para torná-las mais sensíveis e inteligentes – fustigou Maruska, sensual.

– Que história é essa? – perguntou Camila, curiosa.

– Não sabe? Quanta ignorância! – espetou Doreen, vingativa.

– Sabia que os mayas deformavam a cabeça por questões estéticas, para serem a raça mais braquicéfala do mundo, cabeças em forma de ovo, mas que fosse para melhorar a raça... – sublinhou Günther, cada vez mais ansioso.

– Estética? Não há possibilidade disso – afirmou Doreen, com certeza.

– Essa é uma outra história. Os códices ainda não descobertos deverão ter a resposta – ajuntou Maruska.

– E o Hans, por onde andará? – perguntou Agustin, preocupado.

Naquele instante, Günther divisou dois mexicanos, que desciam do avião. Chegaram numa aeronave que pousara do outro lado da cidade. Günther foi dar-lhes um abraço. Não se viam há mais de dois anos, desde a morte de *El diablo*. Se é que *El diablo* realmente morrera.

– Juan Portero! Pedro Ortiz! – gritou-lhes Günther.

Os mexicanos acenaram e deixaram as mochilas, correndo ao seu encontro. Os dois quase sumiram diante do alemão enorme.

– O que fazem por aqui? – quis saber Günther.

– Estamos procurando *El diablo*... – responderam quase em coro.

– Mas ele não morreu? – indagou Günther, perplexo.

– Não sabemos, Günther. Por isso, estamos aqui, sua terra... – disse Juan.

– Ora, que satisfação vê-los! Venham, vou lhes apresentar ao grupo...

Todos ficaram inertes observando a cena, como se fosse um filme. Günther nunca se mostrara tão extrovertido. Daí, a surpresa de todos.

– Vocês têm aqui mais dois mayaistas. Juan é matemático; Pedro, biólogo. Ambos são descendentes dos mayas. Temos agora todos os especialistas de que precisamos para melhor desvendar os códices restantes. E, olhando para os dois recém-chegados:

– Vocês sabiam desses códices?

– Não, Günther, mas os anciãos insistiam na existência deles – disse Juan.

– No que poderemos ser úteis? – indagou Pedro.

14=....

Os misteriosos hieróglifos

28 de novembro, meio-dia.

14, Lua Pavão Entoada – kin 169 – Lua Cósmica Vermelha: "Perduro com o fim de purificar. Transcendendo o fluxo, selo o processo da água universal. Com o tom cósmico da presença, sou guiado pelo poder do espaço."

A chegada de Hans trouxera calma a todos. O velho áugure ainda estava assustado, mas omitiu-se, ao ver duas desconhecidas. Feliz por rever os amigos, companheiros de aventura e também testemunhas da morte de *El diablo*. Camila e Linda acercaram-se do velho Hans, que causara impressão profunda nas duas, além da saudade de um avô distante que já não tinham mais.

O velho foi assaltado por uma série de perguntas. Todos querendo saber se tinha encontrado o códice. Tomou fôlego para iniciar seu relato. Abatera-se com os acontecimentos da furna, onde deveria estar *El diablo*, se não morrera. Sabia que se contasse sobre a aparição, desconcentraria o grupo. Por isso, omitiu a passagem. Só disse que o códice estava inscrito nas pedras da caverna, ao que lhe parecia, já que não pudera decifrá-lo. Desconhecia o idioma.

– Creio que você conseguirá, Agustin – disse em tom grave.

– Mas, Hans, tem certeza que era realmente o códice?

– Por intuição, sim. Não sei, Agustin, se o códice T estará completo, mas...

– Onde é a caverna? – quis saber Olavo.

– Aqui perto. Está em uma posição incrível, quase ninguém a percebe...

– Como assim? – perguntou Linda, mamilos descobertos pelo sol forte.

– A caverna está escondida por uma árvore que caiu ao pé da entrada, por isso não se pode vê-la...

– É melhor irmos logo lá e resolvermos este impasse – enfatizou Eric.

– Vamos, então! – disseram Maruska e Doreen, em uníssono.

– Esperem – cortou Hans, nervoso. Ninguém vai, a não ser Agustin. Aliás, Eric também, por ser espeleólogo, poderá ser de muita ajuda. Nem eu irei. Espero que todos entendam. Vou instruir Agustin e Eric e dizer onde é a caverna. Os outros devem esperar aqui.

Confusão, depois da determinação de Hans. Maruska e Doreen queriam ir a qualquer custo, mas aos poucos perderam a ansiedade. E se acalmaram.

Hans levou os dois eleitos para um canto, onde não pudessem ser ouvidos. Mas, antes, pediu:

– Todos devem continuar as pesquisas; são importantes para a percepção do novo códice...

Juan e Pedro perceberam que Eric e Agustin eram paranormais. Os dois mayas sentiram isso logo ao chegar. As mulheres logo se interessaram. As duas novatas, mais ainda. Deixando Maruska e Doreen preocupadas. Sensações de posse e de desejo começaram a emergir do mais profundo do ser daquelas lobas.

Doreen não queria perdoar a astuta Maruska. Estava magoada. Mais triste ainda porque a russa cavalgara-o de maneira perfeita. Agustin andava até meio perdido, como se nada mais entendesse. Doreen conhecia muito bem aquele falso cansaço masculino, mas sempre querendo mais e mais. Ela mesma pensava ter conseguido segurar Agustin pelo desejo. Rendera-se ante a técnica da avó russa, apesar de desconhecer o segredo de Maruska. Quando soubesse, sua raiva, por certo, cresceria.

Maruska permanecia nas nuvens, perplexa pelo tanto que tivera em apenas uma noite. O desejo lhe acendera. O cigano turbava-a. Chegara até a esquecer-se do motivo de estar ali, em Palenque. Parecia estar no Paraíso, inclusive a Cidade Vermelha, para ela agora era uma cidade carnal, totalmente rubra de paixão.

Soubera dos códices ao acaso, se é que existia mesmo coincidência. Como o encontro casual entre dois seres. Até ali nada dissera aos demais. A não ser ao cigano, enquanto o cavalgava, freneticamente, naquela noite. Numa pausa, ginete e montaria, suados e cansados, sob o luar, iniciaram um diálogo sem nexo.

– Meu cigano, o que você quer de mim? – indagou Maruska, empalada.

– Quero saber duas coisas. Onde você aprendeu a montar desse jeito?

– Isso é segredo, não lhe posso dizer... e a segunda?

– Como soube dos códices?

– Vou dizer. Antes me diga como você faz isso ficar duro sem parar?

– É uma doença. Toda noite de luar, fico assim...

– Doença? Isso é uma felicidade...

– E os códices?

– Fui a uma palestra de um ancião maya, em Berlim. Depois, fomos jantar. Eu queria algumas explicações sobre os mistérios mayas...

– Aí ele contou, não é?

– Não, propriamente...

– Como não, propriamente?

– Só me disse que em Palenque estava a chave de tudo...

– Todos os códices estão em Palenque?

– Isso, ele não disse. Disse que a chave de tudo...

– Mas não é a mesma coisa, Maruska?

– A chave do enigma está aqui, talvez os códices também...

– Mas o Eric já encontrou um, não é, Maruska?

– Encontrou. E daí? O ancião não me disse onde estavam os códices...

– Você não quer me contar, por quê?

– O velho me disse: talvez estejam também em sítio asteca. A Serpente Emplumada era uma deusa comum aos dois povos, a não ser...

– A não ser, o quê?

– Que tenham trazido os códices T e O para Palenque...

– Quer dizer que podemos estar na pista errada, Maruska?

– Não, creio, Agustin. É possível que um deles esteja em outro lugar, em um sítio asteca, ou talvez no berço de todas as civilizações da Mesoamérica...

– Teotihuacan?

– Quem sabe... – disse Maruska, misteriosa. Agora, vamos cavalgar!

* * *

A história de Doreen também tinha seus mistérios. Os pais, Jacob e Sara, morreram em acidente aéreo. Por ironia do destino estiveram presos no mesmo campo de concentração de Auschwitz, em 1940. Tinham então dez anos. Depois do Armistício, em 1945, voltaram a Praga, a terra natal de ambos. Jacob e Sara foram adotados por parentes, mas ainda não se conheciam. Cresceram crendo em dias melhores. Jacob tornou-se livreiro; Sara abriu confecção de moda. Vinte anos depois, quando iam completar trinta e cinco anos de idade, viram-se pela primeira vez, em um café de Praga.

Por coincidência os dois sobraçavam "O Processo", de Kafka. O acaso os uniu para sempre. Um diante do outro, aguardando o *cappuccino*, quando os seus olhos cruzaram-se por mera curiosidade. Ao perceberem sobraçar o mesmo autor e a mesma obra, riram muito. Mais uma vez o destino os colocava um diante do outro. Se não se conheceram no campo de concentração, fora porque meninos e meninas eram albergados em pátios diferentes, bem como os pais, endereçados a outros locais e reunidos como gado.

Jacob era circunspecto; Sara, falante. Assim, foi Sara que tomou as rédeas da conversa e não deixou Jacob escapar. "Desta vez, não" – pensou a bela Sara, já sem esperança de casar, depois de a guerra ter matado ou mutilado milhões de homens. Casaram-se em Praga, naquele mesmo ano, graças a "O Processo" que, se muitas discussões lhes rendera, também lhes curara as feridas da guerra nas carnes e nos corpos. O nascimento de Doreen fora uma bênção para os dois. A felicidade durou quinze anos, até que se deu o desastre aéreo. O destino, por fim, os unira também na morte.

Uma vez órfã, Doreen tornou-se amarga. Seu corpo era já de mulher. Os seios despontavam, primeiro como uma romã, depois como pêra, até tomar seu formato definitivo – uma maçã vermelha que atraía os olhos gulosos dos rapazes.

Entretanto, não conseguia entender a fatalidade da morte dos pais. Sua tia Raquel, irmã do seu pai, adotou-a. Seus novos pais – Raquel e Abraão – não tinham filhos. Raquel não gostou do olhar concupiscente lançado pelo marido para a jovem, no frescor dos quinze anos. Talvez por isso Raquel fê-la trabalhar duro nos afazeres de casa. A jovem limpava, passava roupa, arrumava o jardim e, às vezes, ainda cozinhava. Quando queria descansar, o ainda jovem Abraão levava-a para a loja, com a nítida intenção de atrair clientes. Estes aliás tinham aumentado, depois da presença da jovem de olhar triste e distante, mas de pernas grossas e torneadas, de seios redondos e apetitosos como maçãs.

Doreen sofria em silêncio até aquele dia fatal. Raquel fora às compras. E Abraão levou a insinuante jovem de seios rijos já despontados e pernas torneadas para a loja. Fariam só controle de estoque, já que não podia abri-la, pois era um dia santo – o Sabat. A jovem subiu na escada para alcançar umas peças de seda. Abraão, ao ver suas pernas grossas e fortes, não se conteve, enfiou a mão por entre as coxas da jovem e apertou com força a vulva, deixando-a entre a dor e o prazer.

Doreen estremeceu. Era a primeira vez que alguém tocava aquelas partes. Nem teve tempo de falar. O forte Abraão, com a mão ainda entre suas pernas, derrubou-a da escada ao chão, montando-a, com os seus mais de cem quilos. A assustada jovem se debateu, mas não conseguiu sofrear o ardente Abraão.

Por uns minutos, nos quais perdeu os sentidos, Abraão montou-a. Depois de um tempo, difícil de precisar, tanto pelo homem, cujo desejo cúpido o ensandecera, quanto pela ingênua jovem, desfalecida, os dois se entreolharam. Uma crise de choro acometeu-a, deixando-o confuso, entre a satisfação e o remorso.

Nada mais poderia apagar aquela cena da memória de Doreen. A situação seria determinante na vida dela. Se calasse, consentiria e Abraão voltaria à carga. Se falasse, seria posta porta fora por Raquel, a ressentida. Doreen, então, foi se acalmando e resolveu tirar partido da situação. Olhou bem no fundo dos olhos de Abraão e disse-lhe, quase sem mágoa:

– Você terá de pagar meus estudos de arquitetura, se não...

Abraão olhou-a firme. Sequer passou-lhe pela cabeça tanta esperteza em uma jovem adolescente. Assim foi feito. À noite, Abraão disse a mulher qual seria o novo destino de Doreen. Raquel calou-se, mas exigiu que os estudos da jovem sobrinha fossem feitos bem longe de Praga. Como Doreen findava o preparatório, no ano seguinte seria enviada a Berlim, onde faria a Faculdade de Arquitetura.

Nos meses restantes, a esperta Doreen deixou que o tio Abraão se fartasse na loja, quando não havia clientes. Dessa experiência, nasceu uma nova Doreen.

Sentira que os homens eram bem mais fáceis de dominar do que pensava. Assim, a jovem procurou saber tudo sobre sexo e comida, segundo ela, "as duas formas de manter um macho". Essa era a razão de Doreen estar triste consigo própria. Não soubera aplicar a lição aprendida em Praga. E o cigano acabou nos braços de Maruska.

* * *

Os dois adentraram na caverna silenciosamente. Depois de hesitar, Hans foi puxado por ambos para dentro. Eric olhava como especialista. A furna era formada de blocos de pedra para ali levados, uma vez que em Palenque não havia aquele tipo de rocha. Apesar disso, parecia-lhes um antro natural escavado pelos mayas, que lhe aumentaram a dimensão. As pedras nas quais havia glifos, estas notadamente, não pareciam dali. Os glifos estavam inscritos em pedra-sabão que ali, embaixo, amolecia; só mesmo em contato com o ar, endurecia. Estalagmites havia no chão da caverna, bem como as estalactites, que caíam como círios do teto, comprovando que a lapa era de origem natural.

A caverna existia ali havia milênios. Só em milênios o carbonato de cálcio se depositava naquelas dimensões. Por isso, tinham de cuidar para não tropeçar nas estalagmites, ao mesmo tempo que desviavam as cabeças das estalactites, a escorrer do teto.

Enquanto Eric se ocupava da furna, Agustin, em êxtase, tentava decifrar os glifos dos *mayax*. O cigano sentiu que teria um trabalho extenuante pela frente. Alguém misturara os hieróglifos. Seria preciso ordená-los. Enquanto isso, Hans olhava pelos cantos, procurando o vulto fantasmagórico, que lhe perturbara. Nada. Nenhum ruído se ouvia. Silêncio total. Um sepulcro.

Foi quando o áugure deu com um labirinto de curvas, levando a caminhos diversos. Não os houvera percebido antes. Escolheu um e adentrou-o. Com sua lanterna abriu uma senda de luz. Mais uma vez sentiu a energia de *El diablo*. Onde estaria o comandante Nuno? Sentiu até seu calor nas pedras frias. Parecia-lhe que o seu hálito estava ali a impregnar tudo. Cansado, mais de emoção que de esforço, sentou-se em uma pedra arredondada, propícia para uma parada. Agustin, do outro lado do subterrâneo, copiava e decifrava aquilo que bem devia ser o *Codex* T.

"Se não for o códice, não me chamo Agustin Saens Peña" – dizia para si.

Havia indícios de que o artesão Kin o tivesse ali copiado, antes de o passar a limpo na tampa do caixão de Pacal. Isso, porém, Agustin não poderia saber. Era um dos segredos de Pacal, o Grande. Só *Etznab* saberia. E mesmo se pudesse falar, nada diria, por certo. Os três haviam resolvido encontrar-se às seis da tarde para uma avaliação completa sobre o documento. Quando os relógios apontaram para as seis em ponto, Eric e Agustin encontram-se na porta da *cave*. E a questão costumeira lhes veio à baila: onde estava o Hans?

– Ele devia estar com você, não é, Eric?

– Comigo, não. Vi quando ele entrou no labirinto, nem sei para onde foi...

– Estranho. Vamos procurá-lo – propôs Agustin.

Os dois entraram de novo na caverna, conversando:

– Você encontrou o Códice T? – perguntou Eric.

– Sim. Está um pouco confuso, mas é o códice, sim.

– Dá para traduzir?

– Creio que sim. Comecei pelo glifo do Jaguar, que é o de Pacal. Não sei como um segredo foi parar desse jeito em uma caverna. Qualquer pessoa poderia tê-lo descoberto... coisa estranha, não é?

– Pensando bem, Agustin, nem tão estranha assim. Suponhamos que Pacal quisesse inscrever na tampa de seu sarcófago a profecia. Ele teria de chamar um artesão para fazê-lo, não é?

– Sim, claro.

– Pois, bem. Este artesão deveria trabalhar escondido nesta caverna. E teve de fazer um projeto, antes de esculpir a profecia na lápide, certo?

– Certo. O que tem isso?

– O que temos aqui é um rascunho do códice...

– E onde está o original?

– Não sei, talvez com o amigo do Hans...

– *El diablo*!

Apesar de terem levado provisões para dois dias, Agustin não tinha certeza se conseguiria decodificar e copiar tudo naquele curto tempo. Enquanto Eric iria procurar Hans no labirinto, Agustin tentaria ganhar tempo, decifrando o códice.

Lá longe, *Etznab* atitou, como se quisesse dizer algo. Eric olhou para o céu e viu o pássaro sobrevoando o Templo das Inscrições, onde Pacal, ou melhor, os seus restos mortais descansavam. Eric acenou para o pássaro, que lhe devolveu com seu garrular característico. Eric percebeu que a ave não era desse mundo. E entrou na furna à procura do velho Hans.

* * *

No acampamento ficaram só as mulheres. Os homens saíram, cada qual para o seu lado. Pedro e Juan foram até a cidade mais próxima, à procura de *El diablo*. Frans e Günther, tomar banho de cachoeira. Preferiram a piscina de Pacal, cujas águas corriam em cascata e formavam o rio Motiepa. Assim, sorrateiramente deixaram o acampamento, sem que fossem percebidos.

Olavo fora o único homem a ficar. Assim, convidou as duas

jovens para um banho na Borboleta. O calor se tornara insuportável e nada se poderia fazer, a não ser esperar a decifração do códice. Linda aceitou de imediato. Camila, disse "vão indo que eu já vou", enquanto se espreguiçava. Olavo indicou-lhe o caminho e saiu com Linda, que antes passou na barraca para pegar a roupa de banho.

As novatas, ao chegarem ao acampamento, fizeram suas escolhas: Linda gostou do jeito de Olavo; Camila simpatizou com Eric. Ambas quiseram o cigano, mas quando o viram disputado pelas lobas, desistiram. Assim, o "vão indo que eu já vou" de Camila era a senha para Linda ficar à vontade com Olavo.

Maruska e Doreen estavam a sós pela primeira vez, desde o sucedido. Tentavam por ordem no acampamento, varrendo e limpando. Para puxar prosa, Doreen perguntou a Maruska como iam as pesquisas no templo XIII, onde fora descoberta uma tumba de um nobre desconhecido, com uma coroa de jade.

– Não sei, Doreen. Deixei de lado. Arqueólogos mexicanos descobriram-na em 1994, mas ainda não se sabe quem era o nobre ali enterrado...

Nem uma pista?...

– Nada... o que você quer, heim, Doreen?

– Eu? Só quero conversar um pouco... ficamos sós...

– Sei. Você quer falar sobre o Agustin?

– O que eu posso falar? Quem deve falar é você, depois que...

– Olhe, Doreen, nunca quis magoá-la... naquele dia deu-me a febre...

– Não precisa justificar... eu sei como é... o cigano é demais...

– Eu não queria que você sofresse... o que vamos fazer, agora?

– Olhe, Maruska, acho que o Agustin deve escolher...

– Muito bem, Doreen, faremos isso. Ele que escolha com quem quer ficar...

As duas se abraçaram. Olhavam o horizonte, onde o Sol ia-se pondo atrás da montanha. Camila ouvira tudo sem-querer. Ali era difícil guardar segredos. A austríaca até ficara feliz pelas duas, afinal começavam a acertar suas contas.

* * *

Olavo e Linda chegaram à beira do Otolum e resolveram nadar. Olavo tirou toda a sua roupa diante de Linda, que corou. Depois, rindo como criança, a jovem imitou-lhe o gesto. Olavo admirava-lhe o corpo esguio com olhar concupiscente, olhava os seios arrebitados, as delgadas coxas, focalizando o *áxis* do triângulo de seu sexo, sugerido pela sombra de pêlos da diáfana calcinha. Linda começou a despir-se lentamente, peça por peça, provocativa, como se fosse uma *stripper*. Ao mesmo tempo, cantarolava uma velha canção em inglês, como fundo musical que aprendera com a mãe – *St. Louis Blues March*. Só uma vez, ainda menina, vira o seu irmão mais velho no banho. Fora sem-querer. Ao abrir a porta do banheiro, lá estava aquele troço dependurado.

"Coisa mais estranha" – pensara, então.

Agora, aos dezoito anos e virgem, vira de novo a nudez de um macho. Viu diferenças. Desta vez, gostou. Um calor subiu-lhe pelas pernas sôfregas e se inscreveu no triângulo ardente das coxas. Não era virgem convicta. Entretanto, só cederia se amasse o eleito que lhe cavalgaria pela primeira vez. Ela quase não falava. Preferia ouvir e observar. Nisso ambos concordavam. Quando juntos, não se ouviam as suas vozes. Só um sussurro quase inaudível.

Ficaram ali como crianças a descobrir um mundo novo. Um apalpo aqui, um outro ali, um tatear acolá, enquanto o desejo cada vez mais aumentava. Linda gostava de Olavo, mas não lhe tinha amor. Em Olavo só havia a atração natural do macho pela fêmea. Queriam realizar tudo que a natureza programara para dois seres de sexos distintos. Amar para aquele casal era uma coisa ainda indefinida, algo que os confundia. Um mistério a mais em suas vidas. Não havia como saber, enquanto o desejo estivesse a comburir seus corpos, enquanto cobiçassem algo que deveria estar em algum lugar, mas não necessariamente nas partes onde ora tocavam.

Na água, o casal insistiu em brincar com o fogo do desejo. Olavo notou que Linda encolhia-se lânguida, a fremir por todo o corpo, no instante em que ele, mais abusado, inscreveu no triângulo perseguido o dedo indicador. Ato contínuo, seu falo cuspiu vívido sêmen. Mistério gozoso. Ficaram, assim, absortos no nada, extenuados, tomados por uma languidez jamais sentida. Algo os amalgamara para sempre, seria amor?

* * *

Eric e Agustin desistiram. Hans sumira. Depois de copiar todo o Códice T, o cigano retornou ao acampamento, enquanto Eric buscava Hans, naquele labirinto sem fim. Ao chegar ao acampamento, Agustin foi saudado pelas lobas, ávidas por saber qual delas seria a escolhida. Agustin notou que se passara algo entre elas. Doreen e Maruska estavam abraçadas. E isso era sinal de perigo.

"Quando duas mulheres rivais se confraternizam é sinal de que se uniram contra um homem. Neste caso, contra mim" – concluiu. Esperou que se acalmassem. Ansiosas, cada qual mais bela, em suas roupas provocantes, decotes ousados e pernas de fora, "como o diabo gosta" – pensou.

– Agustin! – gritaram ambas em coro.

– Estou chegando... o que vocês querem? – indagou, desconfiado.

– Qual da duas você realmente ama? – quis saber Maruska.

– Por que a pergunta?

– Não responda com outra pergunta, Agustin – propôs Maruska. Qual?

– Seja homem, Agustin! Qual das duas? – inquiriu Doreen.

15

Sou Kin, o Sol

13 de dezembro, nove horas da noite.

1, Lua Lagarto Rítmica – kin 184 – Semente Lunar Amarela: "Polarizo afim de atinar. Estabilizando a atenção, selo a entrada do florescimento. Com o tom lunar do desafio, sou guiado pelo poder da inteligência. Sou um portal galáctico, adentra-me."

Estavam preparados para ouvir o Códice T. Desta vez, Agustin seria leitor e tradutor. Hans reaparecera, finalmente. Desistira de *El diablo*. Procurou-o por dias, sem êxito. Doreen e Maruska, cada vez mais amigas, não deixavam mais o cigano em paz. Como não obtivessem a resposta tão esperada, ficaram agressivas. Só lhe deram sossego, quando Hans pediu.

Havia muitos mistérios na cultura maya. O maior deles era o Códice O, do qual ninguém sabia sequer o paradeiro. Além de que há muito tempo esperavam a oportunidade para falar da cidade de Labaatun, em Belize, onde fora encontrado um crânio de cristal polido, possuidor, entre outras propriedades, a da cura. Se os mayas já sabiam o segredo de polir cristais, então teriam construído lentes para telescópios. Esta, a questão que os deixara ansiosos.

Frans e Günther estavam angustiados. Frans queria voltar para casa e ver a mulher e os filhos, não agüentava a saudade. Günther, idem, apesar de estar prestes a provar as novas descobertas sobre a astronomia maya. Vivia entre a ciência e a saudade.

Linda estava esfuziante. Sua primeira experiência amorosa fora tão natural que contara para Camila, entre lágrimas. Camila invejara-a, mas ocupava-se agora de Eric que, preocupado com o códice, sequer a olhava. Esperava levá-lo também para um banho na cachoeira. Naquele instante, tentava seduzi-lo com uma saia tão curta, que seria impossível reduzi-la, sem que ficasse nua. O decote, de tão profundo, exibia seios redondos e firmes como se fosse um rio de carne entre colinas. Eric desconcentrara-se. Seu olhar, ora se fixava nos dois montes evanescentes dos seios, ora nas coxas firmes de pêlos alourados, que a Lua mais aclarava.

Agustin buscou uma sebe, onde pudesse acoitar-se. Assim, esconso, daria início à leitura do códice, entre arbustos, já que a lua a tudo iluminava. Cansara-se da pressão das mulheres. Quem seria a escolhida? Doreen ou Maruska?

Ensaiava a forma dramática certa para o texto. Antes, limpou a garganta, como se fosse cantar a ária de uma ópera. Tomou fôlego, respirou fundo e iniciou:

"Este relato desconhecido do meu povo, é o de um artesão de *Nachan*. O meu nome é Kin. (*Sol – nota do tradutor*). Não sou versado na ciência maya. Quem encontrar esta inscrição nessa pedra, só poderá ser um póstero. Peço-lhe já, pois, desculpas por minha ignorância.

Venho fazendo, neste ano de 9.10.14.5.10., (647 d.C. – *n. do t.*), a tampa do sarcófago do Grande Rei-Sacerdote de Palenque – Pacal Votan. Explicou-me o Rei alguns fatos que sucederão com o planeta Terra. Entendi uns, outros não, e aqui os inscrevo como os ouvi. Não fazem parte de meus parcos conhecimentos. Se eruditas palavras aqui houver, não são minhas, mas do Divino Mestre.

Disse-me o profeta: o *Tzolkin* de 260 dias refere-se aos ciclos magnéticos polar e equatorial do Sol. Sendo 1.366.560 o número de dias de um ciclo que nós definimos como *baktun* 13, enigma central de toda a nossa astronomia. Irei aqui explicar como marcamos o nosso tempo: o sistema numeral maya é vigesimal, ou seja, o número vinte é a base do sistema; seja porque temos vinte dedos, se nós somarmos os das mãos com os dos pés; seja porque a serpente, réptil adorado, perde suas presas a cada vinte dias. Eis a nossa matemática do tempo:

1 *kin* (*Sol*) = um dia; é a unidade. Se multiplicado pela base vinte, temos 20 *kin*, que é igual a 1 *uinal*, ou seja:

20 x 1 *kin* = 20 kin = 1 *uinal* = 20 dias de um mês incompleto; multiplicando 18 *uinal* por 20 *kin*, teremos 1 *tun*:

18 *uinal* x 20 *kin* = 1 *tun* (18 x 20) = 360 dias (ou um ano torto); assim:

20 *tun* = 20 x 360 = 1 *katun* = 7.200 dias; e

20 *katun* = 20x 7.200= 144.000 dias ou 1 *baktun* .

O número mágico 1. 366. 560 pode ser obtido da seguinte maneira:

20		260		360		7.200		144.000		
x 9		x 9		x 9		x 9		x 9		
180	+	2.340	+	3.240	+	64.800	+	1.296.000	=	1.366.560

Este número 1.366.560 é vital para entender a astronomia maya, disse-me o Grande Sacerdote. É o número do ciclo de dias em relação às manchas do Sol. Por isso, um número sagrado para as treze tribos e os sete clãs mayas, além de outras raças como os astecas, zapotecas, toltecas e os olmecas, estes os nossos mestres. Toda a civilização maya se baseia no ano torto ou *Haab* de 360 dias, que se completa com os cinco dias do *uayeb*, e *Tzolkin* ou Calendário Sagrado de 260 dias. Os dois calendários funcionam como rodas dentadas e interligadas."

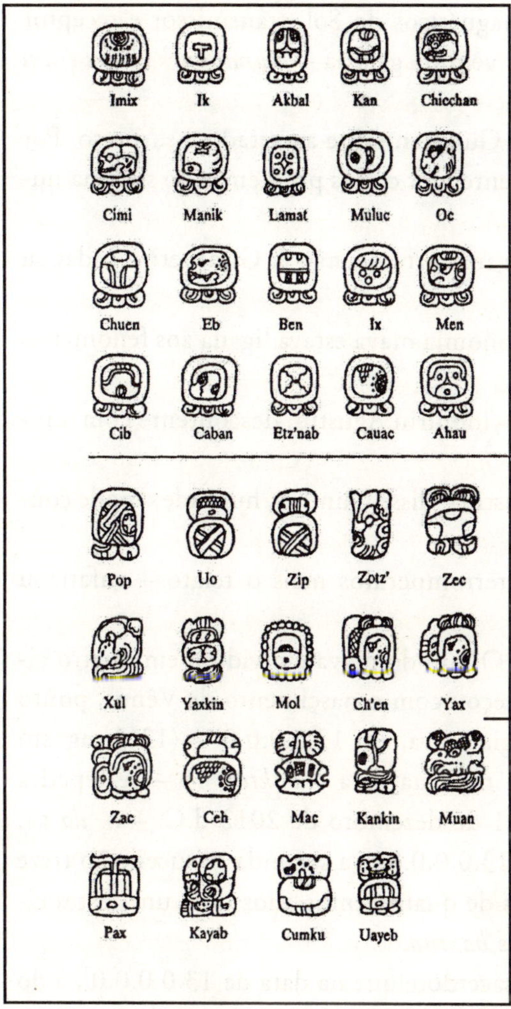

20 signos sagrados do Tzolkin

Os 19meses do calendário solar. O Uayeb era um mês de apenas 5 dias

"O *Tzolkin* liga-se aos ciclos magnéticos solares. Se analisarmos os ciclos em que os campos magnéticos polar e equatorial do Sol interagem, vemos que ambos fecham um ciclo completo a cada 260 dias. Este é o número de dias de um *Tzolkin* completo e todo artesão está proibido de escrevê-lo ou inscrevê-lo em qualquer códice ou pedra. O sistema numérico maya é totalmente conectado aos ciclos magnéticos do Sol, transmissor e receptor das mensagens que nos vêm da galáxia – *Hunabku.*" (*Deus é um só – n. do t.*).

– Puxa! – exclamou Günther, entre assustado e surpreso. Por isso, eu não conseguia entender certos problemas do sistema numeral dos mayas...

– Seus cálculos estavam corretos, não é, Günther? – indagou Eric.

– Sim. E toda a astronomia maya estava ligada aos fenômenos solares...

– Posso continuar? – inquiriu Agustin, descontente com a interrupção.

– Desculpe-me, Agustin – disse Günther, humilde – pode continuar!

– É melhor não interrompermos mais o relato – enfatizou Hans.

Agustin reiniciou: "O mundo maya é dividido em quatro ciclos solares. Tudo começou com o nascimento de Vênus, ponto de partida da cronologia maya, em 13.0.0.0.0. – (13 de agosto de 3.113 a.C. – *n. do t.*). Esta data – *baktun* 13 – se repetirá daqui a 5.125 anos (21 de dezembro de 2012 d.C. – *n. do t.*). Entre a primeira data 13.0.0.0.0. e a segunda se sucederão treze ciclos de pouco menos de quatrocentos anos cada um. Estes ciclos de 394 anos são os *baktun.*"

"Contou-me o rei-sacerdote que na data de 13.0.0.0.0., a do nascimento da Estrela da Manhã (Vênus), no céu alinhavam-se *Kin*, (o Sol), que precedia Vênus, e o grupo de estrelas conhecidas por *Tzab* (Plêiades – *n. do t.)*, ocupando com exatidão o centro do céu (meridiano – *n. do t.)*. Este céu marcou o início das festas mayas, em relação às estrelas *Tzab*, quando há sempre uma grande cerimônia, regida pelo Grande Sacerdote, pois é o fim de um *katun* para nós, ou 7.200 dias, metade de um *baktun*, ou seja duzentos anos sem correção. Céu semelhante terá o mundo no dia 13.0.0.0.0. (21 de dezembro de 2012 – *n. do t.)*, *baktun* 13, quando novo um portal se abrirá para a humanidade."

"Quem estiver lendo este relato, deverá ter paciência para entender-nos: na escala vigesimal, um *baktun* representa quatrocentos *tun* (394 anos – *n. do t.*); e assim, treze *baktun* é igual a treze vezes quatrocentos, ou cinco mil e duzentos *tun* (5.125 anos, feitas as correções astronômicas – *n. do t.*). Eis a tabela:

13 *kin* (dias) mantém o seu valor de treze unidades.

13 *uinal* = 13 x 20 = 260 dias = um Calendário Sagrado ou *Tzolkin.*

13 *tun* = 13 x (18 x 20) (360)= 4.680 dias = 18 *Tzolkin.*

13 *katun* = 13 x 20 *tun* (7.200 dias) = 260 *tun* = 93.600 dias = 360 *Tzolkin.*

13 *baktun* = 13 x 400 *tun* (144.000 dias) = 5.200 *tun* = 1.872.000 dias = 7.200 *Tzolkin* ou Calendários Sagrados.

Sempre estivemos situados em um universo de tempo, no qual nossos profetas e astrônomos precisaram-no com rigor o conteúdo e o limite – cinco mil e duzentos anos – o *baktun* 13.

Contou-me Mestre Pacal haver outro códice maya, no qual o fim do mundo está expresso por uma serpente que despeja uma tromba de água sobre a Terra (*Codex de Dresden – n. do t.*). Disse-me ainda que os astecas, povo bárbaro que vive ao norte, também têm uma Pedra do Sol. Chamam-na de Calendário Asteca, no qual se vêem duas serpentes. Dentro da Pedra do Sol estão esculpidos todos os números, todos os dias e todos os meses do ciclo de cinqüenta e dois anos, que os astecas acreditavam ser a metade de uma centúria. Assim, a centúria asteca tem 104 anos e eqüivale a duas passagens das *Tzab* (Plêiades – *n. do t.)*, pelo centro do céu (meridiano – *n. do t.)*".

"A serpente é símbolo do tempo, sendo maior o da Serpente Emplumada, a qual é chamada de Quetzalcoatl, pelos astecas, e Kukulcán, por nós mayas, deusa de todas as dimensões temporais. A decoração de nossos templos muitas vezes é calcada nos desenhos da pele da cascavel, não só por nós, mas por todos os nossos povos vizinhos.

A Serpente sempre foi nossa deusa maior, por ser um ser solar e símbolo do renascimento perene. Por isso, nossos sacerdotes notáveis são chamados de *Ahau Kin* ou *Ahau Can* (Senhor Solar e Senhor Serpente – *n do t.*). Além disso, o nome real de nossa cidade é *Nachan* – 'Casa da Serpente'. A cascavel (*Crotalus durissus durissus – n. do t.*) troca de pele uma vez por ano, no início do ano maya (julho – *n. do t.*), justo quando o Sol está no ponto mais alto do céu. Há uma natural correspondência entre o Sol e a Serpente, já que se renovam ambos juntos e anualmente. A cascavel tem na pele um desenho especial. Por isso tornou-se a deusa de todos nós: são quadrados cortados por cruzes, dois símbolos sagrados. Por isso, a serpente sempre foi adorada pelo nosso povo.

Os números para nós têm qualidades. O 13 é o símbolo do movimento universal. Além disso, o corpo humano possui treze juntas. O 5, símbolo do centro, tido pelos sacerdotes como perigoso, número dúbio, ora nos trazendo boas coisas, ora más. Os últimos cinco dias do ano o *uayeb* – (cama do ano – *n. do t.*) eram de má sorte. O 7, símbolo do poder místico; o 9, da periodicidade cíclica e assim por diante.

O período *uayeb* sempre foi nefasto. Durante o seu transcorrer, todas as gentes não saíam de casa, não se lavavam nem se penteavam. Apesar disso, o 5 era obrigatório em todos os rituais, sempre ocupando o centro. O *x'men* (sacerdote – *n. do t.*), ao homenagear Chac, o deus da chuva, para que lance sobre a Terra seus favores benfazejos, põe nos quatro cantos de seu altar, representando o mundo, quatro cabaças de *baalché* reservadas aos quatro Chac dos pontos cardeais. Coloca igualmente uma no centro; pretendendo que ela se destine ao quinto Chac, do qual não pronuncia o nome, mas que está presente. É o menor, o mais perigoso, mas também o mais poderoso – explicou-me Mestre Pacal. Comparam-no com *thup*, (polegar – *n. do t.*), escondido entre os demais dedos, é também pequeno, mas essencial".

Pacal, o Grande, disse-me que para realizar com sucesso a tampa de seu sarcófago seria preciso que eu soubesse acerca dos quatro sóis anteriores, todos terminados em catástrofes, ora pela água, ora pelo fogo, ora pela fome etc. Eis a relação de Mundos anteriores:

"**Primeiro Mundo**: durou 4.008 anos. Os homens, todos gigantes, comiam milho silvestre. O Mundo foi destruído pela água, depois de chover sem parar, o dilúvio. Os homens tornaram-se peixes. Só escapou um casal, protegido por uma velha árvore, que vivia à margem. Alguns sacerdotes dizem que ficaram sete casais, abrigados em cavernas, onde esperaram a água baixar. A deusa que governava este mundo era *Chac Chel*, deusa da água, mulher de Chac Mool, o deus da Chuva.

"**Segundo Mundo**: durou 4.010 anos. Os seres comiam frutas silvestres. O mundo foi destruído por Quetzal, deus do vento. Os homens voltaram a macacos, sobrevivendo nas árvores. Um casal foi salvo da destruição por se ter abrigado atrás de uma rocha. Chamada de Era Dourada, este mundo foi dominado pelo vento ou Quetzal.

"**Terceiro Mundo**: durou 4.081 anos. Os descendentes do casal, que se salvou no segundo mundo, comiam todo tipo de coco. O mundo foi destruído pelo fogo e dominado pelo Chac do fogo.

"**Quarto Mundo**: Este é o nosso atual Sol. Teve início há 5.026

anos atrás e terminará em data ainda imprecisa. Os homens morrerão de fome, depois de uma chuva de sangue e fogo, conforme disse o profeta Pacal. Este será o fim do nosso mundo, depois, em 2012 será o fim do vosso mundo.

– Preciso continuar a tradução, falta o quinto mundo – interrompeu Agustin.

– Há revelações novas... – disse Eric.

– É verdade. Então, Palenque se chamava *Nachan* – "Casa das Serpentes" – continuou Günther, surpreso.

– Há uma diferença entre mayas e astecas, quanto ao calendário – disse Hans. A medida do mundo asteca era menor, por isso estavam assustados no fim do século IX. Pensavam que o mundo acabaria logo. A metade de suas centúrias só tinha cinqüenta e dois anos, quando as Plêiades ocupavam o centro do céu, enquanto cada *baktun* maya tinha 394 anos. Os mayas já sabiam que os astecas terminariam como raça só no século XVI, chegaram a datar: 1519 (11.14.11.0.0.) dia 1 Reed, uma sexta-feira santa. Neste dia Cortés aportou na Ilha de Cozumel e se encontrou com o chefe Naum-Pat. Dois anos depois, caía Tenochtitlan, a capital, com uma matança nunca vista. Os mayas eram grandes navegadores. Em sua quarta viagem à América, Colombo encontrou-se com um barco maya, na baía de Honduras. Esses mayas eram comerciantes, talvez Itzas do Yucatan...

– O quarto mundo era o dos mayas clássicos, não é Hans? – perguntou Maruska, interessada.

– Sim. Os mayas sobreviventes, misturados aos invasores toltecas, foram para o Yucatan, onde erigiram muitas cidades. Foi o fim da cidade-estado e início de uma nova forma de governo centralizado – a Liga de Mayapan, união de todas as cidades do Yucatan, sob um governo central. Chichen Itza fora abandonada em 1200 d.C., vitimada pela seca. Mayapan, sede da nova política dos mayas-toltecas caiu devido às revoltas internas, em 1451.

Só a Ilha das Flores, no centro do Peten, governada pelo rei Can-Ek, resistiu bravamente. Só foi dominada pelos espanhóis em 1697. Todos os habitantes jogaram-se no mar, em suicídio coletivo. Era a última cidade da civilização maya que caía sem se render.

– Espero terminar o fim dessa tradução do rascunho do códice. Teria sido melhor se fosse o próprio códice T, não uma versão... – disse Agustin.

– Eu sei disso, Agustin, mas a versão é verdadeira – insistiu Hans.

– Vamos fixar-nos nesse número 1.366.560, o *baktun* 13, cujo final será em 2012, data que terminará um ciclo e terá início outro – disse Günther.

– Você não poderá ir lendo, à medida que traduz? – indagou Linda.

– Vou tentar, mas já é tarde. Será melhor amanhã – devolveu Agustin.

– Vamos deixar para amanhã. Vamos descansar! – ordenou Hans.

Aquela noite de Lua nova parecia calma, não fosse a ansiedade de todos. Agustin ficara só em sua barraca. Pedira ajuda a Günther para os cálculos da astronomia maya. Livrara-se, assim, do assédio de Doreen e Maruska. As duas passaram o resto da noite discutindo o códice, como se o cigano não mais lhes importasse. Hans definiu a situação: "Quem desdenha, quer comprar" – dissera.

Camila conseguiu, afinal, levar Eric para a barraca, obrigando Linda a ir para a de Olavo, onde sucederiam as preliminares do amor, sem "os finalmente", como ela diria depois. Olavo queria, mas Linda esperava melhor oportunidade, quando, então, tudo se daria por amor. Ao contrário, na barraca de Camila tudo sucederia como previra. Eric fora tímido, a princípio, mas na escuridão da noite, ao lado de uma selvagem loba, fora mais vítima que algoz.

No dia seguinte, depois do café-da-manhã, o grupo resolveu que a leitura do restante do Códice T se fizesse na Torre dos Ventos. O Sol nascera cedo e já prenunciava dia quente. Todos instalados. Agustin com a ajuda do astrônomo, iniciou as explicações:

– Não farei uma leitura, mas o resumo do que está contido no códice. A astronomia maya seguia um padrão: o número 9 era o principal como padrão de tempo. Os demais eram múltiplos de 9, a não ser o 260, ciclo do pólo do equador do Sol, a cada 260 dias. O número 360 era a base do sistema numérico na escala temporal. Os números que lemos lá atrás, ou seja: 144.000; 7.200; 360; 260 e 20 são ciclos que compõem o sistema numeral do tempo maya. O número 68,328 refere-se a um ciclo de manchas do Sol, obtido através de uma calibração, em que era usado o planeta Vênus. O famoso número 1.366.560 equivale a 20 ciclos de manchas solares ou uma colisão magnética do Sol. Foi calculado a partir da multiplicação de todo o sistema numérico maya com o número nove, somados os totais, conforme já vimos.

Depois, Agustin leu: "Eu, Kin, artesão de Nachan, entalhei no Templo da Cruz, em 9.12.19.14.12. (692 d.C. – *n. do. t.*), o número 1.359.540, após a morte do Rei, sem saber ao certo seu significado. O Mestre só me disse que: subtraindo do grande número 1.366.560, 1.359.540 obteríamos a resposta. Subtraí e deu como resultado 7.020, mas não entendi o que realmente significava. Deixo aos pósteros o ônus da resposta."

– É tudo – informou Agustin, fechando o caderno de anotações.

Todos ficaram em silêncio, menos Günther, que começou a fazer cálculos. Faltavam 7.020 dias para o início de um ciclo de colisão magnética do Sol.

– Se dividíssemos por 360, um ano torto maya, obteríamos

19,5 anos. Em menos de vinte anos, portanto, o Sol bombardearia a Terra, causando danos aos mayas e o declínio de sua civilização. Sabemos que após 260 dias, o ciclo polar do Sol acusa 9,729729 graus, enquanto o equador solar fica em zero graus. Os mayas calcularam: 136.656.000, ou cem colisões de manchas solares, era igual a um período catastrófico – finalizou Günther

– Sabe o que isso significa? – questionou Eric – que os mayas conheciam o sistema decimal e o faziam a partir do número nove. Como o primeiro número deles era sempre zero, o nove era o décimo número, daí o sistema decimal...

– É verdade, Eric – interveio Günther. Não havia pensado nisso. Os *baktun* também são doze, na verdade, pois o primeiro é zero *baktun*, o décimo terceiro é na verdade o doze.

– Se você dividir o número 7. 020, diferença da conta entre 1. 366.560, e o número do Templo da Cruz 1.359.540 por 260, ou um *Tzolkin*, o quociente será 27. Assim, os mayas de Palenque estavam a apenas 27 *Tzolkin* ou Calendários Sagrados do final do ciclo solar que lhes exterminaria – disse Olavo, sério.

– E quando chegará a nossa vez? – indagou Maruska.

– O quinto mundo, o do jaguar, virá com catástrofes – disse Hans. Gostaria de ouvir Juan e Pedro sobre o crânio de cristal achado em Lubaantun.

– E o Códice O, o que está faltando para entendermos a profecia em toda sua plenitude? Como iremos encontrá-lo? – quis saber Eric.

– O Códice O trata de uma das formas mais antigas de consciência, mas não sabemos ainda onde encontrá-lo – explicou Hans. É uma prova de que os mayas são uma das culturas mais antigas da humanidade. A árvore – expressa pela letra T, cujo códice acabamos de ouvir – é o símbolo da religião para muitos povos do mundo. Existe nas culturas maya, asteca, inca e aimara. Um dos mais antigos sacerdotes – Beroso, o caldeu – disse que os mayas chegaram às suas terras em forma de peixe, levando-lhes cultura. Outra citação é de Manetho, um sacerdote, historiador e matemático egípcio: "os mayas viveram na Atlântida por 13.900 anos". O filósofo grego Euclides mostrou a influência maya na cultura grega. Em 403 a.C., Euclides fez a reordenação do alfabeto grego. Para isso foram empregados vocábulos mayas que, a partir daí, integraram o idioma grego. Essa sabedoria pertencia a uma cultura muito antiga chamada *Cara Maya*. Por isso, o uso das letras G, T e O está inserido nos idiomas antigos, como o grego, o latim, o caldeu, o egípcio etc.

– Antes de mais nada – interrompeu Juan Portero – gostaria de dizer que há muitos conhecimentos encerrados nos vinte e um mil centros cerimoniais das pirâmides, contribuindo para o bem-estar do ser humano. A Europa também teve tais ensinamentos, mas os perdeu ou fez mau uso. Os mayas estiveram lá em várias épocas e em diversos locais, como *Naga Maya* ou *Cara Maya*, ou ainda como *Mayax*. Toda a sabedoria de nossos ancestrais foi perdida. Acrescento aqui o símbolo OL, que virá com o códice O, se encontrado. "O" simboliza *consciência desperta*; L é *vibração*. Quando juntas em *OL*, simbolizam *Consciência Desperta*, sob forma de *Vibração*. Algumas imagens mayas são representadas pela figura do *Halach Ol*. *Halach*, Grande Senhor; *Ol*, consciência, ou seja, o *Grande Senhor sabedor da consciência cósmica desperta*. Na cabeça o Quetzal, representando o Espírito. O *Espírito* precisa ser levado à *Consciência* para que se converta em *OL*. Espírito é K'INAN. Quando se diz *TEOL*, fala-se da árvore e de sua Consciência, unida às leis do cosmo que, por sua vez, transformam a essência G, para o bem-estar humano. A cultura grega, infelizmente, relaciona *GEO* à Terra e suas leis, enquanto o sábio maya relaciona a letra G com a Via Láctea.

– Há ainda a questão da morte – disse Pedro Ortiz. Foram tiradas fotos de pessoas que, uma vez mortas, desprendem do peito uma energia subtil, como a fumaça de um cigarro. Só quando essa energia abandona totalmente o corpo o ser está morto. Por isso, há estatuetas mayas, nas quais se vê o círculo *O* maya no peito da imagem, indicando que por ali sairá a essência *G*. Assim os conceitos de vida e de morte maya são diferentes do europeu. No Templo das Inscrições, há um conduto que, de forma mágica, estabelece comunicação entre o sepulcro e o templo. Demonstrando que a morte de Pacal Votan não era o fim de sua vida, e que de outra dimensão nos observa com sua consciência cósmica de *Halach Ol*.

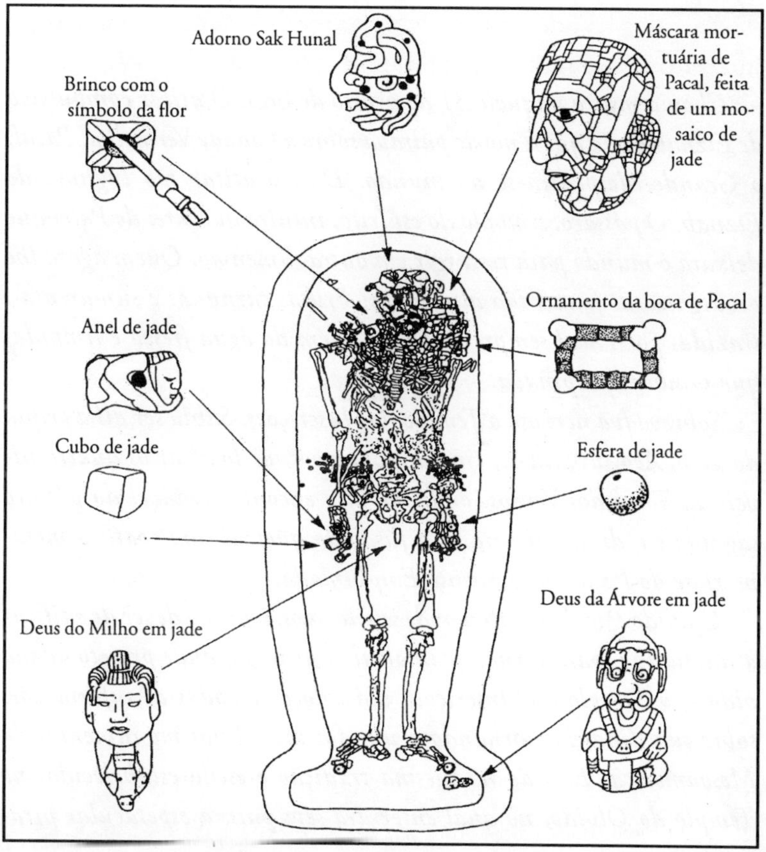

16= $\dot{\equiv}$

A ressurreição da Serpente Emplumada

9.12.11.5.18.

Chovia muito naquele 31 de agosto de 683. O atitar compulsivo de Etznab dizia que a morte pairava sobre a Cidade Vermelha. Pacal, o Grande, despedira-se do mundo. Daí, o atitar tão lúgubre de Etznab. O pássaro, símbolo do espírito, intuíra que o rei de Palenque deixara o mundo para ressurgir em outra dimensão. Quem agora lhe prodigaria as frutas tão almejadas? Frutas carnudas e sumarentas, trazidas por Pacal sempre à taleiga, além da água fresca e límpida, que também propinava.

Sobrevoava nervoso o Templo das Inscrições. Sabia ser ali a cripta do amo. Acostumara-se, em seus sobrevôos, vê-lo alçar os quatro níveis da Torre dos Ventos, onde havia o encontro notável do pássaro sagrado e o divino mestre. E a fusão do quetzal com coatl, a metamorfose de Pacal em Serpente Emplumada.

Quando Pacal alcançou os dezessete anos, sentiu o dever de edificar a sua tumba, para tornar-se imortal: o último grande projeto de sua vida – o Templo das Inscrições. Lá colocaria todas as informações sobre sua dinastia, tornando-o um dos mais belos monumentos da Mesoamérica. Erigido na mesma tradição e estilo estabelecidos no Templo do Olvido, no qual enterrara seus pais, a espetacular pirâ-

mide do Templo das Inscrições fora labor de imaginação e complexa obra de engenharia.

O edifício fora edificado, visivelmente, para nivelar-se ao subterrâneo do Palácio Real. Situado ao pé da montanha sagrada, o templo-pirâmide escalonada dava vista para a grande praça central, abrindo-se ao nordeste para o horizonte. No contraforte à face norte da montanha, um fosso fora cavado. Dentro dele, os trabalhadores colocaram um enorme bloco de pedra calcária, encerrando assim a passagem para a tumba de Pacal.

Depois de tê-lo consultado, os artistas desenharam as imagens que iriam representar o grande tronco da Árvore do Mundo e, dentro dela, a mandíbula aberta para o Outro Mundo. Assim, incorporaram o sentido de ressurreição a tais imagens funestas.

Chan-Bahlum, herdeiro de Pacal Votan, amanhecera com um gosto acerbo na boca. As lágrimas rolaram-lhe pela face e incrustaram-se como pequenas pérolas nas esquinas dos lábios. Sentia-se adentrando o mais profundo poço do universo. Tinha de seguir o ritual de enterrar o rei e só depois tornar-se um.

Assim sendo, desceu pela escorregadia escada, que deslizava pelas rochas úmidas da montanha sagrada de seu pai. A cripta fora instaurada no ventre da montanha. No final da escadaria de sessenta e sete degraus ficava a tumba.

Precisava descer toda a escadaria, em forma de abóbada, para chegar até o corpo do pai, que esperava os rituais para conduzi-lo a Xibalba ou Xibalbay, o mundo subterrâneo.

Chan-Bahlum estava zonzo pela perda do pai. Mal sabia onde pôr os pés. Seriam três dias de rituais de corpo presente, e mais sete de ritos In memoriam. *Depois, a difícil escalada de volta ao exterior, ao término de tudo, lá do útero da montanha sagrada. Descendo cada vez mais fundo, Chan-Bahlum alcançou a parede branca de estuque e ali amparou-se. A montanha sagrada era tão úmida e antiga que havia estalactites e estalagmites, a provar os seus milhares de anos. O carbonato de cálcio se depositara lentamente, pingo a pingo, até formar aqueles círios naturais.*

Lá nas profundezas da montanha escura, viu-se em meio a nuvens densas de fumo, a encher o corredor estreito, no fim da escadaria. Mascarando o álacre e doce cheiro da morte, o incenso sagrado flutuava ao redor de tochas, luminosas esferas que a tudo alumiavam, antes de esvair-se, como por encanto, no pesado e úmido ar, em clima fantasmagórico. O vislumbrar da Serpente Emplumada, indo para a funda escuridão de outra vida; e depois ressurgir iluminada, em outra dimensão cósmica, era algo indescritível. O peito moreno de Chan-Bahlum sentia a aflição do instante. Parou. Precisava tomar fôlego uma vez mais. Alento para prosseguir; um pouco de ar, já que ali se emparedara, sendo prisioneiro da morte de seu pai. Sessenta e sete degraus o separavam do reino da luz, lá em cima, enquanto embaixo havia só o portal do Mundo Subterrâneo.

Como o filho mais velho do rei morto, já ansioso de poder, era seu dever descer ao útero da montanha sacral e cumprir o último desejo do pai: enviar seu corpo ao reino distante dos Senhores da Morte. Os dias de sofrimento foram sintetizados no dobrar dos sinos. Chan-Bahlum sentiu o peso de seus quarenta e oito anos sobre os ombros, como as pesadas pedras da mansarda de seu pai.

Relembrando seus deveres, o novo rei deitou fora a exaustão de que era possuído, aprumou sobre o peito o pesado colar de jade, símbolo do poder recém-adquirido, e seguiu com a cerimônia. Com a dignidade restaurada, voltou-se para olhar bem no fundo dos olhos negros de seu irmão mais jovem.

Aos trinta e oito anos, Kan-Xul talvez viesse a ser o próximo rei, depois da morte de Chan-Bahlum. Por um édito de Pacal, estava escrito que Kan-Xul seria o último rei da dinastia de Palenque. O mais velho pousou o olhar sobre o delicado rosto do irmão e viu nele refletir-se a face suave de seu pai quando jovem. Assim, unidos pela dor, permaneceram na tumba.

No auge do esforço, o escultor Kin viu-os aproximando-se da fumaça do sacral incenso, a rodopiar ao vento frio da cripta, deixando cair lágrimas sobre a sua última obrigação: o entalhe da data de morte de Pacal Votan, glifo que ele inscrevia na borda sul da maciça tampa do sarcófago. Finda a tarefa, Kin recolheu rápido as ferramentas sagradas e as colocou dentro do saco enrodilhado. Depois, pegou o resto de toda a sua traquitana, colocando tudo sobre os ombros suados.

Afastando a mágoa, os irmãos ficaram na estreita ante-sala. Logo iniciaram a triste cantilena de apologia ao pai morto. Depois, começaram a deixar a tumba. Kan-Xul sorriu levemente para tranqüilizar seu nervoso irmão, agora rei. Apesar da pressa, a transformação da morte do rei e de seu renascer, mediante entalhes e pinturas de imagens sacras no sarcófago, o ritual do enterro seguia a tradição. Chan-Bahlum percebeu isso. Sentiu-se honrado por ser o novo patriarca da rara linhagem de Pacal, ao enterrá-lo apropriadamente. Assim, talvez curasse a ferida que a morte de Pacal tinha causado ao tecido social do Império.

O novo rei estava sendo determinado e o ritual devia continuar como fora programado. Chan-Bahlum disse algo gentil ao irmão e voltou-se para o pesado portal de pedra e para os três degraus de entrada da câmara mortuária.

Xoc, o fiel conselheiro de seu pai, respeitável membro de sua linhagem, os esperava à porta. Com o grupo de xamãs, Xoc ali estava para dar assistência aos irmãos na forma correta de enviar o pai para o Outro Mundo. Os xamãs dariam ao rei morto o poder de renascer como o Sol, a cada dia. Chan-Bahlum atravessou a abertura triangular e abobadada da parte superior da tumba, e entrou na sufocante e quente câmara, cheia de xamãs a cantar mantras para libertar o espírito do rei. Estariam ali as energias negativas que deveriam ser exorcizadas, abrindo assim a passagem livre ao rei para Xibalba.

Parado diante do portal, acima dos cinco degraus que levavam para baixo e para dentro da câmara mortuária, Chan-Bahlum fez uma pausa para contemplar o corpo de Pacal. Abraçou com emoção o bloco de pedra que servia de sarcófago ao rei.

Pacal estava deitado de costas. As mãos descansavam ao lado do corpo. Pernas estendidas e pés relaxados, como se dormisse. A pele seca e enrugada do homem de oitenta anos transparecia à luz pulsante das tochas dos xamãs. O colar de jade, a cobrir-lhe o peito, as pulseiras nos braços a luzir contra as paredes vermelhas da cripta. A bandagem verde, a cobrir-lhe a testa, mostrava aos Lordes de Xibalba que o rei logo estaria entre eles.

Chan-Bahlum e o irmão desceram os degraus compassadamente com toda a dignidade; passando entre os painéis de estuque que retratavam o pai, situados dos dois lados da entrada. Os pés calosos dos dois limaram a pedra fria e seus passos dirigiram-se à plataforma, erigida ali para que ficassem ao nível do corpo, e acima do piso da câmara mortuária. Subiram pela plataforma até o sarcófago. O novo rei caminhou pelo lado direito do caixão, que guardava o corpo de seu pai, enquanto seu irmão fazia o mesmo, pelo lado esquerdo.

Simultaneamente, ajoelharam-se para melhor contemplar o rosto do pai, pela última vez. Kan-Xul alcançou a orelha esquerda do pai endireitando-lhe o brinco e alinhando a peça retangular de mica que lhe emoldurava a boca.

Os dois irmãos cerraram os olhos do pai, instruídos pelos xamãs. Ambos, unidos sobre a estreita superfície do caixão; só assim venceriam a depressão. Depois, viria a parte final dos ritos.

Xoc caminhou até eles e pôs na mão de Chan-Bahlum a delicada máscara, feita de um mosaico de jade, conchas e obsidiana, com o formato exato do rosto de Pacal. Com cuidado, sopesando-a para melhor sentir-lhe, Chan-Bahlum deu um passo adiante e alcançou o rosto do pai, pregando-lhe a máscara. Agora, os olhos de obsidiana de Pacal fulguravam como estrela-guia, debaixo do brilho verde do jade de sua fronte. Satisfeitos com o posicionamento da máscara, os dois irmãos foram devagar até o corpo do pai e se ajoelharam diante do rei morto.

Um xamã deu a Chan-Bahlum um cubo de jade. Ele o apôs com reverência na palma da mão direita do pai, já adornada com cinco anéis do mais verde jade. Outro xamã deu a Kan-Xul uma esfera de jade para que a colocasse no anel da mão esquerda, contrabalançando assim o poder do cubo da direita.

Inclinando-se para a frente, Chan-Bahlum apôs uma pequena estátua de jade nas ricas vestes do pai, que lhe cobria as partes genitais, contendo sêmen e sangue dos maiores de toda a elite do Império. Juntos pegaram os pés do pai e cada qual colocou uma esfera de jade na sola de cada pé.

Afinal, Chan-Bahlum pegou a grande pedra de jade. Nela fora entalhada com reverência e habilidade – o ícone do deus padroeiro do mês – Pax. No ícone lia-se a palavra Te – árvore da vida. Também inscrita na tampa do sarcófago. O rei a tinha incorporado em seu ser, quando ainda estava vivo. Rezas altissonantes de xamãs ecoavam para além das abóbadas da câmara mortuária. Canto místico, misto de música e litania, acompanhava a alma do rei, na última jornada. Felizes por terem encomendado de forma apropriada o corpo de Pacal, com honras de grande rei, Chan-Bahlum e Kan-Xul levantaram-se, deixando o local do sarcófago e retornando à plataforma que dava para a saída sul.

Chan-Bahlum chamou a atenção de Kan-Xul, o qual sumira porta afora e subira as escadas. A cantilena dos xamãs fazia contraponto e baralhava-se aos passos dos que galgavam os altos degraus e subiam para o templo, acima.

A face apavorada de um garoto surgiu à porta: Chac-Zutz', descendente de honorável clã, que vinha servindo ao grande rei havia muitas gerações. O garoto puxou gentilmente o braço de Chaacal, que o abraçou. Este, o mais jovem da linhagem de Pacal, seria o rei, se nem Chan-Bahlum nem Kan-Xul tivessem, no futuro, herdeiro que vivesse o bastante para herdar o trono. Chaacal, de fato, teria sido rei antes de Kan-Xul, mas acabou cativo em Tonina, uma cidade próxima.

Chan-Bahlum exibiu toda sua potestade diante dos dois, mirando-os com intenso olhar negro, e deu-lhes voz de comando, instruindo-os para que fossem ver o divino rei, que transformara o império, engrandecendo-o.

Chan-Bahlum e Kan-Xul a tudo viam com paciente e resignada dignidade, enquanto os mais fiéis e importantes representantes do clã faziam fila, atrás dos dois, aproveitando a rara oportunidade de contemplar, ainda que rapidamente, o grande Pacal, antes que fosse selado em seu sarcófago para sempre, e iniciasse sua viagem para o Outro Mundo, o de seus ancestrais.

Quando tudo terminou, o novo rei fez sinal para os homens de linhagem real, escolhidos para ajudá-lo no assentamento do sarcófago. Depois de consulta silenciosa, dois deles saltaram para baixo da câmara mortuária, e pegaram o pesado caixão, aparando as bordas para que se ajustassem ao buraco escavado e se encaixasse; enquanto outros de pé esperavam a suave descida do caixão para encaixá-lo no oco do sarcófago. Esses homens fizeram uma alavanca com cordas passadas pelos orifícios das bordas do caixão. Depois, com cuidado, o foram baixando até que se inserisse com perfeição no buraco escavado. Uma vez lá, assentou-se suavemente a superfície do monólito da tampa. O corpo estava encerrado. A abertura ao sudoeste da tampa fazia conexão, através da escada, entre a câmara mortuária, onde o corpo do rei repousava, e o mundo de seus descendentes, lá em cima. Era o instante de colocar-se, finalmente, a enorme e bela tampa entalhada sobre o topo do sarcófago. Esta ação finalizaria o processo e punha o rei morto diante dos símbolos certos de sucesso, em sua batalha com os Senhores da Morte.

Chan-Bahlum e séquito saíram da tumba para dar lugar aos

operários de realizarem as últimas tarefas na tumba. Os mais fortes homens foram escolhidos para a execução das operações mais precisas e perigosas, sob a direção do chefe do palácio, que tivera a incumbência de construir a tumba. A reza cacofônica dos xamãs ecoava, como melopéia, em meio ao pandemônio formado.

Os homens, com vozes roucas, sussurravam uns para os outros, conforme traziam os equipamentos para dentro da tumba. Colocaram um cepo com polias no topo da caixa de pedra, que agora continha o corpo do rei, arranjando-a o melhor que puderam, ao longo dos dois lados da laje entalhada. Grunhidos cadenciados marcavam o esforço muscular dos homens, conforme percebiam ser quase impossível levantar tão pesada tampa.

A alguns passos acima, Chan-Bahlum observava a tampa deslizar afinal para a frente sobre as polias. Com esforço e suor, os trabalhadores, no cerrado oco da câmara, insistiram em colocar a tampa em seu lugar até consegui-lo. Depois, trabalharam para retirar as polias e assentar de vez a tampa, ajudados por fortes cordas para que a grande pedra se ajustasse por completo sobre a abóbada da tumba. O que, afinal, conseguiram.

Um jovem passara as polias para fora da câmara, acima das escadas para o túnel de respiro, que ladeava a montanha sagrada. Depois, mais depressa do que Chan-Bahlum julgara possível, partiram, levando todo o equipamento, mas deixando a sujeira como resto de seus esforços. O pandemônio diminuiu até que, de repente, só o cantochão dos xamãs reverberava através da tumba.

Os irmãos atravessaram o portal. Caminharam por debaixo da plataforma, para contemplar a imagem do pai gravada sobre a tampa. Viram-no tranqüilo em seu primeiro momento de descida da Árvore do Mundo, entrando pelo maxilar de Xibalba – a face haurida pelo machado incensado, que marcava a reencarnação do último renascer do filho da Primeira Mãe.

Mudo, o irmão mais jovem desceu para o piso da câmara

mortuária para ali ficar no canto sudoeste do grande sarcófago. Seus olhos estavam nivelados aos dos retratos dos ancestrais entalhados, nos dois lados da tumba. Chan-Bahlum, que saltara para o mesmo lado, estendeu-se para o alto, pegando das mãos de Xoc a cabeça esculpida do pai, que estava na plataforma acima. O novo rei esperou até que Xoc desse uma nova cabeça esculpida para o irmão. Depois os dois se ajoelharam.

Como o mais velho dos irmãos, cabia ao novo rei a prerrogativa de agir. Deitado de barriga, Chan-Bahlum rastejou à frente, entre as colunas de pedra que sustinham a plataforma do sarcófago de seu pai. Apesar de apertado, contornou os obstáculos até que alcançou, embaixo a pedra maciça do sarcófago do pai, sobre a qual estavam seis pequenos blocos de pedra. Com silencioso clamor aos ancestrais, esticou os braços o mais longe possível e depôs gentilmente a cabeça mortuária esculpida em gesso do pai. Chorado, através da escultura, ofertório para ajudar a alma do rei em sua jornada, a máscara retratava o pai quando jovem.

Kan-Xul, então, rastejou como cobra, por baixo do enorme sarcófago. Pôs sua escultura na coluna mais próxima. Esta escultura retratava Pacal como fora aos doze anos, ao se tornar rei. Transpirando naquele calor, ambos pegaram, com dificuldade, a taça e o prato cerimoniais, que Xoc lhes estendeu. Os irmãos, ajoelhados lado a lado, sopesaram cuidadosamente a caixa com comida e bebida, que supriria a alma do rei em sua jornada. Puseram-na no piso, abaixo do lado sul da plataforma, enquanto os xamãs cantavam e rezavam, clamando para a jornada de Pacal seguir suave e a derrota dos Senhores da Morte fosse certa.

Terminado o ritual, os irmãos aceitaram a ajuda da mão estendida de Xoc, que, assim, os trazia de volta à plataforma, outra vez. Chan-Bahlum olhou para a tampa vermelha do sarcófago uma vez mais – examinou cada detalhe do rito. A luz das tochas desenhava nas paredes da câmara mortuária a imagem de Pacal modelada em gesso. À frente dele, ao norte da tampa do sarcófago, estava entalhada a imagem do pai de Pacal. Parecia que o rei morto estava ali presente, sentado de pernas cruzadas sobre a plataforma que sustentava a tampa, como se tivesse sido arrebatado do topo do sarcófago.

Chan-Bahlum ficou ali de pé, perdido nas lembranças do pai, antevendo a sua própria transformação em grande rei. Havia três katun era um grande senhor, em seus quarenta e oito anos de vida. Para o seu povo, um homem já velho. Ele só queria, se os deuses lhe dessem tempo suficiente de vida, conseguir realizar grandes feitos históricos, como o pai fizera.

Aos seus pés, um pedreiro laborava, instalando o tubo espiritual no amplo ventre da montanha, através da plataforma e acima dos cinco degraus, ligando o tubo oco, que corria pela escadaria abobadada, com o piso do templo, lá em cima.

Os reis de Palenque eram homens práticos bem como gente de fé. Para ajudar os ancestrais a ascender ao mundo dos humanos, criaram uma passagem para a Kukulcán seguir, quando o rei morto quisesse falar com os descendentes.

Quando o tubo do espírito ficou pronto, só um ritual restou. O novo rei – Chan-Bahlum – virou-se para o irmão, o qual lhe entregou o grande cinto de jade de seu pai, que simbolizava o status de Divino Ahau ou Divino Senhor. Pingentes de jade dançavam sob a cabeça do novo Ahau, Chan-Bahlum. Com reverência, subiu em cima da superfície da tampa do sarcófago e ajoelhou-se sobre a imagem de seu pai. Curvando-se respeitosamente, pôs o cinto dentro da tampa, esticando-o sobre a imagem do deus que ali simbolizava a Árvore da Vida.

O cinturão do rei ficou acima do ponto central de seu corpo, agora esconso por debaixo da pesada tampa. Sua alma poderia afinal iniciar a longa jornada, libertando-se de sua carne mundana, preparada para descer para o Outro Mundo com comida, imagens de sua forma humana, o cinturão a simbolizar divindade e linhagem, quando encontrasse os Senhores da Morte.

As canções dos xamãs mudaram, quando Chan-Bahlum e o irmão iniciaram o adeus final, pedindo ao pai que os ajudasse, quando emergisse de Xibalba. Cheios de dor, galgaram os cinco pequenos degraus que os levavam para fora da câmara, e iniciaram o preparo, eles próprios, da próxima fase do ritual. Seguindo abaixo, para dentro do corredor externo, viram como os xamãs empurravam o enorme portal triangular, selando por completo a câmara mortuária.

Pedreiros se precipitaram para as passagens ventiladas, com seus cestos de cimento úmido, que lançaram nas frestas do portal com ruidosas aplicações. Usando espátulas de madeira e as mãos, cimentaram suavemente até a porta sumir, sem deixar qualquer evidência. Um deles gritou uma ordem. Os demais puseram-se a correr para a longa escadaria, cobrindo-a com cimento e pedras. Rápidos e eficazes, construíram uma caixa de pedra ao fim do corredor, pondo-a sobreposta à porta esconsa.

No repentino silêncio que caiu, depois da partida dos trabalhadores, o novo rei – Chan-Bahlum – pôde ouvir rumor de passos de mais gente; dessa vez vindo do templo acima. Virou-se e viu cinco cativos, arrastados para debaixo da escada pela honorável guarda do rei morto. Uma mulher e quatro homens. Todos iriam para Xibalba naquele dia acompanhando Pacal em sua última viagem.

Um deles gemia de pavor, mas o mais jovem marchava à frente, querendo enfrentar o seu fado com insolente orgulho. Era um Ahau aprisionado em batalha e escolhido para seguir com Pacal, porque, devido à sua arrogante coragem, fora considerado um bravo.

Chan-Bahlum agarrou o jovem Ahau pelo cabelo e puxou-lhe a cabeça para cima, para melhor ver-lhe os olhos. Cerrou as mãos sobre o punho da faca de obsidiana, que trouxera justamente para esse ato sacrificial; e, silenciosamente, mergulhou a faca no peito do cativo, perfurando-lhe o coração. Era o sinal. Os guardas do rei, bradando cacofonias, ouvidas até no templo acima, caíram sobre as víti-

mas, com furiosas estocadas, sangrando-as com suas facas, já de resto ensangüentadas. Os corpos foram deixados à própria sorte dentro de uma caixa.

Sacrifício terminado, Chan-Bahlum abandonou o ensangüentado corredor e subiu a escadaria com solenidade, mantendo o porte ereto, preparando-se para o rito final, que só o novo rei poderia efetuar, lá no templo, em cima. Os músculos das pernas queimavam pela exaustão, ao virar-se da plataforma, para alçar o segundo lance de escadas. Os ensangüentados guardas do rei seguiram-no em reverente silêncio, só quebrado pela forte respiração, à medida que iam vencendo a dura subida, todos emocionados pelo ritual do sacrifício encerrado.

Chan-Bahlum emergiu do chão do templo, onde o tubo de comunicação do espírito de seu pai terminava na cabeça da Visão da Serpente Emplumada. Ao refazer cuidadosamente o caminho ao redor da plataforma, ao lado da escada, xamãs pegaram-no pelos braços e retiraram suas vestes. Um deles deu-lhe uma fria lâmina de obsidiana.

Chan-Bahlum agarrou o pênis, apertando-o e furando-o por três vezes, com a ponta da brilhante e negra lâmina. Devolvendo-a, colheu o sangue, que vertia pelos ferimentos, em longa tira de papel, observando-o, à medida que o papel se avermelhava pelo sagrado sangue do sacrifício. Seu primeiro ato de sacrifício como patriarca do clã real, ato simbólico de renascer em meio à morte.

Seu irmão já efetuara o próprio ato sacrificial, quando ajudou a sacrificar os cativos. Manchado pelo fluxo que corria de seu próprio corpo e pelo sangue ritual dos cativos, Chan-Bahlum seguiu para a câmara detrás, passando pelos painéis do katun histórico, que seu pai ajudara a construir, para então aparecer entre a coluna central e a parede externa.

Sentido rumor veio da multidão reunida na praça, logo abaixo, quando o povo viu o rei chegar com as vestes ensangüentadas, claramente visíveis pela oblíqua luz solar. O papel entre as pernas se em *papara com o seu sangue, que continuava a cair, manchando o piso do chão que caminhava.*

17

A Atlântida e o Crânio de Cristal

24 de dezembro, dez horas da manhã.

12, Lua Lagarto Rítmica – kin 195 – Águia Cósmica Azul: "Perduro a fim de criar. Universalizando a receptividade, selo a saída da atemporalidade; com o tom cósmico da presença, sou guiado pelo poder de autogênese."

Os dias corriam céleres em Palenque. O Natal chegara, mas estavam todos mais interessados na história de Juan e Pedro sobre o Crânio de Cristal. Ambos pareciam já ter desistido de *El diablo*. Tudo, então, voltaria à rotina. Juan, aos braços de Rosita; Pedro, ao comando do restaurante, na mesma pequena aldeia onde viviam. Antes de partir, os dois reuniram o grupo. Contariam tudo acerca do enigma do Crânio de Cristal ou Crânio do Destino, que fora achado em Lubaantun – "A Cidade das Pedras Caídas".

Depois da leitura de dois códices, o grupo ansiava por encontrar o último, o Códice O. Mas não tinham sequer uma pista. O Códice O encerraria os vaticínios que Pacal Votan profetizara para o quinto mundo, aquele para o qual se abriria o portal da Nova Era, próximo ao Natal de 2012.

"Tudo começou, quando uma jovem de dezesseis anos – Anna

Le Guillon Mitchel-Hedges – disse Juan – viu o crânio de cristal pela primeira vez. Isso foi em 1923. Passaram-se semanas antes que soubesse realmente o que achara. O antigo sítio de Lubaantum, nas Honduras Britânicas, hoje Belize, fora descoberto por seu pai adotivo – Mike Mitchel-Hedges, em 1919.

"Mike, arqueólogo inglês, adotara-a seis anos antes. Sammy, apelido dado pelo pai, viu um objeto brilhante, debaixo de paredes de um antigo templo maya, em ruínas. Estava quase ao alcance da mão e brilhava com intensidade, mas seu acesso era difícil. Naquele momento o dinheiro da expedição acabara.

Mike deixou a jovem, sob a guarda de uma família de mayas-kekchi, e foi buscar víveres e dinheiro para seguir com os trabalhos. O governo das Honduras Britânicas dera-lhe só sete anos para as suas escavações arqueológicas. Naquele tempo, Lubaantum era a maior área até então descoberta na América. Antes de partir, o pai dissera à filha que não deslocasse as pedras até que ele voltasse e as numerasse.

De volta, Mike removeu cada uma das grandes lajes. Simultaneamente, a equipe buscava tirar o objeto brilhante, debaixo do entulho. Só em primeiro de janeiro de 1924, dia do décimo sétimo aniversário de Anna, conseguiram remover a última laje, e a parte superior do crânio de cristal foi recuperada.

Mike alçou bem alto o crânio para que todos o vissem, os maya-kekchi, de repente, ensandeceram de alegria. Choravam, riam, abraçavam-se e beijavam o chão. Agiam como se a memória ancestral, de súbito, fosse trazida à luz. Intuíram que o crânio era parte importante de seu passado. Depois de séculos, o deífico Crânio de Cristal voltara às suas vidas. Erigiram altar improvisado e, ao mesmo tempo em que o ídolo era entronizado, flautas e tambores mandavam aos clãs mensagens de alegria, conclamando todos os nativos da região para virem ver a relíquia, símbolo de um misterioso e distante passado.

Festejaram por dias, interrompendo os trabalhos de escavações. Ao sentir que a festa não tinha fim, Mike fez uma troca com o cacique; daria a eles o Crânio de Cristal, se voltassem ao trabalho. Negócio fechado: no dia seguinte, os mayas-kekchi retomaram as escavações.

Três meses mais tarde, encontraram o maxilar inferior destacável, uma maravilha artesanal que deslumbrou Mike. O Crânio de Cristal era já obra-prima de artesanato, peça das mais raras achadas pela arqueologia, de substância tão dura, ou quase, quanto o diamante. Uma pergunta, entretanto, ficou no ar: quem teria conhecimento e habilidade para fazer artefato tão perfeito na Mesoamérica?

– Talvez a peça pertencesse a uma civilização ainda mais antiga que a dos mayas – foi a conclusão de Mike.

"Quando o prazo de sete anos para escavar o sítio terminou, o cacique fez questão de entregar o crânio para Mike, por tudo que fizera pela comunidade. A jovem Anna tinha agora vinte anos e nunca saíra da aldeia, desde os doze anos de idade. A despedida foi difícil, aliada a uma dificuldade ainda maior de readaptar-se à civilização, após ter vivido tantos anos na selva com seus amigos índios."

– Escute aqui, Juan. Essa história não pára aí, não é? – perguntou Eric.

– Na verdade, não. A jovem Anna criou uma Fundação de Pesquisa com o sobrenome do pai – Mitchell-Hedges, tornando-se a guardiã do Crânio de Cristal...

– Só isso? – perguntou Maruska, decepcionada.

– Fizeram sessões espíritas com o crânio de Cristal – explicou Pedro. Tudo leva a crer que possui o dom da cura. O importante era saber que povo o fabricou.

– Li no *The Illustrated London News* – interrompeu Günther – um artigo de Thomas Gann, sobre a descoberta dessa antiga cidade maya, às margens do Rio Grande, não muito longe da fronteira da Guatemala. O sítio tinha edificações com grandes fachadas de pedra, pirâmides escalonadas, amplos e largos degraus. A principal construção estava toda tomada por arbustos e húmus. Era uma pirâmide truncada de cerca de 243 metros de comprimento por 202 de largura e 81 metros de altura. A pirâmide era completamente facetada por belos blocos de areia e detritos marinhos, cortados de tal forma e com tal aderência, apesar de não ter argamassa a juntá-las, de maneira justa e perfeita. Antes de saírem da cidade, batizaram-na de *Lubaantun* ou o "lugar das pedras caídas", em maya. A cidade diferia de outras tantas urbes mayas conhecidas. Não havia palácios de pedra, nem templos piramidais de grandes estruturas, além da falta total de esculturas em pedra; nem mesmo o grande monólito, no qual os mayas costumavam gravar a data da fundação da cidade...

– E nada sobre o Crânio de Cristal? – perguntou Olavo.

– Li alguma coisa mais. Estou tentando me lembrar – disse Günther. Ao que parece, Lubaantun é das mais antigas cidades mayas, de um período anterior às demais da América Central. Está situada em local inacessível mesmo hoje. Os estudiosos crêem pertencer a uma civilização bem anterior a dos mayas, que lhes tenha passado a tecnologia e a habilidade de realizar peças em obsidiana ou em cristal vulcânico. Armas, ferramentas, artefatos diversos em obsidiana, inclusive instrumentos de ritos têm sido encontrados por todo o México e dentro dos sítios mayas. O Crânio de Cristal, porém, é diferente...

– Diferente, por quê? – quis saber Doreen, com olhos curiosos.

– Porque foi fabricado de uma rocha de cristal dura como diamante, além de ser um artesanato tão perfeito que a mandíbula se move igual a nossa. O que nos deixa perplexos é ter sido confeccionada antes da descoberta das ferramentas de ferro. Julga-se que quem as fez deva ter levado cento e cinqüenta anos de duro trabalho para conseguir aplainar aquele quase diamante de cristal sólido, usando areia como abrasivo.

– Puxa! Cento e cinqüenta anos! – exclamou Eric.

– Uma loucura! – interveio Agustin.

– O fato é que o crânio existe. Deve ter sido realizado antes da fundação de Lubaatum, o que deve ter ocorrido antes de todas as demais cidades mayas.

– E qual é a conclusão disso tudo? – perguntou Frans.

– A conclusão é simples: se os ancestrais mayas tinham a tecnologia de polir cristais de rocha, arredondando suas formas, os mayas também deviam tê-la. Portanto, seriam capazes de confeccionar lentes convexas, as quais nada mais são que peças resultantes da combustão de cristais. Lembro-me de um texto que dizia "o Crânio do Destino foi fabricado do mais puro cristal. Foi preciso mais de 150 anos, gerações e gerações, trabalhando todos os dias de suas vidas, raspando com areia, pacientemente, o imenso bloco de cristal de rocha até que, afinal, o crânio perfeito emergisse – acrescentou Juan – para uma platéia atônita.

– Isso é notável! – exclamou Linda, abraçada a Olavo.

– Esperem – interrompeu Pedro. O crânio tem no mínimo 3.600 anos. De acordo com a lenda, era usado por um alto sacerdote maya em ritos esotéricos. O sacerdote dizia que, com a ajuda do crânio, bastava desejar a morte de alguém que a morte vinha, invariavelmente. Ele o descrevia como a incorporação do mal.

– Mas, o Crânio de Cristal agora não faz curas? – quis saber Eric.

– Sim, é verdade – disse Juan. Muita gente estuda o crânio. Um mistério...

– Na verdade, o mistério todo está na Atlântida – cortou Hans, enfático.

– Como assim? – perguntou Camila, acarinhando Eric.

– Tudo se liga à Atlântida e ao cataclismo que a fez submergir para sempre no fundo do mar. Platão atribuiu a fundação da civilização Atlântida ao deus grego do mar – Possêidon. O filho mais velho – Atlas – de Possêidon com Cleitó, uma humana, deu seu nome ao conjunto de ilhas, do qual foi o primeiro governador – a Atlântida. Além do Oceano Atlântico e das montanhas Atlas. Tudo isso está nos Diálogos de Platão (*Crítias*). Se nós aceitarmos a existência de uma poderosa civilização vivendo em um colar de ilhas do Oceano Atlântico, então é razoável supor a localização da Atlântida hoje nas Índias Ocidentais. Edgard Cayce disse que a principal ilha, que chamou de Poseidia, existiu na região, onde hoje se situa as Bahamas. Esse colar de ilhas está em oposição ao Estreito da Flórida, em Miami, a noroeste do grande Banco das Bahamas.

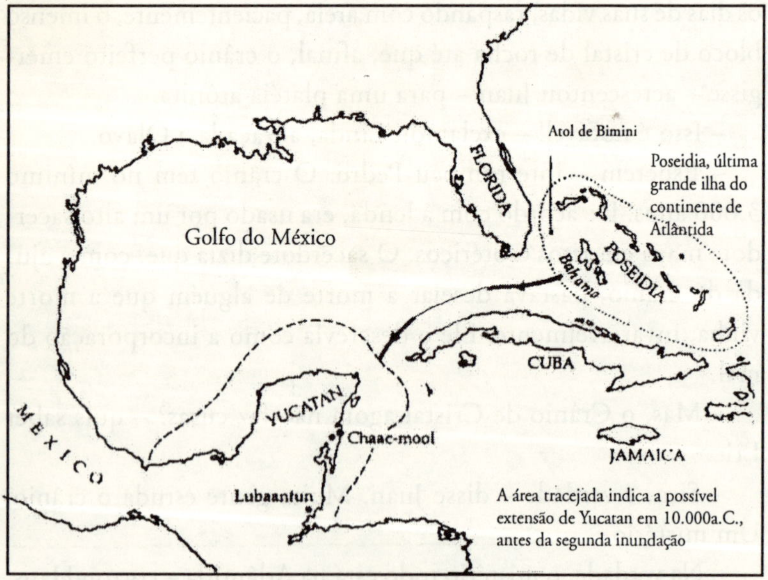

Fuga de Iltar para Yucatan

– Será que era aí mesmo a lendária Atlântida? – quis saber Günther.

– É o mais provável. Ali achou-se a muralha submersa de que Cayce falava.

– Como foi isso? – quis saber Linda.

– A destruição de Poseidia – disse Hans – foi por volta de 10.500 a.C. E a causa deve ter sido a elevação do nível do mar, ao descongelar a calota polar, no fim da Idade do Gelo, submergindo as ilhas costeiras de nível mais baixo...

– E houve sobreviventes? – perguntou Agustin.

– Sim. Como estavam defronte ao Yucatan, nesta região mexicana devem ter aportado. Os sobreviventes, segundo Cayce, eram da Casa Real da Atlântida, sendo liderados por um sacerdote chamado Iltar. Este líder e seguidores, em barcos a vela, não segui-

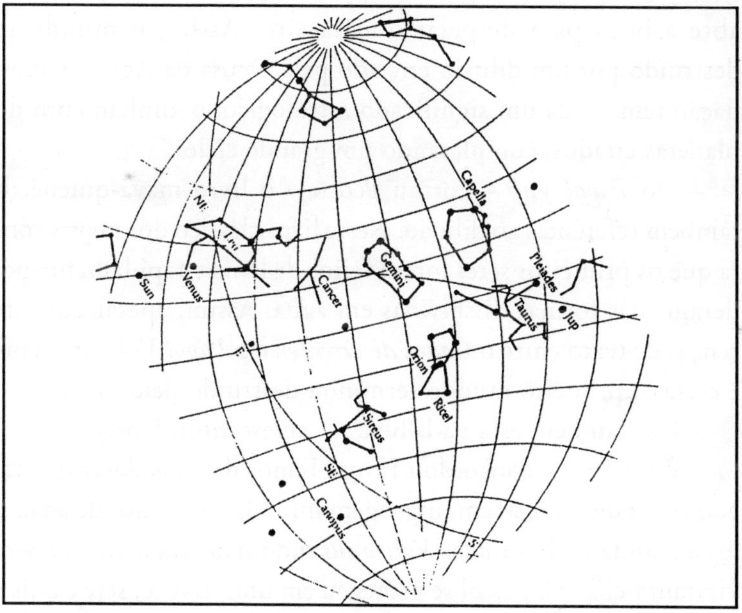

13 agosto 3113 ——— 21 dezembro 2112

ram diretamente para o Yucatan. Devem ter aportado em Cuba, no caminho. O vento levou-os a oeste, para dentro da Baía de Campeche; ou para o sul, ao longo da costa leste, aportando ou em Lubaatun ou em Chac Mool, uma cidade próxima, ainda não encontrada. Toda a história da inundação da Atlântida está contida no *Codex de Dresden*, ilustrando como o Primeiro Mundo ou Primeiro Sol fora destruído pela Deusa da Água – Chac Chel – ao enviar o dilúvio.

– E o que se vê nessa ilustração? – perguntou Maruska.

– Podemos ver Chac Chel, a Deusa da Água, despejando um jarro d'água sobre o Ek Chuah, o Deus da Guerra, tendo à cabeça o Moã, o pássaro da morte. O deus está ajoelhado e tem duas azagaias na mão direita e o bastão de mando na esquerda. Acima dela, o jacaré cósmico veste os símbolos mayas dos planetas Vênus, Marte, Mercúrio e Júpiter. O jacaré representa a Via Láctea e abre a boca para despejar o aguaceiro. Assim, o mundo foi destruído por um dilúvio enviado pela Deusa da Água. A inundação tem ainda um significado astrológico: o alinhamento dos planetas citados, completando um grande ciclo.

– No *Popol Vuh* – cortou Pedro – o livro maya-quiché, há também referência ao dilúvio. Neste livro clássico dos mayas consta que os primeiros seres foram feitos de lama e rapidamente perderam suas formas dissolvidas em água. Assim, apesar das diferenças de texto entre o *Codex de Dresden* e o *Popol Vuh*, uma coisa é certa: o primeiro mundo terminou destruído pelo dilúvio.

– Isso também está na Bíblia... – acrescentou Doreen.

– É verdade – concordou Hans. Temos de considerar que tais códices eram escritos em linguagem mitológica. Temos de adaptá-los à realidade. No *Codex Vaticanus* tudo isso está confuso: Seres viraram peixe. Um casal se protegeu em uma árvore, sete casais se esconderam em uma caverna etc. Tudo isso tem a ver com a Atlântida e seus sobreviventes. É evidente que não viraram peixes, mas sim saíram pelo oceano em barcos. Os casais atlantes sobreviveram em cavernas até a água baixar e fugiram para o novo lar – a Península do Yucatan. Podemos dizer que esses atlantes não só traziam a memória da catástrofe, que lhes ocorrera em Poseidia, mas também e principalmente seus conhecimentos de astronomia, matemática, agricultura, medicina e arquitetura, passando a sabedoria para o povo ainda proto-maya.

– Isso faz sentido, Hans – interrompeu Eric. Em toda a história dos povos antigos está lá o dilúvio. A existência da Atlântida é hoje comprovada. Nenhuma catástrofe destrói tudo, sempre há sobreviventes. Além disso, os atlantes devem ter sido grandes navegantes...

– Para o povo primitivo que os acolheu – disse Hans – os atlantes eram deuses. O sacerdote Iltar poderá ter-se tornado o deus Zamná, o deus dos deuses da mitologia maya. E da mesma forma, os astecas chamaram Cortés de enviado de Quetzalcoatl, um deus, que havia prometido voltar no mesmo dia em que o capitão espanhol entrou na Cidade do México...

– E o segundo mundo, como terminou? – perguntou Camila.

– O Segundo Sol, que se seguiu à destruição da Atlântida, durou mais uns quatro mil anos e foi chamado de Era Dourada. Tinha como patrono o Quetzal, Deus do Vento. Há um elo entre Iltar-Zamná e Quetzalcoatl-Kukulcán, como os grandes deuses das civilizações mexicanas. Mas, todas as coisas têm um fim. E a Era Dourada também pereceu. Como isso pôde acontecer não ficou muito claro. De acordo com Cayce, a cidade de Iltar, no Yucatan, foi destruída tempos depois da submersão de Poseidia. Se acreditarmos nas lendas, o segundo mundo findou devido aos ventos. Tanto que a palavra *hurricane* é derivada do deus asteca da tempestade. É provável que por volta de 7000 anos a.C. houve outra época de inundações e vendavais no Yucatan. As lendas falam que os homens viraram macacos e precisaram viver em árvores para sobreviver. É um mistério como foi destruído o terceiro mundo, entre 7000 e 3100 a.C., que deve ter precedido o surgimento dos *mayax*, os mayas pré-clássicos. Os seres do Terceiro Sol saíram da proteção das florestas, sobreviventes da segunda destruição, reconstruindo tudo. As primeiras plantações foram assim cultivadas próximo a Oaxaca, por volta de 7000 a.C., no Vale de Teohuacan. E o milho foi o que melhor ajustou-se ao clima. Antes comiam uma pasta de frutas. A cidade de Lubaantun foi construída nesta época. Cayce diz que para erigi-la, pediram ajuda de imigrantes peruanos. Por isso, a cidade não se parece com nenhuma outra urbe maya, já que não foi usado nenhum tipo de cimento, mas sim o encaixe perfeito dos blocos de pedra, a tecnologia dos incas.

– E o Crânio de Cristal como entra nessa história? – quis saber Olavo.

– Como o terceiro mundo fora dominado pelo Deus do Fogo, isso explica a presença do Crânio de Cristal entre as ruínas da cidade, uma vez que o crânio, sendo de cristal, produzia fogo com facilidade, uma novidade para aquele povo inculto, desacostumado de ver fenômenos físicos. Para esse povo, o crânio era a própria personificação do Deus do Fogo. As mais antigas cerimônias de fogo dos mayas estavam ligadas à idéia de regeneração. A própria natureza do fogo está dentro desse processo, já que retorna à matéria orgânica dos elementos primevos, ao expelir calor e luz no processo. Assim, os antigos povos da América olhavam para o fogo de maneira diferente da nossa – considerando-o uma regeneração do Sol. Conseqüentemente, ao final desse período, fosse um ano, fosse os 52 anos da meia centúria asteca, ou ainda o *baktun* de 144.000 dias dos mayas, sentiram a necessidade de realizar uma cerimônia para exorcizar o passado, abrindo um caminho para o renovo, para o futuro. Nessa direção, sentiram que alimentavam o Sol, para que este restaurasse a dádiva da vida contra as armadilhas da morte.

– Esta cerimônia ao Deus do Fogo era comum a toda a América índia? – indagou Günther.

– Era, sim. Acontecia em função do alinhamento no céu de planetas, quando as Plêiades ficavam no centro do meridiano no hemisfério norte. A sensação que aqueles povos sentiam era de fim de mundo. Esperavam. Como nada acontecia, faziam a cerimônia ao Deus do Fogo. Este alinhamento entre planetas e as Plêiades para o calendário asteca se dava a cada meia centúria, 52 anos, enquanto para os mayas se dava no período de um *katun* ou 7200 dias, cerca de 200 anos. Apesar das diferenças de calendários, a cerimônia tornou-se comum às duas raças. Ao que parece a cerimônia começou na terceira era, a do fogo. Com a vinda do quarto mundo ou era, cerca de 3100 a.C., os mayas começaram então a plantar milho, a base de sua alimentação. É também quando se inicia o ciclo da Conta Longa, de 5125 anos, que terminará em 2012. A origem é o nascimento de Vênus, em 3113 a.C.. O evento mais importante relacionado com tal tempo é a fundação da cidade de Tula ou Tulan. Diz a lenda que era tão bela quanto santa. Foi fundada por Quetzalcoatl ou Kukulcán. Sua localização é confusa. Nos "Anais de Cakchiquels", um texto maya tardio, há referência a Tula ou Tulan como uma espécie de Terra Prometida. Diz o livro: "do outro lado do mar, viemos para o lugar chamado Tulan, onde fomos gerados por nossas mães e por nossos pais". E mais adiante: "de quatro regiões as pessoas vieram para Tulan. A leste há uma Tulan; outra em Xibalba, o mundo subterrâneo; outra a oeste, de onde viemos; e mais outra onde está Deus no céu. Portanto, havia quatro Tulan".

– Afinal, onde era Tula ou Tulan? – quis saber Frans.

– Há grande confusão, inclusive entre estudiosos. O nome é usado para as ruínas de Tula, em Hidalgo, a pequena capital tolteca que, entretanto, deve ter sido erigida no século IX de nossa era. Mas isso não é toda a história...

– Diga, então, Hans! – cortou Doreen, curiosa.

– O cerne da confusão é o nome Quetzalcoatl ou Kukulcán, dado por mayas e astecas. Tanto era um título nobiliárquico para os grandes líderes religiosos quanto para um deus misterioso; assim, nunca sabemos, ao certo, quando estão se referindo ao deus e quando ao homem.

18

Onde os deuses tocaram a Terra

31 de dezembro, cinco horas da tarde.

19, Lua Lagarto Rítmica – kin 202 – vento ressonante branco:"Canalizo a fim de comunicar. Inspirando o alento, selo a entrada do espírito. Com o tom ressonante da harmonização, sou guiado pelo poder da atemporalidade."

Naquela tarde de lua nova, que já se via no céu, Agustin tinha priapo ereto e adusto. Nem Maruska nem Doreen estavam ali para dar-lhe o conforto merecido. As duas lobas cumpriram a palavra dada. Enquanto o cigano não se resolvesse por uma delas, nada feito. Era a greve. Agustin não sabia o que fazer. Eleger uma, seria o mesmo que perder a outra. As duas eram perfeitas, mas jamais pensara em casamento. Uma escolha naquele instante traria implícito um compromisso não pretendido. Sonhava com as duas. Se a comparação sexual pendia mais para Maruska; Doreen era mais carinhosa fora da cama. O que fazer? Uma escolha difícil. Amava as duas com igual intensidade. Precisava engendrar uma saída.

Lembrou-se de *O Banquete de Platão*. Ali constava que havia diferentes estágios do mesmo impulso erótico. Se aplicado ao seu caso; primitivo e caótico em Maruska, sensual em Doreen, e espiritual em Mirtha, sua primeira namorada. Eros, como desejo de imortalidade, elevar-se-ia, gradualmente, do corpo à alma, do sensível ao inteligível, da carne ao espírito, num perene esforço de sublimação. Talvez Maruska fosse a escolha certa. Partiria do mais baixo grau para o mais alto, sem eliminar os estágios inferiores de que se serviria. Talvez Doreen fosse a escolha acertada, se partisse do grau mais elevado para atingir os mais baixos. Só a partir desses graus poderia atingir o alvo superior. Doreen ou Maruska?

Depois do Natal, Juan e Pedro partiram para casa. Como descendentes dos mayas, o códice representava muito, mas tinham de cuidar da família. Sabiam que as correções da profecia dependiam dos humanos; se tomassem juízo, trocando a consciência predadora pelo amor ao planeta. Antes de ir para a casa, passariam por uma vila de nome secreto. Talvez, por lá parasse *El diablo*. Ouviam isso pelos serros e páramos. Seria a última tentativa.

Na passagem do ano do calendário Gregoriano, todos concordavam que o Códice O era complemento importante à profecia. O essencial era o alinhamento planetário e estelar de 2012. Em 13 de agosto de 3113 a.C. houvera um alinhamento semelhante e advieram catástrofes. Como seria em 2012?

Enquanto não descobrissem o códice, as pesquisas em Palenque seguiam. Maruska e Doreen tornaram-se parceiras de pesquisas. Só assim uma vigiaria a outra. Talvez até amizade tivesse nascido entre as duas lobas. Ninguém saberia dizer. As lobas eram espertas e dissimuladas.

Camila e Eric já viviam na mesma barraca. Seguiam seus desejos, sem o menor pudor. Linda e Olavo também dividiam o mesmo teto, mas ainda no prólogo amoroso, sem os finalmente. Tudo questão de tempo, uma ilusão como sabiam. Passavam horas se tocando, em busca do amor em cada fenda, em cada esquina de seus corpos. Descobrindo-se a partir do outro. "Alteridade sexual" – diziam.

Günther e Frans, passavam o tempo conversando, noite após noite, sobre História e Astronomia. Às vezes, amansavam a solidão com um baralho. Os gritos do jogo de truco eram ouvidos bem longe. Até na montanha onde Hans meditava. O velho ria, ao ouvir os berros, a ecoar colina acima, no sítio milenar de Chiapas, território outrora cativo de *El diablo*.

A noite caíra. Hans, descendo a Serra de Chiapas, caminhava animado, como se de repente houvesse deixado de sofrer pelo códice roubado, peso que arrastava, como um lastre pertinaz. Pensava que devia expor-lhes suas suspeitas: Teotihuacan, a misteriosa cidade, cuja origem se tornara um enigma. Nunca se soubera sequer o povo que a habitara.

Fora uma metrópole no seu apogeu. Assim, ao cair da noite, armou uma grande fogueira no centro do acampamento para contar-lhes de Teotihuacan. A cidade mítica e mística de todos os ritos da Mesoamérica; a Meca ou Roma da América. À mítica Teotihuacan todos iam para ritos específicos, já que havia crenças comuns entre astecas, toltecas, olmecas e mayas. Uma delas, a da Serpente Emplumada. Além da religião de treze dimensões celestes e de nove infernos astrais.

Teotihuacan tinha treze templos, duas pirâmides – a do Sol e a da Lua – e o belo templo da Serpente Emplumada. Neste, em um tabuleiro ornamentado estava esculpido, além da cabeça da Serpente de Plumas, a de um sáurio de olhos bem redondos, como a letra O do códice. Hans cria que no templo estava o códice. Os segredos e crenças da Mesoamérica findavam em Teotihuacan – "cidade onde os deuses tocaram a Terra".

– Hans, você acha mesmo que o códice está lá? – quis saber Agustin.

– Sim, pois lá tudo começou. Ninguém sequer descobriu o povo que a erigiu. Era o centro de todas as religiões e raças mesoamericanas. Lá está o Templo da Serpente Emplumada, na Cidadela, local proibido, espécie de cidade dentro de outra, e cujo acesso só era permitido para raros eleitos...

– E é grande? – indagou Olavo.

– Quatrocentos metros quadrados de área...

– Puxa! Tudo isso, pai? – duvidou Frans.

– É uma pequena fortaleza. Depois de erigir as pirâmides do Sol e da Lua, e a grande Avenida Norte-Sul, conhecida por *Calle de Los Muertos*, o povo começou a erigir, entre os anos 100 e 200 d.C., a enorme clausura de quatrocentos metros quadrados, ao sul da urbe, abaixo do rio San Juan, do lado direito da Grande Avenida Norte-Sul ou Avenida da Morte.

– Por que se chama assim? – perguntou Linda, abraçada a Olavo.

– Era um lugar de sacrifícios humanos...

– Construíram tudo isso para quê? – indagou Maruska, mirando o cigano.

– Essa é a questão – refletiu Hans. A Cidadela tem uma muralha de mais de sete metros de altura nos quatro lados, daí seu difícil acesso. No centro, o Templo da Serpente Emplumada. Sua praça é tão grande que cabia toda a sua população adulta. E a cidade tinha cerca de 200 mil habitantes...

– Caramba! Tudo isso! – exclamou Eric.

– Igual à Cidade Proibida de Pequim, na China? – perguntou Doreen.

– Igual, sim. A Cidadela tinha como propósito a segurança da elite real e dos sacerdotes, em seus rituais em homenagem a Quetzalcoatl. Aliás, bem à sua frente há um complexo vazio, cuja função não sabemos. As dimensões também são enormes. É provável que a Cidadela fosse só um palácio, espécie de urbe proibida. O acesso a essa fortaleza era feito por uma só escadaria, no lado oeste, muito bem vigiada. Era a única entrada disponível. A própria visão da Cidadela era muito limitada, devido à alta muralha.

– E lá dentro, o que se vê? – indagou Doreen.

– Há duas grandes habitações construídas, ladeando o Templo da Serpente Emplumada, sugerindo ter sido uma combinação de palácio, centro administrativo e templo religioso para todo o complexo arquitetônico. Sua localização está em oposição às duas pirâmides do Sol e da Lua, mais parecendo ter sido área restrita, vazia e sem qualquer acesso às pirâmides. E isso não faz sentido...

– Por quê? – quis saber Olavo.

– É estranho. Muito estranho. As duas pirâmides são majestosas e deviam ser um centro ritual. Portanto, muito visitadas. Lá deveriam suceder ritos públicos. A Cidadela, ao contrário, nos dá idéia de que seus habitantes viviam fechados, enclausurados, longe dos dois monumentos mais importantes da cidade, como se fossem monges...

– Talvez fossem – retrucou Maruska.

– Ou, então, havia uma sociedade secreta da Serpente Emplumada, cujos adeptos não podiam senão viver em clausura, com votos de total recolhimento.

– Não creio, Hans – cortou Günther, já se despedindo, mochila às costas.

– Então, diga lá o que está pensando, Günther.

– Você disse que a cidade tinha duzentos mil habitantes. Se ela chegou a tal ponto, o governante deve ter criado a Cidadela para sua segurança e levou para dentro da fortaleza a deusa maior, a Serpente Emplumada, entronizada em uma capela particular. Toda cidade quando cresce em demasia perde em segurança. O governante ficou com medo de atentados contra a sua vida e de sua família...

– Você deve ter razão. O templo da Serpente Emplumada é

pequeno, mas lindo, todo decorado com esculturas de pedra, uma arquitetura rara...

– Chama a atenção – disse Agustin – que os povos mesoamericanos tenham tanta coisa em comum. Religião, calendários, códices e a Serpente Emplumada como deusa. Encontraram artefatos de todas as raças em Teotihuacan, não foi?

– Isso mesmo. Desconfia-se que uma raça muito inteligente tenha dominado a Mesoamérica, dando-lhe a mesma feição religiosa, calendarial e mitológica...

– Os atlantes? – quis saber Olavo.

– Talvez. Os atlantes devem ter recebido informações de extraterrestres...

– Mas, se nós vamos para Teotihuacan, como ficam nossas pesquisas aqui em Palenque? – indagou Maruska.

– Depois concluiremos. No momento, precisamos do códice – disse Hans.

– Vamos às mochilas! – exclamou Eric, saudoso de aventuras.

Todos se dirigiram às barracas e começaram a arrumar as malas. Günther e Frans pegariam o avião para a Cidade do México. Iam-se despedindo do grupo. Tinham de estar cedo no campo de aviação. Os outros também tinham de ir à Cidade do México, se quisessem atingir Teotihuacan, mas só partiriam na semana seguinte. Frans e Günther já tinham comprado as passagens, antes mesmo de saber onde estava o códice. A saudade de casa apertara.

* * *

Juan e Pedro postaram-se diante da porta da casa indicada. Sob um tépido sol, ambos ficaram extáticos ante o portal intransponível. A casa mais parecia uma fortaleza. A ansiedade lhes comprimia o estômago. Mal-estar antecipado. Estava ali a última esperança. Se não encontrassem *El diablo*, abandonariam as buscas.

"Seria dessa vez?" – perguntavam-se.

Um corcunda atendeu-lhes à porta. Parecia saído de um filme de terror. A boca torta, os pés para dentro, o andar trôpego, olhar de viés a divergir do foco, um caolho para fora. As palavras jorravam de seu beiço carnudo mais cuspidas que faladas. Roupas amarfanhadas como se no átimo tivesse acabado de deixar a cama. O olhar era de alguém ausente. A voz de contralto subiu cadenciada, uma oitava acima do normal, como se fosse cantar uma ária de opereta bufa:

– No que posso servi-los? – cantou a voz de *castratti*.

– O comandante está? – perguntou, ansioso, Juan, já sem esperança.

– Podem entrar! – disse o corcunda, sem responder a pergunta.

Entraram na sala escura. Em meio ao breu, seus olhos foram, aos poucos, se acostumando. Parecia nada haver na sala penumbrosa. Nem mobília, ninguém. Os dois já iam desistir, quando uma voz falou algo ininteligível e sem nexo. Juan apertou o braço de Pedro com força. Tentava ganhar confiança, enquanto o amigo sentia a dor aguda. No átimo, nem Pedro gritou, nem Juan largou-lhe o braço.

O corcunda fez um sinal estranho e saiu, abandonando-os na sala mórbida. Parecia um velório sem convidados e que o morto, por medo, se ausentasse. Do fundo da casa ouviam-se os berros de um porco sendo apunhalado. Grunhidos agudos, seguidos de outros graves. Os dois entreolharam-se angustiados.

A única poltrona existente na sala sombria estava com o tecido puído em alguns pontos, enquanto em outros rasgões exibiam sua estrutura de madeira e arames. A tênue luz em lusco-fusco, filtrada pela única janela, esbatia sobre uma tela de Frida Khalo: *Auto-retrato com Macacos*, réplica de outro famoso que já fora a leilão. A retratada, de corpo deformado por acidente, com seu visível bigode e o rosto quadrado, casava-se à perfeição com o cenário insólito.

Os dois amigos olhavam a tela, amparando-se mutuamente. Pareceu-lhes que só faltava os macacos da tela saltarem do quadro para o ambiente, tornando-o ainda mais fantasmagórico e inusitado.

Sentada à beira da poltrona, uma menina exibia seus caninos. Faltava-lhe o lábio superior e parecia empalhada, já que não se mexia. Pedro e Juan já se iam, quando o corcunda retornou com uma garrafa de tequila, sal e limão. Os dois até tremiam. O homúnculo trazia cálices de cristal, em desacordo com a pobreza do ambiente. A menina moveu-se, assustando-os. Só então viram tratar-se de uma anã.

Apesar da visão nítida da anã de caninos à mostra, não criam. Estavam no filme errado, como diria depois Pedro, que se sentira, logo à porta, participando de um filme à maneira de Fellini que jamais fora rodado.

– Vocês esperaram muito? – perguntou uma voz gutural, mas amiga.

– Comandante! – exclamou Pedro.

– *El diablo*! – gritou Juan.

– Sim, amigos. Estou aqui vivíssimo! – disse o comandante, às gargalhadas.

– Mas que diabo faz você em um antro desses? – quis saber Juan.

– O diabo! Isso mesmo, o diabo! – gargalhou.

– Onde você arrumou pessoas assim... tão simpáticas? – indagou Pedro.

– São meus novos amigos. Não são o que parecem ser...

– E o que são? – cutucou Pedro.

– Amigos. Isso é o que são. Cuidam de mim...

– Estivemos à sua procura por muito tempo, comandante. Pensamos que...

– Eu estivesse morto. Muitas vezes morri. Talvez eu esteja morto e aqui seja o inferno...

– E o Códice T, onde foi parar? – indagou Pedro, olhando para a anã.

– Códice, códice, códice – repetia a anã, babando o sorvete no vestido

– Está comigo. Vocês traduziram o rascunho de Kin, não foi?

– Não sabemos se era uma cópia confiável... – acrescentou Juan.

– Talvez – disse *El diablo*.

– Como saberemos? – inquiriu Pedro, nervoso.

– Não saberão!

– Códice, códice, códice – remedava a anã, com sua voz de clarineta.

Os dois perceberam *El diablo* fora de si. Falava sem nexo, ria sem sentido. Se não o tivessem conhecido antes, diriam que estava louco. Insistiram no códice.

– Não sei – disse o comandante – para que a humanidade quer saber sobre seu destino se nunca pensou nisso? Ninguém crê em nada. Não há mais fé. O códice é lindo. Fala da árvore da vida, mas os seres humanos já morreram...

– Queremos alertar a ... – tentou dizer Pedro.

– Eu sei. O Códice T é importante, mas de nada adiantará. O futuro será o mesmo com ou sem o códice. A humanidade não tem mais jeito...

– Queremos o Códice T assim mesmo, será possível? – insistiu Pedro.

El diablo fez um sinal para o corcunda, que deixou a sala a resmungar algo inaudível. Caminhava com dificuldade como se tivesse um peso sobre cada perna. Talvez sofresse de gota, pois se arrastava como se tivesse patins em cada pé.

Os amigos ficaram à vontade para, então, degustar a tequila, saboreando-a. Chupavam o limão e lambiam o canto da mão, onde jazia o sal. Davam outro gole na bebida e repetiam o ritual. Os dois visitantes pareciam viver um pesadelo de olhos abertos. O auto-retrato de Frida Khalo olhava-os de soslaio, desconfiado, com o bigode a crescer pelos cantos da boca, enquanto a anã chupava o sorvete, ruidosamente, emporcalhando o vestido. Os símios da tela riam da anã, que tinha também uma corcova e talvez fosse filha do corcunda. O descompensado, toda vez que deixava a sala olhava a anã com carinho. Seus pequeninos olhos míopes cerravam-se. A cova disforme da boca ficava a meio sorriso e exibia a banguela, enquanto o olhar para fora voltava-se para dentro, como se mirasse a ponta do nariz. Depois, seus olhos voltavam ao viés habitual de caolho para fora.

Minutos depois, o homúnculo retornou, balançando o corpo disforme. Trazia algo embrulhado em folhas de palmeira. *El diablo* abriu o pacote e lá estava o códice. O comandante Nuno exibiu-o triunfante.

– *Gracias*, Gagliosto. Aqui está. Devia dá-lo ao Hans, pois salvou-me a vida. Se vocês puderem, levem o códice e o entreguem ao Hans. Nem será preciso dizer-lhe mais nada. Ele já sabe. Nossa comunicação não falha, melhor do que um celular, pura telepatia.

– Está bem, comandante. O Hans deve estar indo para Teotihuacan...

– Esse velho sabe das coisas. Está atrás do códice O, não é?

– É sim, comandante.

– Códice, códice... – repetia a anã, babando no vestido verde.

Pedro e Juan levantaram-se, após terem sorvido o último gole de tequila. Cagliosto sorria exibindo as gengivas sem dentes. Os dois queriam sair depressa da mansarda. *El diablo* enlouquecera. Teria sido melhor ter morrido. *El diablo*, porém, parecia feliz em vê-los, puxando conversa. Pedro ganhou coragem e perguntou sobre os grunhidos que vinham do fundo da casa.

– É o Cagliosto. Adora matar leitões para dar de comer à Boneca.

– Quem é Boneca?

– É esta pequena criatura que toma sorvete – indicou *El diablo*.

– Essa menina... aquela... – apontou Juan, sem jeito.

– Ela mesma, mas não é uma menina. Tem quarenta anos...

– Quarenta! – exclamou Pedro. Mas parece...

– Uma pobre menina? Apareceu, um dia, aqui na porta...

– E vocês a albergaram? – indagou Juan.

– Foi o Cagliosto. Gostou dela como de uma filha. É muito amoroso...

– Foi muito bom ver-te, comandante, mas temos de ir. *Hasta pronto*!

– *Hasta pronto*, Juan. *Hasta pronto*, Pedro.

Cagliosto acompanhou-os e entoou com voz de soprano: *adiós*, amigos!

– *Adiós*! – disseram em uníssono.

* * *

A mansarda voltara ao normal, se isso fosse possível. À medida que o Sol se punha por sobre o telhado, na mesma proporção decrescia o alarido que vinha do bairro nobre da vila secreta. Diluía o pregão dos vendedores ambulantes. Se vissem as expressões dos dois mexicanos ao deixar a mansarda, veriam que era o mesmo medo que o olhar da serpente infunde em suas vítimas.

Após a morte de Alfonso, Nuno resolvera mudar de vida. Encontrou então Cagliosto jogado pelas ruas, doente. Ninguém lhe dava sequer um olhar de compaixão. Por pena, *El diablo* resolveu dar-lhe ajuda. Levou-o para casa e dele tratou como se purgasse um castigo hediondo. Depois de anos, Cagliosto ficou bom. Ou melhor, tornara-se aquilo que ambos viram abrir a porta – um caolho descompensado às costas. Apesar disso, Cagliosto era boa pessoa. Depois foi a vez de Boneca, encontrada em total abandono, a comer detritos das latas-de-lixo. O comandante recuperou-a. O nome da vila era segredo. Nem Juan nem Pedro jamais foram capazes de pronunciá-lo. E nunca se soube por quê.

Por um mecanismo mental que talvez um dia venha a ser revelado, Nuno, o famoso *El diablo,* ao purgar a morte do seu irmão caçula, resolvera ajudar todos os infelizes jogados às ruas. Acoitara-se na vila secreta. Bem longe dos lugares onde seria reconhecido, para iniciar vida nova. Se é que se poderia chamar de vida o que lhe sucedia. O Nuno das guerrilhas de Chiapas tornara-se um ermitão.

Depois da saída de Juan e Pedro, Cagliosto atracara-se de novo com o porco, arrancando-lhes as vísceras, a parte que Boneca mais gostava, depois do coração. Nuno olhava-os sem nada sentir. Criara para si um manicômio particular, onde pudesse viver mais loucuras do que as que lhe habitavam a mente. Passava por uma catarse por si próprio concebida. Nada poderia trazer de volta o irmão amado. Esta, a sua louca amargura.

* * *

– Há pessoas que, ao contrário do que Sartre dizia, são o próprio inferno – dizia Juan, ao sair da mansarda. Assim, a frase deveria ser "o inferno sou eu" ou *L'enfer c'est moi* – como diria Sartre – brincou.

– É muito estranho aquele corcunda – disse Pedro. É incrível como temos preconceitos. Se ele fosse normal, talvez nem reparássemos.

– Você o define pela forma, apesar de saber seu nome, Cagliosto...

– É verdade, Juan. Que nome! Cagliosto. Mas parece feito para ele...

– Também acho. E Boneca? Quer casamento mais perfeito...

– Será que *El diablo* estava querendo impressionar-nos?

– Com certeza! Para mim, *El diablo* morreu lá em Chichen Itza...

– A gente não devia tê-lo encontrado, teria sido bem melhor...

– Bem vamos para casa. Se alguém perguntar, *El diablo* morreu, certo?

– Certo.

Os dois puseram-se a caminho, levando a certeza em suas mentes de que o comandante Nuno morrera na luta contra as forças ocultas, lá em Chichen Itza. Assim demonstravam amizade ao comandante. Não tinham certeza se *El diablo* brincara ou não. Se soubessem, talvez outras idéias poderiam ser suscitadas.

* * *

Na mansarda, *El diablo* ria da impressão causada aos amigos. A vida para Nuno não tinha mais o menor sentido. A convivência com os descompensados trouxera mais angústia pela perda do irmão; à medida que o tempo corria, crescia na mesma proporção a sua veneração e o seu martírio. E refletia:

"Os seres humanos moldam suas vidas na luta pela sobrevivência. O ideal morre no primeiro obstáculo. Somos ainda animais. Se não comermos, perdemos o moral e ficamos sem fé, sem ética, sem nada."

Cagliosto buscava lembrar-se de seu passado. Sua memória era fraca. Às vezes, vinham-lhe lampejos, como se raios lhe caíssem sobre a cabeça disforme. Nessas ocasiões, via um desastre de trem com muitos mortos. Uma cena sempre recorrente. Havia também um rosto feminino bondoso, sempre a lembrar-lhe que devia fazer suas orações, ao dormir e ao levantar-se.

A outra face que lhe aparecia era severa e de homem. Sempre a apontar-lhe o indicador, condenando-o com rigor. Tais rostos eram nebulosos. Vistos como se através de um vidro esfumaçado. Apesar disso, Cagliosto sorria para o rosto bondoso e temia por demais a face severa.

El diablo tentara por vezes arrancar-lhe o passado, com jogos de memória. Mas Cagliosto nunca conseguira lembrar-se muito bem de nada. Só de rostos que, vez por outra, compareciam também em seus devaneios. A face bondosa, nos sonhos suaves; a face severa, nos pesadelos. Algo de grave sucedera alhures. O corcunda, porém, não sabia precisar o quê. E o comandante desistira.

Cagliosto se sentia muito só. A chegada de Boneca, com seus caninos à mostra, mudara a sua vida. O corcunda cuidava de Boneca como de uma filha. Limpava-lhe as mãos e o vestido, depois que comia, e lhe ensinara a rezar, como recomendava o rosto bondoso, que lhe advinha nos devaneios suaves. *El diablo* percebera grandes mudanças no homúnculo, depois da chegada de Boneca.

Os nomes dos dois descompensados foram dados pelo comandante. Não soubera como chamá-los e nenhum deles sabia o próprio nome. Boneca gostava de porco e sorvete, por isso Nuno sempre ia ao mercado buscar tais iguarias. Ela,agradecida, pulava-lhe ao pescoço e lhe dava beijos melados, com seus caninos à mostra. Nessas ocasiões, Cagliosto morria de ciúmes.

Tudo começara com o códice. *El diablo* decidira deixar a região de Chiapas, onde era por demais conhecido. Queria um local para esconder-se do mundo e talvez da vida. Uma ferida irrompera em seu peito, após a morte do irmão caçula. Este fato mudara-lhe a personalidade. Deixara de lado a guerrilha, que dele fizera uma imagem romântica, abraçando uma vida monástica. Não tinha a pretensão de criar um inferno em vida; mas aos poucos a vida se tornara um inferno. Assim, pensava escapar da vida.

Meteu-se, então, naquela mansarda, quase uma fortaleza, de muros altos e grande porta a dar para a rua. A mesma diante da qual Juan e Pedro estiveram ali extáticos, esperando que *El diablo* a abrisse; mas fora Cagliosto que a descerrara para aquele mundo insólito. Nuno não queria ser encontrado. Havia muito tempo que deixara de ser o grande *El diablo*. Agora, tornara-se Nuno, o dono de um mundo louco e desnorteado.

Quando ambos lhe bateram à porta, Nuno resolvera dar-lhes um susto. Sabia que se impressionariam com Cagliosto e Boneca. Assim, deixou que a sala ficasse às escuras e encenou tudo para que se sentissem em um filme de terror. A tela de Frida Kahlo fizera o resto. Não fora intencional. Os auto-retratos de Frida Khalo sempre traziam uma magia aterradora a seus fruidores. Olhava agora para o quadro. Frida estava curiosa. E seus bigodes cresciam, à medida que os mirava.

O códice afinal se fora. O roubo do *Codex* T deixara-o amargurado. Amava Hans, mas uma mente céptica dominava seu ser agora. Exilara-se no próprio ser e fechara o coração. Hans sabia agora o mal que lhe fizeram quando lhe deixaram vivo, sobrevivente ao irmão amado. A vida se transformara em um inferno maior do que a perda de Alfonso. A morte seria até uma dádiva. Findariam as mágoas. A única diversão que lhe restara foram os mostrengos que, se nada sabiam da vida, menos ainda da morte.

19=

O mistério dos deuses americanos

8 de janeiro, sete horas da manhã.

27, Lua da Igualdade – kin 210 – Cachorro Lunar Branco: "polarizo afim de amar, estabilizando a lealdade, selo o processo do coração. Com o tom lunar do desafio, sou guiado pelo poder do espírito. Sou um portal galáctico, adentra-me".

Hans meditava, enquanto o ônibus seguia para Teotihuacan. A Cidade do México deixava-o esgotado. Havia ali um nível de ruído incomparável, além de uma poluição anormal, mesmo para os padrões urbanóides, como os dele.

"O códice O era importante"– refletia. "Nele estava o alinhamento estelar e planetário para 2012. A profecia de Pacal Votan só se iniciaria neste ano. Era o zero de uma escalada dimensional e galáctica. Muita coisa sucederia depois."

Era-lhe evidente: em 2012 os fatos se dariam a conhecer, pouco a pouco. Não havia como fugir disso. Não se tratava de uma profecia fundamentada só em esoterismo, mas tinha base científica. O Sol cumpriria seu ciclo e a partir daquela data bombardearia a Terra. Além de mudar o eixo do globo terrestre, sempre que isso acontecera, no passado remoto, houvera cataclismos.

O grupo viajava alegre, apesar de sentir a falta dos que partiram. Ninguém soubera do encontro dos mexicanos com Nuno. *El diablo* estava vivo, caso fosse vivo o ser que vivia na mansarda com Cagliosto e Boneca. Ninguém soubera, à exceção de Hans. O áugure captara a mensagem de Nuno. Sabia-o vivo, mas não tinha a menor vontade de vê-lo. A solidão deixara-o ensandecido e amargo. Hans tinha-o em boa conta exatamente pela maneira como encarava a vida. Não o queria, como agora, um masoquista a empurrar a vida como a um traste. Isso o entristecia. Amava Nuno como a um filho. Era o filho herói que não tivera. Frans era um bom filho, mas muito conformista.

O microônibus sacolejava, jogando os passageiros de um lado para o outro, como fardos. Agustin sentou-se ao lado de Hans, curioso pelos novos enigmas de Teotihuacan. O cigano queria saber principalmente a respeito dos mitos daquele povo do qual até hoje muito pouco se sabia. Puxou conversa com o áugure que, entre pensando e dormitando, ansiava chegar.

– Hans, conte-me como era o panteão teotihuacano?

– Um panteão complicado. Um casal de deuses: o Deus da Tempestade, da Chuva, da Astrologia, do Céu, da Ciência, do Comércio, das relações externas e dos valores dinásticos; e a Deusa sem nome: Deusa das Águas, da Geomancia, da Terra, da Natureza, da Agricultura, das relações internas, dos valores coletivos. Lutavam entre si e pareciam mais um grupo de deuses sempre a competir.

– Quer dizer que o panteão se dividia assim como o *yang* e o *yin* chinês?

– Sim, Agustin, mas observando bem, o deus masculino se relaciona com o Céu, ao passo que a Deusa só com a Terra. O Deus é elitista, enquanto a Deusa comanda os valores coletivos, do povo.

– Onde iremos acampar, Hans? – cortou a conversa Eric, preocupado.

– Se possível, dentro da Cidadela. Há muito espaço lá...

Maruska e Doreen jogavam olhares cúpidos para Agustin, mas ele não se animava a fazer sua escolha. Pressionado pelas lobas, pensava mesmo era numa maneira de safar-se. O amor dava-lhe trabalho. Estava preferindo o Eros Platônico da Divina Comédia. Na obra-prima de Dante Alighieri, o Eros Platônico alçava-se, por intermediação da Graça, ao plano da redenção e da vida sobrenatural, e se transformava em Ágape. Aí o amor espiritual nascia só depois que morria o amor carnal, sem que um se conservasse no outro. Em Agustin, ao contrário, o amor carnal por Maruska, por exemplo, gerava o espiritual. Era uma heresia, mas ele estava gostando.

Com Doreen, dava-se o contrário: havia a fusão do amor carnal e do amor espiritual, sem que houvesse geração de um sobre o outro ou no outro. Estava aí todo o seu problema. Não se safava da heresia centrada no amor pela russa, nem sequer no equilíbrio impróprio do amor sentido por Doreen, que se perdera em Ágape. Sentia inveja do amor dos demais. Neles não havia toda essa confusão filosófica entre Platonismo e Cristianismo. Amavam-se. E isso lhes bastava.

O ônibus corcoveava em direção a Teotihuacan, onde devia estar o códice. Eric e Camila dormiam abraçados, no fundo do ônibus. Linda e Olavo discutiam o povo que vivera naquela urbe. Sabiam que a escala de sua arquitetura não tinha dimensões humanas. Isso deveria aterrorizar seus moradores. Deviam sentir-se acachapados pela altura das duas pirâmides e também pela enorme largueza da Avenida Norte-Sul ou Avenida da Morte.

Para os mexicanos, a avenida era a *Calle de Los Muertos*. O nome já dizia tudo. Ali, os rituais de sacrifícios humanos enchiam as escadarias dos templos de cadáveres e de sangue. Não se sabia se o povo anônimo que a habitara, realizara em seu tempo, sacrifícios humanos. Os astecas com certeza o fizeram, bem como os toltecas. Notadamente estes, um povo de ritos sanguinários.

– Sempre houve muita celeuma. A própria televisão mexicana, ao mostrar cenas de antigas cidades astecas, erradamente focaliza Teotihuacan, que nunca foi asteca, mas sim uma civilização bem mais antiga – explicava Hans.

– Como, assim? – indagou o cigano.

– O que a televisão mexicana vem fazendo, é a mesma coisa que mostrar o Império Romano com cenas da Acrópole grega. Só traz confusão. Muitos crêem, por isso, que Teotihuacan seja asteca, mas existiu milhares de anos antes...

– E o deus da Chuva não é Tlaloc, o deus masculino de que você falava...

– Esta é outra confusão. Os antropólogos do início do século 19 também se confundiram. Tlaloc é o Deus da Chuva dos astecas. Nada a ver com o Deus da Tempestade de que falávamos. Este deus não se sabe o nome. Até porque nem se conhece a língua dos teotihuacanos, nem mesmo que povo vivia ali.

– Quanta confusão! – exclamou Agustin.

– Tudo porque os astecas usaram os templos de Teotihuacan para os seus rituais. Para ter-se uma idéia dessa ocupação, basta dizer que o último rei asteca, Motecuhzoma Xocootzin – vinha a Teotihuacan, a cada vinte dias, para os rituais. Esculturas astecas foram encontradas perto da pirâmide do Sol, dando-nos a falsa idéia de que se tratava de um relicário asteca.

O ônibus entrou no estacionamento de Teotihuacan. No sítio só se entrava a pé. Os integrantes do grupo começaram a retirar as bagagens, surpresos pela dimensão da Pirâmide do Sol, que já avistavam ao longe. A cidade era sem dúvida impressionante. Ninguém lhe ficava indiferente. Tinha dimensões de uma urbe planejada para gigantes. Diante dela, todos se apequenavam, diminuídos ante as suas dimensões incomensuráveis. Bem diferente de Palenque, uma urbe subtil e sensível, feita sob medida para os viver em paz. Teotihuacan, muito ao contrário, esmagava o visitante, deixava-o abatido, humilhado. Este, fora o sentimento do grupo, ao ver-se diante das pirâmides do Sol e da Lua.

Magistrais, mas acachapantes. Que povo teria ali vivido? Que tipo de gente queria achatar os seus próprios cidadãos com aquela arquitetura acaçapante. Este fato já os deixara ansiosos para deixar a cidade de imediato, não fosse o códice.

Acampar ali, outro problema. Seria por demais difícil sair da barraca, pela manhã, ainda espreguiçando-se, e olhar para aquela monumentalidade toda, sem se sentir abatido. Por isso, resolveram ficar o mais longe das pirâmides. A opção recaiu nos chamados apartamentos compostos, localizados em frente à Cidadela, onde pensavam estar o códice.

Estes apartamentos eram outro enigma para os estudiosos de Teotihuacan. Desde que foram encontrados, no século 19, até a década de 1950, tais estruturas eram consideradas palácios. Pelo que se sabia das cortes mayas, os apartamentos não pareciam palácios. Ainda que tivessem grandes pátios centrais com altares bem no meio, templos situados na área central, ladeados por portais, os cômodos sugeriam muito mais quartos de hóspedes para convidados a rituais ou festejos.

Murais pintados na maior parte das paredes lembravam certos monumentos remanescentes em todo o mundo, como os das ilhas gregas de Knossos e Minos ou da Cidade Proibida da China. Ou ainda as ruínas romanas de Pompéia, onde a rotina dos romanos ainda hoje está lá vívida para ser testemunhada por qualquer visitante.

Até meados do século XX o termo *palácios* foi usado para os apartamentos. As escavações de Laurette Séjourné e de Sigvald Linné trouxeram à luz muitos artefatos enterrados junto aos mortos, debaixo do solo, como vasos de cerâmica, figurinos e incensórios. Embora ambos, ainda pensassem naquelas edificações como palácios, nenhuma peça de material nobre ali foi encontrada.

A ausência de peças de luxo mostrou-se assim incoerente. Sabia-se desde o século XIX que talvez centenas ou milhares de máscaras de variados tamanhos e tipos diferentes de pedra tinham sido coletadas. Foram creditadas como peças funerárias. À exceção de um frágil fragmento de pequena máscara achada por Linné, os palácios não continham máscaras ou qualquer artefato de luxo.

– Além disso – explicou Hans– esses apartamentos eram os lares de muitos residentes de Teotihuacan, que tinham famílias de sessenta a cem membros. Por isso, René Millon, um especialista, renomeou-os de apartamentos compostos...

– Muito bem, Hans, mas vamos entrar nos apartamentos, pois parecem ser a melhor escolha para acamparmos – disse Maruska, piscando para o cigano.

– Eu também acho – disse Doreen – empurrando Agustin para a entrada.

Os demais riram da atitude de ambas. Pareciam colegiais a disputar um namorado. Camila e Linda ainda se lembravam de tais disputas na universidade, quando pleiteavam o mesmo rapaz. Depois de o conseguir, dispensavam-no. Valia pela pugna. O rapaz nada entendia. E as duas riam-se dele e de si próprias.

A entrada dos apartamentos dava para um grande pátio. Depois, adentrava-se um labirinto de cômodos de dimensões diferentes. A arquitetura, notável, tinha diversas aberturas no teto para a entrada de luz. Os especialistas denominavam os apartamentos, onde o grupo acampara, de Zacuala. Havia tantos apartamentos daquele tipo que fora preciso dar nome a cada um para melhor identificá-los. O grupo tinha agora à disposição uma área enorme. E cada qual procurou o espaço que melhor lhe aprouvesse.

Hans sentia falta de Frans que, além de lhe carregar a mochila, fazia-lhe as vontades. Percebeu que Agustin tomava-lhe o lugar tão logo partiram. Gostava do cigano. Óbvio que de forma diferente das duas lobas, que lhe queriam como uma refeição, como Ágape de *O Banquete* de Platão. Sentia que o cigano crescera muito espiritualmente, depois que dele se aproximou. Admirava-lhe a inteligência e a perspicácia, ao traduzir os códices. Agustin devolvia-lhe a amizade com muitas gentilezas. O velho áugure amava esses pequenos gestos. O que lhe amargurava era não saber ao certo onde estava o Códice O.

Pela primeira vez se sentia assim. Sabia-o na cidade, mas desconhecia o local. Precisava de auxílio dos bruxos mayas, talvez de um *Ahau Kin*, um Senhor Solar, que lhe enviasse ao lugar certo, onde o códice fora esconso. Assim sendo começou a jejuar e a meditar profundamente. Quem sabe abrindo os chacras, sua intuição se lhe revelasse. O mesmo sucedera na quinta dimensão, quando curou as feridas de *El diablo*.

Na ocasião, tivera contato pela primeira vez com um *Ahau Kin* da Quinta Dimensão. Nem precisava falar. O Senhor Solar tudo sabia e adivinhava-lhe o pensamento, antes mesmo de o ter. Tinha urgência de um ser assim para dar-lhe orientação e descobrir o códice.

Os apartamentos compostos eram um labirinto de salas, saletas, pátios e portais. A entrada ficava à esquerda de quem olhasse a estrutura de frente. Logo ao entrar, o visitante penetrava numa sala com abertura no teto. Aí se obteria fácil tanto a luz solar quanto a água da chuva, como no *pluvium* de Pompéia, aquela pequena piscina que recolhia a água da chuva. Em Teotihuacan não havia piscina, mas poder-se-ia recolher a água da chuva, se vasilhames fossem ali colocados. Os pátios eram todos ao ar livre, e a cidade, com população estimada de duzentos mil habitantes, devia ter problemas de abastecimento de água.

Hans a tudo admirava. Os teotihuacanos tinham sido inteligentes. Viveram ali há milhares de anos. Quem teriam sido? Para onde foram, quando a civilização terminou? Por que não deixaram sequer um idioma, uma escritura?

O áugure gostava de desvendar mistérios, mas ali nada restara, a não ser os belos murais, a demonstrar sua influência sobre todos os antigos povos da América. Teotihuacan, "Lugar onde os deuses tocaram a Terra" era, além do mais, um nome poético para uma cidade.

– Se avaliássemos este povo pela escala urbana de Teotihuacan, poder-se-ia dizer que foram gigantes...

– O que foi, Hans? Está sonhando? – indagou Agustin.

– Apenas pensei em voz alta.

– O que está lhe atormentando?

– O códice. Não consigo intuir onde está, apesar de senti-lo na Cidadela, tenho quase certeza. Pedirei amanhã permissão para irmos visitá-la.

– Nós o descobriremos, Hans. É apenas questão de paciência...

– Estou percebendo que, à noite, iremos saber, Agustin.

– Só à noite? Por quê?

– Não sei, ao certo. Algo me diz que só à noite teremos a resposta...

– Se for assim, não demorará muito, pois já são quatro horas da tarde...

– Será melhor darmos uma volta pelas pirâmides.

– Gostaria de subir a pirâmide do Sol, lá deve ter uma bela vista...

Os dois já saíam, quando as duas lobas se aproximaram. Maruska, com um vestido sensual, um decote a exibir a fresta funda dos seios fartos, saia a cobrir-lhe só a metade superior das coxas grossas. Um sorriso perverso iluminava-lhe o rosto. Encarnava a avó Alióvna, em seus melhores dias da Mansão do Prazer. Agustin lembrou-se daquela noitada enluarada. Fora algo inesquecível. Naquela noite, só agora percebia, fora o ágape de um banquete pleno, adrede preparado com requintes de selvageria por Maruska. A russa fora primitiva, cavalgara-o como uma amazona em plena batalha.

Doreen resguardara-se. Fizera-se ingênua, com seu vestido simples, sem decote, saia ao joelho. Parecia uma colegial recém saída da escola, no mesmo instante em que o seu olhar cruzava com o do cigano. Deixara de ser loba. Tinha o ar tímido das moçoilas pudicas, tranças a cair-lhe pelo colo, a esconder os seios, dos quais só se vislumbrava o perfil. Agustin ficara indeciso, mais uma vez entre o amor carnal e o amor espiritual. Seria o amor um rito de passagem? Pensava no amor feminino. Será que o amor das fêmeas que amam e se fazem amar, o fogo da paixão se conservava sem jamais apagar-se de todo? E se apagasse? Será que desaparecia a beleza física, enquanto o coração esfriava e cessava a força do espírito? Ou tudo não passava de ilusão e de simulacro?

Lembrou-se de D. H. Lawrence: *Love is not a goal; it is only a travelling*. Será que ainda conseguia pensar em sexo como algo sagrado, nascido das forças primárias, como acontecera com Maruska? Se fosse assim, a pudica Doreen, de ingênuas tranças, não passava de simulacro das mesmas energias primárias, cujo sexo era fogo que atraía, refulgia e aquecia como flama, na beleza dos corpos. Não entendera o amor pelas lobas, porque jamais pensara no amor como rito de passagem, como trânsito, tendo sua origem naquelas energias primárias do sexo.

– *Mulher que não é fêmea nos fogos do corpo, essa é que não floresce de alma nos olhos e é seca no coração.* – parafraseou, Rosalina, em *Corpo de Baile* de Guimarães Rosa.

A frase, dita em voz alta, surpreendeu as duas lobas e fez rir o velho Hans. As rivais perceberam que Agustin, apesar de confuso, já pensava em definir a situação ambígua de amar duas mulheres ao mesmo tempo.

Hans deixou-o entregue às questões amorosas e saiu para a Avenida da Morte, a artéria central da cidade, que o levaria diretamente às pirâmides.

Agustin tinha de pagar tributos: a Maruska, por sua sensualidade latente, mas que sempre o levava em direção a Doreen, de quem rememorava o encanto supra-sensível, oriundo de outra forma de beleza, mais elevada e mais pura. De certa maneira, as cavalgadas sensuais de Maruska conduziam-no em direção à pureza de Doreen. Por isso, quando pensava numa delas, vinha logo à lembrança a outra, como se fossem xipófagas no sexo e na espiritualidade.

– Como é cigano, já escolheu a sua predileta – pressionou Doreen, tímida.

– Ainda, não. Está muito difícil. Vocês duas são como uma só para mim...

– Não acredito que você nos veja como uma só, somos diferentes – retrucou Maruska, passando a língua sensual pelos lábios secos.

– Talvez, tenhamos de resolver isso esta noite, quando também se saberá onde está o códice – disse Agustin, tentando mudar de assunto.

– Esta noite, quando? Já anoitece... quase – insistiu Doreen.

– Quem disse que o códice será...

– O Hans, que acabou de sair para buscar inspiração...

– Você está brincando, Agustin, não está? – indagou Maruska, sensual.

– Não estou, não. Espero resolver tudo esta noite. Um portal se abriu e...

– Você se refere a nós ou ao códice? – perguntou Doreen.

– De tudo um pouco – disse o cigano, dúbio.

– Daqui a quatro dias é Lua cheia... – suspirou Maruska, enigmática.

– Talvez devêssemos esperar até lá... – disse, cínico, o cigano.

– Você está pensando o que estou pensando, Agustin? – quis saber Doreen.

– Não sei. O que você está pensando?

– Exatamente naquilo... – enfatizou Maruska, lúbrica.

– Não acredito que você queira tirar suas dúvidas na... na... cama...

– Por que, não? Não foi lá que tudo começou? Quem cavalgar melhor, leva a prenda... – propôs Maruska.

– Não acredito! – rebelou-se Doreen. Que cinismo! Não sei se me presto...

– Claro que se presta! – cortou Maruska, capciosa.

– Como? Eu não me presto a esse papel de... de... concubina?

– Por que, não? Se você desistir...

– Escute, Maruska, nós combinamos que...

– Mas, isso já é passado, Doreen. Estamos em um torneio. Vai desistir?

– Não. Quero dizer, não sei... este jogo está indo longe demais...

– Bem, quando resolverem, estarei no apartamento ao lado do pátio principal, bem defronte ao templo. Se tiverem alguma dúvida, podem procurar-me...

As duas lobas ficaram divididas. Doreen, ensaiou tanto o papel de pudica que acabou se vestindo de uma falsa ingenuidade, enquanto Maruska assumira o seu lado mais primitivo, mais selvagem. Agustin conseguira dividir as duas. Não eram mais as irmãs xipófagas do desejo. Voltaram a ser rivais, em plena luta. Ao mesmo tempo, conseguira inverter sua situação, passando de caça a caçador.

As lobas estavam à mercê de um torneio, no qual seriam escolhidas pelo macho, segundo a melhor atuação. Por isso, discutiram por instantes, enquanto o cigano deixava a cena, ganhando aplausos de Eric e Olavo, que a tudo ouviam e viam atrás de uma coluna. Os três riram da situação e saíram atrás de Hans, que já ia longe. Os três apertaram o passo para alcançá-lo.

De repente, como se fosse uma ilusão de óptica, Hans sumira. No átimo, os três ouviram o atitar agudo de *Etznab*. Buscaram-no, mas não havia senão o céu azul. O Sol morria entre as colinas, ao longe, pintalgando as nuvens de vermelho vívido, a mesma cor que o quetzal retinha no pequeno peito. Agustin acreditava ser *Etznab* o espírito de Pacal Votan, retornando à Terra para que se cumprisse a sua profecia para 2012.

20

O Crânio de Cristal de Shatritra

12 de janeiro, seis horas da tarde.

3, Lua Macaco Ressonante – kin 214 – Mago Rítmico Branco: "Organizo afim de encantar; equilibrando a receptividade, selo a saída da atemporalidade; com o tom rítmico da igualdade, sou guiado pelo meu próprio poder duplicado."

Havia quatro dias que Hans sumira. Desaparecera por encanto. Ninguém mais dele soubera. Os demais homens do grupo resolveram conhecer melhor a cidade. Já haviam subido a pirâmide do Sol e da Lua vezes sem conta, quando Agustin começou a discorrer sobre aqueles templos antigos.

– Os nomes são astecas. Hans disse-me que ninguém sabe ao certo como se chamavam as pirâmides do Sol e da Lua, nem quais as divindades adoradas ali. Há por toda parte glifos astecas. Li que os restauradores descobriram, em 1968, uma caverna e um túnel debaixo da pirâmide...

– Espere! Podemos ver essa caverna? – indagou Eric, em transe.

– Por que, não? Vamos até lá! – disse Agustin, percebendo o *insight* de Eric.

– Não sei. Tenho maus pressentimentos – enfatizou Olavo.

Os três encaminharam-se para a entrada da caverna, enquanto Agustin ia contando a história de Teotihuacan.

– A caverna fora fechada aí por volta de 200 ou 400 a.C., talvez por medo de um colapso ou terremoto ou erupção vulcânica, seguida de tremor de terra. Nada havia de interesse dentro dela. Só pedaços de espelhos, no chamado estilo Veracruz, evidências de queimadas e uma mina d'água. O simples existir da furna, porém, mostra que a Pirâmide do Sol fora construída bem em cima de um local sagrado para aquela civilização desconhecida, fosse quem fosse.

– Será que só existe esta caverna? – indagou Eric, ante a porta de entrada.

– Muitas. Há muitas cavernas, lembro-me agora. Os livros dizem estar toda a área de Teotihuacan cheia de furnas e túneis. Creio ter sido Linda Manzanilla a exploradora dessa área. Ela estava equipada com sensores remotos e descobriu muitas cavernas. Isso na década de 1980...

– Se o Hans entrou numa dessas cavernas, nunca mais o encontraremos! – exclamou Olavo, indeciso.

– Não seja pessimista, Olavo – disse Eric.

– Esta caverna, debaixo da Pirâmide do Sol, tem bifurcações, vamos entrar. Alguém tem uma lanterna? – indagou o cigano.

– Eu tenho, mas é pequena – informou Eric.

– Muito bem. Já é alguma coisa. Vou ver se faço um archote com galhos...

Os três adentraram a caverna. Caminharam cerca de um quilômetro e só pararam quando viram glifos, provavelmente astecas. Agustin iluminou-os com a tocha. Eram três figuras: duas delas eram desenhos de pirâmides escalonadas, a outra era bem estranha – um rosto humano, desenhado na parte inferior, tendo acima uma forma amebóide.

– Os símbolos indicam que este túnel deve nos levar a dois

templos e a uma outra caverna, mais adiante. O que faremos? Sugiro que cada um siga uma via...

– É perigoso nos separarmos... – aconselhou Olavo, reticente.

– Vamos votar! – propôs Eric.

Olavo perdeu. Assim, cada um seguiu uma das trilhas. Acertaram os seus relógios: eram sete horas em ponto. Após a exploração, o encontro seria na porta da Pirâmide do Sol, às nove horas, no máximo. Se chegassem a um ponto sem saída, deveriam voltar rápido ao local combinado – a porta principal da pirâmide.

* * *

Na mansarda, *El diablo* concordou em levar Boneca e Cagliosto a passear. Toda vez que isso acontecia, havia discussão. Nuno não gostava de admoestar os descompensados. Cagliosto andava estranho. A discussão se dava por um leitão. Cagliosto queria levá-lo na viagem e teimava em pô-lo no caminhão.

– Não se levam porcos em viagem de recreio... tire já este porco daqui!

– *Yes, sir* – respondia o corcunda, com um sotaque francês.

– Agora deu para falar inglês! Maldita televisão! – dizia *El diablo*, irritado.

– *Yes sir, just a moment*... – continuava Cagliosto, como se não ouvisse.

– Não fale inglês, Cagliosto! Diga senhor, quando falar comigo.

– *Yes, sir* – insistia Cagliosto, como um mordomo inglês.

Mesmo Boneca não gostara daquela versão inglesa de Cagliosto. Era *miss Doll* para cá e *miss Doll* para lá. O corcunda passava horas diante da TV, vendo filmes norte-americanos e ingleses. Destes, assumira o ar pernóstico dos antigos mordomos; dos americanos, o ar *blasé* de Humphey Bogard, em *Casablanca*, seu predileto. Entretanto, fazia questão do sotaque francês de Claude

Rains no filme. Por isso, arrastava os erres, como fazem os franceses ao falar inglês.

Caso estranho era a reação de Boneca. Enquanto babava o sorvete em seu vestido verde, olhava Cagliosto de viés. Jamais ouvira aquela língua, já que não via televisão, vivendo ensimesmada, num mundo só dela. Às vezes, para agradar Cagliosto, repetia-lhe as últimas frases:

– *Yes sir... just a moment...*

O comandante Nuno, irado, resolvera subir no caminhão, enquanto o falso mordomo inglês punha as malas na boléia, inclusive o leitão, a grunhir, assustado. Não sabiam onde iriam parar. Nuno nada dissera. Se dissesse, talvez iniciassem outra pendência. Assim, mantivera em segredo o rumo que tomariam. Cagliosto, ciente da grande responsabilidade de um serviçal inglês, dera o último grito da expedição, imitando um chefe de estação de cinema norte-americano:

– *On board*!

– *On board* – repetiu Boneca, com péssimo sotaque.

***

Nos apartamentos compostos só ficaram as mulheres. Maruska e Doreen amuadas, silenciosas, arrumando suas roupas, tentavam esquecer a insatisfação que delas emanava. Doreen, magoada com o torneio, resmungava algo obscuro entre dentes, mas dirigido a Maruska.

A russa nada dizia. Sorria da situação criada por Agustin. Era a chance de tê-lo só para si, em definitivo. O torneio era sua grande oportunidade. Eram lobas, mulheres que mantinham o *self* selvagem. Guardiãs da fertilidade e da natureza primacial. Além do segredo do arquétipo da fêmea selvagem que em Teotihuacan emergira ainda mais intenso.

Agustin nada entendera. Diante de tipos selvagens, como ambas, era como ficar diante de seres diversos: um exterior e um interior. Um habitando um mundo terreno, outro a viver em um mundo invisível. O ser exterior podia ser visto com facilidade. Já a criatura interior, ao chegar à superfície, provinha de um lugar bem longínquo e profundo. Com freqüência aparecia e desaparecia com muita rapidez, apesar de deixar rastros: a sagacidade e a originalidade de seus atos.

– Platão não entendia as mulheres – disse Doreen, citando "O Banquete".

– Quem? – indagou Maruska, perplexa.

– Platão. Nós somos duas bobas, isso é o que somos...

– Por quê?

– Porque Platão nada sabia da dualidade feminina, das mulheres-lobas...

– Não entendo.

– Agustin está pensando em nós como uma coisa só, quando somos duais e, portanto, somamos quatro...

– Do quê você está falando, Doreen?

– Do que estamos nos sujeitando para pegar o cigano...

– Não estou lhe entendendo... porque Platão e mulheres-lobas?

– O amor, Maruska... o amor... *O Banquete* de Platão... as lobas...

– Entendi. Quer dizer que caímos na armadilha?

– Exatamente!

– Está falando do paradoxo da natureza gêmea das mulheres?

– Sim. Ele nos tem ao meio. Não percebe o lado obscuro da feminilidade...

Naquele momento, uma luz forte tomou conta dos apartamentos. Tudo à volta iluminou-se. Não se percebia de onde vinha tanta luz. As mulheres correram todas ao pátio, inclusive Camila e Linda. O clarão era de resplendor perfulgente, de brilho jamais visto. Tinha um poder de imantação hipnótico. O fulgor aclarou o pátio mais que a Lua cheia, que lá no alto já reinava. Dentro da intensa luz, surgiu a figura de uma mulher de cabelos negros e de pele alva. Era alta e delgada. As mãos elevavam-se em prece silenciosa.

– Meu nome é *Shatritra* – disse a voz meiga. Em tempos remotos, fui grande sacerdotisa na Atlântida. Não tenham medo, aproximem-se. Trago-lhes a paz e os vaticínios para o novo milênio. Venho em nome dos Seres de Ouro e dos Nove Senhores do Tempo e do Conselho dos Vinte e Seis. Não tenham medo...

As quatro mulheres perplexas não sabiam se sonhavam ou se o que viam era alucinação coletiva. Maruska e Doreen abraçaram-se, mudas. Linda e Camila apertaram-se as mãos, sem atinar como surgira a mulher bela e delicada, de voz aveludada, sensual, cavernosa e suave. Os gestos deslizavam no ar, apaziguando e desenhando gentilezas em hipotéticos traços invisíveis, mas brandos.

– *Shatritra*? – perguntaram as duas lobas, quase em uníssono.

– Sim, trago um crânio de cristal maya para que decodifiquem o códice O, o Códice da Consciência Desperta. Gostariam de saber onde está o Dr. Hans?

– Sim, *Sha-tri-tra*... – gaguejou Maruska, sem saber como dirigir-se a ela.

– O Hans está na Quinta Dimensão, com os Seres de Ouro...

– Seres de Ouro? Quem são? – quis saber Doreen.

– Hans dirá. Quero falar com vocês, antes da chegada dos homens...

– Pode dizer, *Shatritra* – enfatizou Maruska, tomando intimidades.

– A Terra segue em direção ao Espectro da Luz Azul, feminina, e afasta-se, cada vez mais, da antiga energia solar masculina dos espectros Vermelho e Amarelo, pois a Terra transformar-se-á em uma População do Sistema II, portanto cercada pela freqüência ultravioleta mais alta, um tipo feminino de energia. Assim, as mulheres aqui presentes são de importância vital para a Terra al çar-se à Nova Consciência e ao Novo Tempo...

No exato momento os homens acercaram-se cansados, depois de horas perdidas, à procura de Hans. *Shatritra* olhou-os no fundo dos olhos. Queria saber se estavam preparados para os acontecimentos futuros. Agustin, em noite de Lua cheia, admirava-lhe as formas femininas. Era linda. Ao lado, Maruska, beliscava-o. *Shatritra* aguardou que se acalmassem.

– Sei que todos aqui estão querendo ver um códice escrito, mas nem todas as profecias deixadas pelos mayas foram escritas. Muitas só serão reveladas pelo Crânio de Cristal, dado aos mayas por minha civilização – a Atlântida –, depois do cataclismo. Sou apenas um holograma projetado pelo Crânio de Cristal. Hans tem a posse do crânio. Antes de ir-me, deixarei esta mensagem de paz e harmonia: **Om Mani Pad-Me Hum**. Os Nove Senhores do Tempo estarão logo na Terra, para ajudá-los na etapa final da passagem do mundo escuro e da terceira dimensão, onde se encontram, para um mais luminoso na Quarta dimensão. O dr. Hans já está a caminho, devo ir-me. Minha função era de apenas introduzi-los nas dimensões mais altas. Deixo-lhes a luz que vem da Fonte...

O velho áugure surgira do nada, tal como desaparecera. Os três já iam reclamar-lhe o sumiço; mas Hans chegara tão iluminado que se calaram. As perguntas surgiram aos montes. Queriam saber qual a participação da sacerdotisa *Shatritra* e da Atlântica na civilização maya. Sua aparição fora plena de luz e de paz, porém nada sabiam da bela mulher, fosse um holograma ou não. Só, então, repararam que Hans trazia o Crânio de Cristal.

– *To be or not to be, that is the question* – sussurrou Agustin, fazendo graça.

– Não se ria, Agustin. Estamos diante de um computador dos mais sensíveis já construído por seres galácticos. Este não é nenhum dos crânios já descobertos, é o de *Shatritra*, a sacerdotisa que lhes acaba de saudar.

– Desculpe-me, Hans, mas você mais parecia Hamlet, no famoso monólogo de Shakespeare...

– Como? Um crânio de cristal de uma pessoa morta? – indagou Eric.

– É difícil acreditar. Este crânio de Shatritra foi morfocristalizado por sete sacerdotes da Atlântida. O processo é a transformação morfocristálica. Ela morreu durante um dos últimos terremotos na Atlântida. Este crânio já esteve em um dos Treze Templos de Cura da Atlântida.

– Havia treze templos como em Teotihuacan? – perguntou Agustin.

– Sim. Este é o segredo de todas as religiões das civilizações da América e da Mesoamérica: as treze dimensões para cima e as nove para o centro da Terra, que os mayas chamavam de Xibalba.

– E o que são os crânios de cristal? Há muitos outros? – indagou Linda.

– Há treze crânios. Originariamente, estiveram em treze templos de cura da Atlântida. Atualmente, encontram-se em cavernas do Potala, em Lhasa, no Tibete. Os crânios são um computador ativo para ajudar na cura planetária, trabalhando em conjunto como uma central de freqüência, que também está naquele lugar, em comunhão com os Doze Campos Cristalinos de luz que rodeiam a Terra. Foram trazidos por diversas raças galácticas, como a dos habitantes das Plêiades, que os deixaram na Atlântida. Este crânio, por exemplo, foi trazido para o templo atlante de cura de Muror, na região de Bimini. A noite já se faz alta e precisamos descansar. Amanhã, iremos consultar o crânio de *Shatritra*. Há novas revelações e a profecia, pelo jeito, cumprir-se-á a partir de 2012. Há muita gente empenhada para que não nos venha um apocalipse.

Todos foram dormir. As duas lobas cercaram Agustin, que em

noite de Lua cheia tornava-se impossível, notadamente, quando a rotunda imagem de *Selene* já ia alta e plena. As lobas conheciam bem a transformação que nele se dava. E estavam tomadas por uma sensação insólita, depois de a bela sacerdotisa atlante ter-lhes dado a mensagem de paz ainda não traduzida. Todos olharam para o cigano, o tradutor, mas Agustin também não entendera.

A área dos apartamentos compostos era tão grande que se poderia morar no lado leste sem saber quem vivia no oeste. Por isso mesmo, as lobas mudaram-se, de comum acordo, para um apartamento mais próximo do cigano. Queriam estar próximas do objeto de seus desejos. A crise platônica passara, tão logo Hans encerrara a noite e a Lua aparecera em toda a plenitude.

O amor, para as duas mulheres-lobas, tinha muitas facetas e tantas fases quantas as da Lua. Resolveram seguir no torneio, mas com regras próprias. Não mais escravas daquele desejo incomum que lhes abrira o coração e o fizera em pedaços, como fizeram os indígenas em seus sacrifícios humanos.

Noite alta, as duas lobas penetraram o quarto de Agustin, que lia algo em sânscrito, tentando traduzir a frase de *Shatritra*. Ficara-lhe gravada na mente como uma tatuagem a frase: *Om mani pad-me hum*. Sabia-a de grande intensidade, de um poder energético paranormal. O sânscrito era um idioma sacro desenvolvido a partir da instauração do som, no qual as palavras eram inscritas de acordo com a vibração provocada pelo som no corpo humano e, em conseqüência, no espírito.

As lobas, em roupas mínimas, puseram-se por debaixo das cobertas, onde o cigano lia à luz de lanterna. Ali não havia qualquer conforto urbano. A surpresa suscitara nele embaraço, pois tinha o priapo ereto e não podia deixar a cama sem que constrangimento houvesse. Assim, ficara estático e em estado de choque.

As lobas fruidoras tomaram-no de assalto e dele desfrutaram

como se fosse tão só um obscuro objeto de desejo: Platão que se danasse! Viva o amor total! – gritavam.

Como amazonas em plena batalha, desfrutaram ambas da única montaria ali disposta, em sistema de rodízio. A noite toda usaram e abusaram daquele falo reto, oblongo e adusto até se fartarem, enquanto o membro se comovia em breves contrações, deixando-as ainda mais ardentes e desejosas, caindo ambas, após o ato, ao lado da montaria, exaustas pelo esforço de amar até a última gota.

A pretensão de ambas fora eludir o reino do macho, transferindo para si próprias o gozo de toda a sua potestade. Depois, lânguidas e satisfeitas, riram do obelisco do cigano, que ainda permanecia de pé, após tantas cavalgadas. E sussurravam, em meio a uivos de loba, que o seu oblongo priapo era a atração maior da área de lazer em que se tornara.

Extenuadas, mas ainda em êxtase, deitaram suas cabeças, uma em cada ombro de Agustin, mudas, conforme haviam combinado. Só uma pergunta restara: quem seria a escolhida?

21 =

O Códice da Consciência Cósmica

13 de janeiro, 7 horas da manhã.

4, Lua Macaco Ressonante – kin 215 – Águia Ressonante Azul: "Canalizo a fim decriar. Inspirando a mente, selo a saída da visão. Com o tom ressonante da harmonização, sou guiado pelo poder da realização."

Antes de dormir, no dia anterior, Hans avisara a todos que a reunião, depois do desjejum, seria no Templo da Serpente Emplumada. O áugure dirigiu-se ao altar improvisado e ali depositou o Crânio de Cristal, explicando como seria revelado o Códice O da Consciência Cósmica.

– O crânio está codificado com energias femininas, funções específicas da Luz e do Saber dos Membros da Evolução Superior. Os Treze Crânios de Cristal simbolizam os Treze Templos de Cura da Atlântida, as Treze Tribos do interior da Terra e os treze números e os vinte símbolos do Calendário Sagrado Maya, o *Tzolkin* de 260 dias...

– Este Crânio de Cristal é o que foi achado em Lubaantun – disse a voz forte.

– Comandante Nuno! – exclamou Hans, desconcertado.

– Vim ajudar na decodificação do Códice da Consciência Cósmica.

Atônitos com a interrupção, ninguém ali sabia das loucuras de Nuno. Hans nunca lhes dissera do caos mental em que se houvera o herói das guerrilhas do Chiapas. Não era hora de apresentações. O códice estava prestes a ser revelado.

Hans ficara feliz ao ver Nuno. Este mudara de opinião. Viera em seu auxílio para decodificar o códice e saber do futuro da humanidade, a partir de 2012, quando findava o ciclo de 5.125 anos dos mayas e um novo ciclo se anunciava.

– O crânio de *Shatritra* é o mesmo achado em Lubaantun? – indagou Olavo.

– Exatamente. O mesmo descoberto pela menina Anna entre as ruínas de um templo da cidade. Os atlantes trouxeram-no para o Yucatan, depois dele ter estado por algum tempo submerso, quando do cataclismo. Este crânio não é dos fundamentais para equilibrar o planeta, por isso não está no Tibete...

– Por que não é fundamental? – quis saber Doreen, olhando o cigano.

– Havia três processos de cristalização dos crânios. Os atlantes usavam as tecnologias da Luz, do Cristal e do Pensamento. As tecnologias do Pensamento estavam unidas às do Cristal, pelo método chamado Morfocristalino de produção. As Ciências Morfocristalinas possuíam três métodos. O primeiro era chamado de Geração Morfocristalina – no qual o sacerdote visualizava a matriz molecular do mineral e projetava nele, holograficamente, suas energias mentais para produzir um cristal, chamado de Cristal-Pensamento. É o processo genuíno das Ciências Morfocristalinas. Os treze Crânios de Cristal do Tibete foram feitos assim. O outro método – a Transformação Morfocristalina – era a projeção holográfica de energias mentais para o interior de uma matriz orgânica ou estrutura viva (ou antes viva), usando a matriz orgânica como bloco de construção para realizar a transformação, como é o caso desse crânio em nossa frente. Os atlantes tinham tecnologia para cristalizar crânios de pessoas, árvores, plantas ou de qualquer matéria orgânica. Enfim, o método da Liquefação Morfocristalina: os cristais eram transformados em líquido, processo que os alquimistas também realizaram na Idade Média...

Hans surpreendera-se com os conhecimentos de *El diablo*. Silêncio total. Ao longe, *Etznab* atitou, saudando Nuno. O maya do novo tempo sabia muito bem o que aquele atito queria dizer. Sua saúde mental normalizara-se. Ao seu lado, Cagliosto e Boneca torciam as mãos, nervosos por ver tanta gente ao redor, e ambos hipnotizados pelo crânio, que naquele instante vibrava mais forte e refletia a luz da lanterna de Hans. De repente, a imagem da Serpente Emplumada surgiu na testa do crânio.

– Como iremos ativar o Crânio de *Shatritra*? – inquiriu Maruska.

– Calma – pediu Hans. Comandante, gostaria de participar do ritual? Vejo que se tornou um áugure... venha, por favor, para o altar...

– Estou tomado pelo espírito de meus ancestrais... talvez Pacal Votan esteja muito próximo. Ouviram o atitar do quetzal?

Quase ninguém ouvira, a não ser Hans, Agustin e Eric, além do próprio *El diablo*. Os demais ficaram sem saber o que dizer. Hans consolou-os:

– É cedo para ouvirem algo de outra dimensão. Estamos fazendo o nosso aprendizado. Há que se ter paciência...

– Lembro que para ativarmos o crânio precisamos ter noção de Yoga. Pelo movimento das mãos – mudras – atingiremos a vibração necessária, mas será necessário a presença de uma das senhoritas para ativá-lo. A Luz que dele emana tem as cores azul e ultravioleta, e sua vibração mantém as freqüências do DNA de *Shatritra*, portanto... – aguardou, reticente, *El diablo*.

As mulheres cercaram o crânio. As imagens vistas diferiam muito. Camila via uma Arca de Luz mover-se no espaço; Maruska, as ruínas da Atlântida em Bimini; Doreen, a arquitetura do templo de Muror; Linda, a Serpente Emplumada.

Linda foi a escolhida. As outras foram convidadas a acercar-se do crânio e assim formarem uma corrente. Linda fora a única a ver a maior deusa do panteão da Mesoamérica – a Serpente Emplumada. Daí ter sido a eleita.

Hans mostrou-lhe as posturas das mãos. Se quisesse receber informações, teria de colocar a palma da mão para baixo, nas têmporas do crânio; se quisesse passar informes, teria de pôr a palma da mão voltada para cima, no topo.

– O que faço agora? – perguntou Linda, ansiosa.

– Não tenha medo – disse *El diablo*. Diga as palavras do mantra de *Shatritra*.

– Como é mesmo?

– *Om Mani Pad-Me Hum* – informou Agustin.

– E o que quer dizer?

– *Louvor à Jóia existente no Lótus* – traduziu Agustin.

– *Om Mani Pad-Me Hum* – disse Linda, assustada.

O crânio vibrou forte. O cheiro de incenso impregnou o espaço. Fusão de odores e profusão de cores e sons de sinos encheram o templo. Todos confusos, menos Boneca e Cagliosto. Este revivia *O Ano Passado em Marienbad*, de Alan Resnais, no qual havia fusão de tempos, tal e qual sua confusa memória.

Boneca continuava ensimesmada em seu mundo próprio. Cagliosto ouvira o quetzal, mas não dera a menor atenção. Pensou tratar-se de um pássaro vulgar. No átimo olhara o céu, em busca da ave. Nada vira, a não ser nuvens negras, em evidente sinal de chuva.

O Crânio de Cristal vibrava em freqüência cada vez mais alta, assombrando os mais próximos. Hans pedira a Linda que perguntasse sobre o futuro.

– Quando teremos as transformações planetárias para o próximo ciclo?

O crânio de Shatrita vibrou mais forte e, telepaticamente, respondeu:

Dependem das transformações da consciência. O Codex O que aqui me foi inscrito fala no baktun 13, a medida maya para o final desse ciclo, o qual se dará, no calendário que usam, por volta de 21 de dezembro de 2012. Este será o início da mudança neste planeta escuro na superfície, mas de muita luz em seu interior, onde está o cristal da Terra. Dependerá de como os seres da Terra irão subir pelo Kuxam Suum. Os mayas diziam Estrada para o Céu que leva ao Cordão Umbilical do Universo. Esta é a rede de energia em espiral a ligar a Terra às dimensões de Luz na constelação de Orion.

– Como os Crânios vieram parar aqui na Terra?

Foram trazidos por raças galácticas, como os seres das Plêiades, ao tempo da Atlântida. Estes são os Crânios de Cristal verdadeiros, levados ao Tibete pelos atlantes. Podem viajar por várias dimensões, pois são etéreos. Este, pelo qual falo é cópia feita para substituir aqueles, quando do cataclismo atlante. Tibete e Índia são as principais áreas de educação espiritual para o Hemisfério Oriental. Um reino subterrâneo localiza-se por baixo do Tibete, bem como um Vale Secreto, chamado Coda. Nesse momento, os crânios do Tibete estão indo para a América do Norte onde há maior convergência harmônica.

– Como se dará a evolução para a Quarta e Quinta dimensões?

A Evolução Planetária e a Inteligência da Terra escalarão o Kuxam Suum, mediante a introdução de tecnologias do Cristal e da Luz, pois a Terra se move cada vez mais para perto do coração da Galáxia ou Hunabku. Os Doze Campos Cristalinos, que rodeiam a Terra, estão agora no processo de mudança para a Quarta e a Quinta Fre-

qüências Dimensionais. Todo o Sistema Solar desvia-se em direção aos espectros de Luz Azul e Ultravioleta. Pode-se dizer que a Terra estará passando, gradualmente, de um Sistema I para um Sistema II.

– Nós também somos capazes de cristalizar um crânio?

Tudo é criado por Formas-Pensamento. Uma pessoa produz milhares de Formas-Pensamento a cada dia, apenas não pode vê-las. Formas-Pensamento apegam-se às pessoas e podem causar problema, se estas não tomarem cuidado. Sete sacerdotes projetaram suas energias mentais para dentro deste Crânio de Cristal, quando a sacerdotisa Shatritra já estava morta, usando, assim, a matriz orgânica existente nele.

A sacerdotisa tinha um crânio normal; o que fizeram foi só transformar a estrutura molecular que ali já estava. Este crânio substituiu um dos treze enviados ao Tibete. É um crânio feito pela Transformação Morfocristalina.

Os treze crânios do Tibete foram criados pelo método genuíno – o da Geração Morfocristalina. Trata-se de uma mutação direta: as energias mentais são projetadas para o éter, resultando na formação de um Cristal-Pensamento. Assim, a pessoa pode visualizar a Forma-Pensamento na sua consciência e projetar suas energias mentais para um cristal de quartzo, transmutando-o.

Este crânio possuirá sempre a freqüência vibratória de Shatritra. Informes de DNA dos ossos da sacerdotisa foram preservados, quando o seu corpo foi transubstanciado em cristal. No seu Crânio de Cristal foram colocados os informes dos sacerdotes atlantes.

O Códice O foi mentalizado por Pacal Votan, mediante o mesmo processo, pouco antes dele morrer. Os mayas tinham artefatos de cristal, como este crânio. Tanto em Lubaantun, quanto em Palenque, Copan e Tikal. O rei-sacerdote Pacal Votan tinha tais saberes. Era um enviado das Plêiades e comunicava-se com as outras raças galácticas mais desenvolvidas, como as do Orion. Os astecas tinham também um crânio e um espelho de obsidiana, usados para os seus vaticínios.

– Conte-nos como os Crânios de Cristal vieram parar no Yucatan?

Os Atlantes registravam tudo em cristais, em três regiões da Terra: uma perto da Pirâmide de Gizé, outra na Pirâmide de Bimini, submersa, e outra ainda numa pirâmide do Yucatan, também submersa. Nessas três regiões há registros contendo as Escrituras da Luz, responsáveis pela educação da espécie humana. Nos Treze Templos de Cura da Atlântida fazia-se a educação planetária.

Durante a existência da Atlântida e da Lemúria, todos os chefes espirituais eram mulheres. As sacerdotisas possuíam certa freqüência vibracional superior à dos homens, podendo comunicar-se com as dimensões superiores muito melhor. Uma grande parte dos registros atlantes levados para o Yucatan estão submersos. Outros ainda serão descobertos, quando o tempo certo chegar. O Yucatan sofreu também com o cataclismo que submergiu a Atlântida. Por isso tais registros estão em segurança. Há muitos templos submersos no Caribe e foram detectados por arqueólogos e mergulhadores a grandes profundidades.

– O que é realmente um Crânio de Cristal?

Um Crânio de Cristal é um computador holográfico biocristalino vivo, capaz de projetar imagens de diferentes funções e energias de luz para a consciência de uma pessoa. Se esta sintonizar-se, poderá ver as Letras de Fogo e os hologramas emitidos. Se não se sintonizar, nada saberá. A pessoa desperta verá imagens, ou do passado ou do futuro. Este crânio projeta também imagens holográficas das pirâmides às quais ele esteve vinculado ou do observatório astronômico maya – o Caracol, em Chichen Itza, imagens de Lubaantun, da Atlântida, de templos de Tikal, Copan, e Palenque.

Quando chegar a hora, diferentes energias espirituais, chamadas Funções de Luz penetrarão neste crânio e o ativarão. As funções de

Luz provêm de muitas dimensões superiores, dos Povos do Espaço. O Caracol, usado pelos mayas para medições do Sistema Estelar das Plêiades, comunicava-se com este crânio. A tecnologia das Plêiades foi a responsável pelas Ciências Morfocristalinas. A raça mais avançada no uso dos cristais foram os atlantes, se excluirmos os povos do interior da Terra...

– Existem povos no interior da Terra?

Há treze tribos no interior da Terra. Cada tribo representando uma linhagem genética das raças que aportaram neste planeta. A décima-terceira é uma grande família que unifica as outras doze. Tem a ver com os treze Crânios de Cristal e os treze planetas originais do Sistema Solar, incluindo-se aí Maldek, já destruído. Eis o número-chave: treze.

No interior da Terra, treze representa linhagens genéticas das primeiras raças originais e de culturas diferentes. Predominam Incas, Mayas, e índios norte-americanos, misturados às vinte e quatro Raças Galácticas que, originariamente, foram trazidas à Terra em forma de treze tribos.

A existência de raças no interior da Terra surpreendeu o grupo e o dividiu. Dúvidas. Não entendiam como ninguém nunca tivera contato com tais seres. Onde estão e qual a missão desses povos? – foram as perguntas mais ouvidas. O vozerio encheu o templo. A Serpente Emplumada, em forma de um holograma nítido, fez sua aparição. Hans tentava acalmá-los. *El diablo*, mais afeito à voz de comando, deu fim àquela vozearia.

– Silêncio! – gritou o comandante. (Todos emudeceram.) Vamos continuar!

O Códice O é um códice maya-atlante. Os mayas viveram na Atlântida por 13.900 anos. É o Códice da Consciência Desperta. Como sabem, "O" representa a Consciência Desperta, o L é símbolo da Vibração. Naquele tempo, o Códice se chamava OL, ou da Consciência Desperta, sob forma de Vibração. Todo ser deve tornar-se um

Halach Ol – o Grande Senhor da Consciência Desperta.

No tempo em que os mayas viviam na Atlântida, havia o Templo Central de Cura, o maior de todos, onde eram usadas pirâmides de cristal. Os mestres, então, sentavam-se em volta de uma Mandala e comunicavam-se com seus Superiores, da mesma forma que ora acontece em Lhasa, no Tibete.

A Grande Luz, por baixo do Potala, tem disposição semelhante à dos Treze Templos atlantes. Há doze Crânios de Cristal ao redor de um décimo-terceiro, ao centro. Cada qual representando uma das raças originais, que vivem no interior da Terra. O décimo-terceiro crânio representa o conjunto integrado de todas as raças. O Potala transmite as Treze Freqüências do Gerador Cósmico para os Treze Campos Cristalinos de Luz que rodeiam a Terra. A Grande Luz é a geradora da freqüência mais alta, no domínio físico, da superfície da Terra.

Os Crânios de Cristal giram em Mandalas, que são formações geométricas de Luz, Cor e Cristal. No interior do Templo de Cristal, no Tibete, cristais e metais estão dispostos em padrões geométricos. Uma Mandala faz o alinhamento das formas geométricas com os Treze Crânios de Cristal. Os crânios estão dispostos sobre a Mandala, desenhada na plataforma de cristal. E giram nessa plataforma central de cristal e em aeronaves usadas pelos seres das Plêiades e de Orion. A Mandala é que forma o holograma dimensional.

Os Crânios de Cristal são capazes de criar uma infinita quantidade de programas de Luz e de hologramas. E o símbolo mais importante e poderoso com que atuam é o desenho de uma Estrela de Davi dupla – o Escudo de Pacal Votan. Este Escudo simboliza as doze raças e a raça síntese. Como a Estrela de Davi, o Escudo de Pacal Votan possui doze pontas, lembrando a todos das triangulações da Luz e os Mandamentos da Luz.

O padrão básico é o Escudo de Pacal Votan – as duas Estrelas de Davi superpostas, tendo um círculo no centro. A partir daí, a Ser-

pente Emplumada viaja pelas Treze Dimensões do Espaço Cósmico e pelas Nove Dimensões do Interior da Terra. Focos de Luz, emanados dos Doze Crânios de Cristal, como laser, atuam sobre o Crânio Central, dando toda Harmonia a este pobre e escuro planeta. Ao girarem, Crânios de Cristal formam um vórtice de energia cósmica – o Kuxam Suum.

– Cada Crânio é feito de um só tipo de cristal?

Não. Cada um é de uma estrutura cristalina diferente: quartzo, turquesa, água-marinha, lápis-lazúli, obsidiana, quartzo-rosa, assim por diante. Máscaras também fazem parte dessa unificação planetária de energia, como a máscara de jade de Pacal Votan. O Importante é que a Terra está se deslocando mais e mais em direção a uma freqüência mais alta de Luz, encaminhando-se para a Quarta e Quinta dimensões.

Toda a rede de Luz da Terra está se transformando. A estrutura da Terra é um cristal vivo e se move para as dimensões mais elevadas. Não se esqueçam: se não fosse pela assistência dada pelas Naves de Luz e pelos Crânios de Cristal, o planeta Terra havia muito já teria se fragmentado.

– Como se dá a harmonia da Terra?

Existem muitos artefatos de comunicação dispostos ao redor da Terra e em subterrâneos colocados pelos povos do interior da Terra. Estes puseram diversos tipos de mecanismos em câmaras de tempo, com o objetivo de estabilizar a Terra. Existem diversas Pirâmides de Luz em pontos estratégicos, que são transductores de energia, captando as emissões de energias provindas da Mandala de Crânios de Cristal do Tibete, decompondo-as e distribuindo-as para outros locais da Terra.

Existe uma Pirâmide de Cristal no Lago Titicaca, no Peru, outra no Arizona, nos Estados Unidos, ambas sintonizadas com a Mandala do Tibete. Há outras espalhadas pela Terra, mas não estou autorizado a revelar. No Lago Titicaca há uma raça que há muito tempo diz ser extraterrestre, mas ninguém acredita. A mente materialista dos terráqueos é por demais céptica.

Há ainda a chamada Arca da Aliança, localizada em outra dimensão, à espera de um novo avatar. Quando o avatar vier, a Arca da Aliança se integrará à freqüência 13:20, necessária para a Terra alçar-se à Quarta Dimensão, ou à de 13:260, necessária para atingir a Quinta Dimensão. Os Crânios de Cristal já agem como grandes geradores de freqüência, servindo de subestações retransmissoras de todos os campos de Luz e Energia vindos de todas as Fontes.

Os Crânios de Cristal transmitem a Palavra Cósmica ou Mandamentos da Luz. Os Mandamentos foram levados para Fáustia, uma estação da constelação de Orion, quando houve a Queda da Humanidade, mas agora encontram-se na Mandala de Crânios de Cristal do Tibete. A Terra recebeu muito saber de Orion, através de Fáustia, e ainda receberá. Quando os Mandamentos da Luz vieram à Terra, pela primeira vez, foram instalados na Pirâmide de Gizé, no Egito. Depois, estiveram na América do Sul e estão agora no Tibete.

As energias de Hunabku vêm de Orion. São transformadas pelas Plêiades, por Arcturius e Sirius e distribuídas para os Doze Campos Cristalinos da Terra. Depois são transformadas pelos templos antigos, como este, nesta extraterrestre Teotihuacan, e pelos Crânios de Cristal. A Terra não está preparada para receber as radiações vindas diretamente de Orion, daí as subestações das Plêiades, Sirius e Arcturius. Seria uma catástrofe, se as radiações viessem diretamente de Orion.

Tudo isso ajuda a realinhar os Doze Campos Cristalinos da Terra. Nesse instante, as radiações emitidas pela Mandala de Cristal do Tibete têm freqüência alta, baseadas nos Mandamentos da Luz. A Mandala de Crânios de Cristal do Tibete é governada por sacerdotes egípcios-mayas-tibetanos, responsáveis pelas leis e pela harmonia celestial do Sistema Solar. São descendentes diretos dos Solares e dos Madras Azuis, raças originais que vieram de Orion para a Terra.

Eles mantêm a Programação e o Código Genético da Luz e o Banco de Memória da Terra, além da manutenção do Gerador de Freqüência Cósmica. Orion é a principal área de programação para a Terra. É de lá que vêm as mais altas energias, através do Kuxam Suum. As Plêiades responsabilizam-se pelo aspecto físico da evolução da Terra. Ambas – Orion e as Plêiades – combinam suas energias para a completa civilização planetária da Terra.

– Há algum indício de que tais fatos com cristais sejam verdadeiros?

Sim. Em 1970, o dr. Brown, do Arizona, achou uma pirâmide submersa, ao mergulhar ao largo do arquipélago de Bimini. Ao penetrá-la, chegou a uma sala secreta, onde encontrou uma escultura de bronze, em cujas mãos repousava uma bola de cristal. O dr. Brown removeu-a e a levou consigo. Mais tarde, deram-se estranhos fenômenos nela e à sua volta, como aparição de luzes, vozes, sinos a repicar, como ocorre em qualquer Crânio de Cristal. A atuação desses crânios é apenas a ponta do iceberg do que está por vir. A evolução planetária da Terra e do Sistema Solar aproxima-se das áreas centrais da Galáxia ou Hunabku. Assim, todos os campos harmônicos de luz estão passando por transformações.

A Terra já esteve, no passado, em estado de decadência maior do que o atual. Após o fim da Atlântida, a Terra passou para freqüências mais baixas. Por isso, muitos segredos foram mantidos em cofres de cristal. À medida que a Terra e os terráqueos crescerem espiritualmente tais segredos aparecerão. Cada coisa a seu tempo: o Crânio de Cristal de Mitchel-Hedges surgiu em 1924, a bola de cristal do dr. Brown em 1970, muitas outros artefatos aparecerão, quando o tempo for chegado.

– Fale mais do povo do interior da Terra – arriscou Maruska.

Os povos do interior da Terra vivem em comunhão com a natureza. São as Doze Tribos, divididas entre Madras e Solares. Eles usam Naves de Luz parecidas às naves das Plêiades. Também há habitan-

tes das Plêiades no interior da Terra. Há ainda raças de Orion, da Atlântida, da Lemúria. Nem tudo pode ser revelado. Nem todos estão preparados para receber certas novas. O que se pode dizer é: há uma civilização mais adiantada no interior deste planeta. A área lá é maior, há montanhas, mas não tantas quanto as da superfície da Terra.

Muitos dos mitos da superfície se prendem a mitos galácticos, como o dos Madras azuis, seres evoluídos, que ensejaram o sangue azul das casas reais. Os seres do interior da Terra são mas evoluídos e mais altos que os da superfície. Estão mais preocupados em preservar os sítios culturais do mundo e artefatos produzidos na Lemúria e Atlântida. Muitos desses objetos foram teletransportados para o interior da Terra, quando da destruição da Atlântida. O que é importante, nesse momento, é o fato de estar havendo mudanças dos Crânios de Cristal do Tibete para a América. Pirâmides de Luz foram transportadas para San Antonio, para a região de Salt Lake City, e as Montanhas Wasatch, onde tudo começou, quando os seres de Orion, há milênios, fundaram uma cidade nessas montanhas.

– Poderia dizer de onde vieram os mayas?

Os mayas são um povo pré-histórico, aqui na Terra, mas como aprenderam com os olmecas os segredos interdimensionais, evoluíram muito. Os olmecas, por sua vez, aprenderam as tecnologias dos cristais com os atlantes e passaram para os mayas. Olmecas, mayas, incas e egípcios estavam ligados diretamente com a Fraternidade Suprema, com as inteligências cósmicas supremas, por isso tivera tantas realizações. Os toltecas, ao contrário, praticaram magia negra e eram muito agressivos. Subjugaram os astecas e os mayas. Com estes fundaram uma outra civilização maya-tolteca do Yucatan, onde há sítios de energia negativa, ali postas pelos rituais de magia negra dos toltecas.

Os toltecas foram xamãs notáveis, mas nem sempre atuavam para o bem. O Crânio de Cristal Maya foi encontrado em Copan, que forma com Palenque e Tikal um triângulo reto de muita luz. O Crânio de Cristal Maya foi descoberto em Copan por sacerdotes mayas que ali estavam ajudando nas escavações. Eles retiraram-no sem que os arqueólogos soubessem. Levaram-no para a sua aldeia, onde grassava uma epidemia e assim todos curaram-se. Os sacerdotes foram ajudados pela Fraternidade Cósmica Suprema. Isso aconteceu por volta de 1910 ou 1912, segundo o tempo da Terra. Em terras olmecas tudo é luz. Principalmente em Oaxaca e Tabasco.

A noite caía. A penumbra penetrara no templo da Serpente Emplumada, na Cidadela, criando fantasmagoria nas paredes. Apesar de escuro, o crânio brilhava como se um foco de luz esbatesse sobre sua estrutura. Ninguém comera ainda e estavam exaustos, mas algo os alimentara, ainda que frugalmente.

Ninguém se queixava, olhos fixos no crânio, hipnotizados por sua aura ultravioleta, a emanar do terceiro olho, sem que houvesse qualquer luz sobre ele. Por certo, ninguém dormiria aquela noite. A respiração ofegante, o bater do coração em descompasso, mostravam o cansaço e a dor que deles se apoderaram. Havia uma sensação de malogro e uma dor surda em cada um, a doer fundo pelas enormes dificuldades e obstáculos ainda por vir.

Haviam se esquecido dos problemas particulares imediatos, maravilhados e sofridos pelas revelações do crânio de Shatritra. O templo vibrava. Todos tremiam pelas energias ali espargidas pelo crânio. A cada pausa, a Serpente Emplumada aparecia, soberana e plena de amor. Havia uma questão que estava engasgada na garganta: e o alinhamento planetário de 2012? Seria o mesmo que o havido em 3113 a.C., quando Vênus nascera?

A pergunta fora feita, mas o crânio de Shatritra não respondera de imediato. A pausa se devia a despreparo do grupo. Linda estava exausta. Sem saber, havia traduzido falas do crânio em maya, apesar de não saber uma palavra da língua. O crânio usara a linguagem críptica do *Zuvuya*, idioma usado só pelos sacerdotes, deixando Agustin bastante impressionado. Ela própria, quando se deu conta, nada entendera. O crânio tinha poderes não percebidos em sua plenitude.

Eram 7 horas da noite. Ninguém arredara o pé do templo. Olhos fixos no crânio de Shatritra, que falava, diretamente, de maneira suave, aos corações de todos. A fome não era intensa, apenas um eco no estômago.

Enquanto isso os pulmões se iam enchendo do odor forte de incenso e mirra, que o crânio exalava, embora nenhuma dessas duas especiarias ali estivesse. Tudo ocorria como se a sacralidade do lugar recordasse os inúmeros rituais antigos que ali mesmo foram professados. Resgate de um tempo da terceira dimensão a estimular a presença holística de seres cósmicos, vivendo em outras dimensões.

Hans e Nuno talvez vissem seres de outras dimensões, mas nada diziam. A postura dos dois era a de sacerdotes. O ritual iniciara-se de forma natural, como se o grupo o tivesse cumprido a vida toda. Pouco a pouco, pela pausa havida, cada qual voltou a pensar na própria vida, retornando de novo à realidade física. O crânio parara de informar, por telepatia, como se alguém tivesse dado uma ordem, mas seu brilho ficara, junto com os cheiros e as cores dele emanados. O silêncio, total. Quase se ouvia o coração do grupo bater, em compasso ritmado e forte. Um tambor grave e surdo, em contraste com a voz melíflua de Shatritra.

22=

A Serpente Emplumada e o alinhamento estelar

14 de janeiro, sete horas da manhã.

5, Lua Macaco Ressonante – kin 216 – Guerreiro Galáctico Amarelo: "Harmonizo afim de questionar. Modelando a intrepidez, selo a saída da inteligência com o tom galáctico da integridade. Sou guiado pelo poder do fogo universal."

No dia anterior, todos foram dormir cansados. Logo cedo, foram ao Templo da Serpente Emplumada ativar de novo o Crânio de Cristal. Em silêncio, como se alguém o tivesse apagado, jazia quieto no mesmo lugar onde fora deixado. Depois de ativado por Linda com as palavras *Om mani pad-me hum*, o crânio começou a mostrar nitidamente a imagem da Serpente Emplumada.

A figura da Serpente Emplumada – Kukulcán parecia querer dizer algo. O grupo aproximou-se, como se levado por mão invisível. No instante, o quetzal atitou nas profundezas de cada um. Um atito breve e forte, a dilacerar entranhas, marcando-as como se fosse uma cicatriz indelével na alma.

Atito a despertar todos os chacras, limpando-os e colocando-os em alerta de consciência. O envolvimento da Kukulcán dos mayas ou da Quetzalcoatl dos astecas nos sacrifícios, em Teotihuacan, sempre fora um enigma. A imagem da Serpente Emplumada, então, iniciou seu relato, telepaticamente:

Sou um deus celestial, deus cósmico. Sou uma das divindades cósmicas que os atlantes passaram aos olmecas, mayas, astecas, toltecas, do México; aos incas, do Peru, e aos egípcios. As formas animais de que me sirvo são diversas, e não importa de que forma sou. Serei sempre a Kukulcán, deus ou deusa que os mayas chamavam de Estrela Matutina ou Estrela Vespertina, nomes poéticos e brilho ímpar a vibrar no horizonte dessa humanidade obscura.

Sou como a mítica Fênix, que em auto-imolação se refaz das cinzas. Nos Anais de Cuauhtitlan, imolo-me na Terra Preta e Vermelha, e meu incandescente coração queima-se, quando me transformo em Divina Vênus.

Diz lá nos Anais que ao chegar ao lugar prometido, chorei e sofri. No ano 1 Reed, ao alcançar a praia, à margem das ondas celestes, parei, chorei, despi-me das roupas e impus sobre as minhas plumagens uma bela máscara.

Ainda estava vestido quando, por minha própria vontade, incendiei-me com o fogo interior de minha paixão. Assim, o local onde me auto-imolei chamou-se o Lugar da Incineração.

Depois de incinerado, minhas cinzas ascenderam ao céu e pássaros raros apareceram. Pude vê-los todos voando para o azul celeste.

Minhas cinzas fundiram-se com o quetzal e o coração do pássaro também alçou-se aos céus. Os anciãos afirmavam que me tornei Vênus; e quando Vênus surgia, Quetzalcoatl morria. Por isso chamam-me de o Senhor do Alvorecer e da Madrugada.

Há uma conexão entre o cerimonial de fogo e o renascer, quando se inicia uma Nova Era. Há conexão entre o nascer de Vênus dos mayas e a chamada Conta Longa do Tzolkin dos mayas em 3113 a.C..

Para os astecas, aquela Era findara, a partir da destruição de

Teotihuacan e a fundação de Tula, em 750 d.C. Sou um arquétipo, como dizem os humanos. Ser ao mesmo tempo pássaro e serpente representa minha natureza dual, feminina, ainda que mayas e astecas pensaram-me como se fosse um macho.

Assumo as duas naturezas: as minhas penas simbolizam o ar, meu alento, minha natureza espiritual de Pai; enquanto a parte serpente, está em união com a criação física do útero da terra – a Mãe.

O Ar é macho; a Terra, fêmea. Sou a Coatlicue, a Mãe-Terra dos astecas, e a Chac Chel, a Mãe-Terra dos Mayas. Sou o que todos precisam para alcançar uma outra dimensão; sou a comunhão entre espírito e matéria. Sou a essência do símbolo necessário à iluminação para todos alçarem-se às dimensões profundas do Universo.

Nova pausa. A Serpente Emplumada esperava que toda a cosmogonia, ali descrita, sedimentasse na mente de cada um. Os chacras ainda estavam opacos. O crânio de shatritra vibrou mais forte. Cheiros e cores alastravam-se por todo o templo, fazendo os chacras vibrarem harmônica e suavemente, trazendo-lhes uma paz interior jamais experimentada.

O cheiro de incenso e mirra impregnava novamente as narinas de todos que, antes álacres, estavam paralisados, inertes, como se a aguardar algo ainda acontecer. O crânio pulsava forte. A bela Shatritra reapareceu. Desta vez, o seu holograma fora projetado pelo crânio nas paredes sacras do templo da Serpente Emplumada.

Na tradição espiritual do Ocidente – disse Shatritra – *a serpente, às vezes reconhecida como dragão, simboliza a passagem do Sol pelo céu. De acordo com a tradição Gnóstica, cada ser nasce como uma serpente e é compelido para uma vida de servidão no pó da terra. Como a serpente, o ser se renova pela perda de sua pele, e um novo ser passa a habitar o âmago de cada um.*

Assim, cada ser vive a nova vida, depois de sobreviver a anterior, morrendo e renascendo, mas ainda incapaz de alcançar, pelas próprias forças, o reino da terra. Nesse estado de inconsciência, cada qual perde contato com os mais altos reinos do espírito, permanecendo ansioso e sem a ajuda da grande Serpente Solar.

Como crianças decaídas, herdeiras de Adão e Eva, cada ser é prisioneiro de sua capacidade de renovar a pele e compelido a viver a vida, após sobreviver, experimentando a morte depois da morte neste vosso mundo materialista.

A Deusa da Terra dos astecas – Coatlicue – como sua equivalente na Índia, Kali, possui um colar de crânios e mãos desmembradas, pois a Mãe-Terra tanto dá quanto tira a vida.

A tradição Gnóstica também fala do Destino Cósmico, da possibilidade inerente aos humanos como almas capazes de levar, fisicamente, a Terra para sua jornada ao verdadeiro lar, aos altos planos imateriais. Este é o cerne do saber espiritual ofertado pelos avatares, tais como Buda, Jesus, Maomé e a Serpente Emplumada ou Quetzalcoatl-Kukulcán.

Apesar de tudo que os mestres ensinaram, ver-se-á que ganhar a liberdade requer uma profunda transformação do Ser. Cada ser é uma lagarta envolvida em seu próprio casulo. Será preciso viver e morrer muitas vezes para o Ser renovar o seu Espírito.

Como a lagarta, que se transforma numa bela borboleta, cada ser tem potencial para metamorfosear-se em uma Raça Cósmica da mais alta e pura espiritualidade. Ninguém precisa permanecer no estágio de lagarta para sempre. Poderá tornar-se um anjo, mesmo mantendo vivo o corpo físico que o envolve.

Uma das aplicações práticas das filosofias esotéricas é a Yoga, envolvendo a técnica de levantamento da Energia da Serpente para o alto da espinha dorsal, unindo-a com a força espiritual da Águia, na cabeça. Para realizar esta prática, é preciso muito esforço e autodisciplina, além de vontade individual, pois a Serpente emergirá da vontade de Deus manifestada pela Águia.

É preciso o Ser morrer para que renasça um outro Ser, este novo Ser unido agora à Grande Consciência Cósmica. Para manter-se como um iniciado, indo em busca de seu grande destino, será preciso "matar" a ilusão de identidade, anular os excessos do Ego e o medo da morte.

Como todos podem perceber, o processo da Yoga traz da Índia os mesmos ensinamentos dos mayas – a Serpente e a Águia – são a fusão entre o quetzal e a serpente, entre o céu e a terra, a transubstanciação em Serpente Emplumada, o Dragão da América.

O crânio voltou a oscilar e lá ao longe, *Etznab* atitou. A imagem de Shatritra deixara o crânio. No rosto jovem, seu sorriso suave de adeus aflorou. O Crânio de Cristal mostrava, agora, a Serpente Emplumada, sob a égide de Pacal Votan. O grande Pacal Votan ou Escudo Solar/Serpente Emplumada, tendo no toucado o quetzal. Pacal aparecia no Crânio de Cristal, como vivera nos anos 600 d.C.

Trazia na mão direita o cetro real e vestia-se com plumas e o Cinturão do Jaguar, o símbolo do Balam, o sacerdote sabedor das Coisas Ocultas. O cheiro forte da *baalché*, a árvore sagrada dos mayas, misturado ao mel, impregnou o templo com seu cheiro adocicado e enjoativo.

Pacal Votan cheirava a frutas. Entre os odores, poder-se-ia divisar os do cacau e do sapoti, tão cobiçados por *Etznab*, que o amo à ave prodigava, além de água fresca, que à ave também propinava.

Pacal mirava com olhar forte, enquanto um halo de luz ultravioleta enchia o espaço à sua volta. Cada um sentiu este mirar dentro de seu coração, como se o Bahlam ou Bahlum falasse a cada um diretamente à sua alma:

Os mayas de Palenque entenderam melhor do que os astecas e toltecas que para a transformação pessoal não era necessário fazer sacrifícios humanos. Meu filho Chan Balum sacrificou alguns, quando de minha passagem para a outra dimensão, mas sem o meu consentimento. Todos devem estar preparados para a viagem que a Terra fará para Quarta Dimensão, ocupando de novo o seu lugar de outrora, quando da existência da Atlântida.

Os toltecas, raça que nos dominou, quando os mayas terminaram a missão de calibrar o Sistema Solar para o Novo Tempo, dilaceravam corações ainda vivos e quentes em honra aos deuses, porque eram bárbaros. Desconheciam que a serpe Kukulcán - Quetzalcoatl só queria sacrifícios da Vontade, não mutilação de corpos.

Códices mayas e astecas contam muitas histórias desses inúteis sacrifícios. Antes de dar-lhes o alinhamento de 2012, quero lhes contar uma história que se prende à Serpente Emplumada e aos astecas, antes deste povo conspurcar-se com os sacrifícios humanos, impostos como fé pelos toltecas.

Tenochtitlan – a atual Cidade do México – leva o nome do líder – Tenoch – que levou os astecas para o Vale do México. Tenoch tinha premonições quando sonhava. Um de seus sonhos mostrou a dualidade Serpente/Águia, união plena de símbolos místicos. Tenoch viu no sonho uma águia abocanhar uma serpente, no Vale do México. Era o indício de que devia ser erguida ali uma cidade. Assim, nasceu Tenochtitlan.

Na Palenque governada por mim, a Serpente Emplumada sempre esteve presente em nossos rituais, como símbolo da união entre as coisas do céu e as coisas da terra. Os habitantes de Palenque sabiam que minha transformação em Kukulcán se devia a um simples simbolismo: ao crescer espiritualmente qualquer ser torna-se Serpente Emplumada.

Este é o segredo das religiões da América. Quetzalcoatl ou Kukulcán é o maior grau de um sacerdote vidente. O que vê o Outro Lado, o que vê todas as demais dimensões do Espírito. O que vê a terceira margem do rio da vida.

Pacal Votan interrompeu a fala para consultar alguns mapas antigos, ainda de seu tempo. Depois, sentou-se no trono do Jaguar de duas cabeças, no qual reinara. Olhou firmemente para os presentes, com as feições fechadas. Olhou ao redor, e disse, claramente:

A partir do dia 21 de dezembro de 2012 findará e iniciará mais um ciclo para a humanidade, conforme profetizamos séculos atrás. Para alguns será o fim total; para outros o recomeçar de uma Nova Era.

Há grande apreensão pelo futuro da Terra por parte de toda a Comunidade Galáctica. Qualquer desequilíbrio na Terra, trará como conseqüência desarmonia em outras regiões do Universo.

O início do ciclo de 5125 anos, originado em 13 de agosto de 3113a.C., ora terminando, marcou o Nascimento de Vênus, a Estrela Kukulcán ou Serpente Emplumada.

No dia 21 de dezembro de 2012, o último do ciclo, o baktun 13, a Conexão Cósmica entre Vênus, Sol, Orion e as Plêiades será bem visível no céu, como já ocorrera há 5125 anos atrás.

Naquele tempo, Vênus nasceu, e com Vênus a Serpente Emplumada. Vênus se originou em 3113 a.C.. Seu nascer fora anunciado no alvorecer pelas Tzab/Plêiades, que ocupavam o meridiano do céu. A mesma posição de Vênus, em 2012, simbolizará sua morte.

No dia 21 de dezembro de 2012, antes do pôr-do-sol, Vênus mergulhará no horizonte, a oeste, e, simultaneamente, as Plêiades ascenderão, no horizonte, a leste.

Conforme o Sol for se pondo, Orion aparecerá, simbolizando o início de um Novo Ciclo, o nascer da Nova Era. Neste instante a Terra passará por uma série de transformações radicais em seu pólo magnético, originando rupturas em larga escala.

Tais rupturas, cíclicas na natureza do planeta, foram percebidas nos vários ciclos da história da Terra, mudanças essas na topografia e nos movimentos.

Devido à enorme densidade populacional da Terra, as mudanças radicais infligidas ao planeta tornar-se-ão uma catástrofe jamais vista.

Nunca a Terra teve uma população tão densa em toda a sua história.

A profecia para 2012, baseada nos ciclos solares, afirma que a catástrofe irá ocorrer. A Terra não poderá evitar a catástrofe natural, pois esta se repete ciclicamente, como os mayas já tinham calculado no passado.

O Armagedon sucederá porque, além da grande densidade populacional, os seres humanos tornaram-se materialistas, centrados no dinheiro, abandonando a natureza, poluindo a Terra de todas as formas, mas notadamente pela escuridão de suas almas. Só com uma limpeza, este planeta escuro voltará a iluminar-se.

– Algumas áreas da Terra irão sofrer mais que outras? – indagou Doreen.

Amplas áreas ao longo da costa leste e oeste da América desaparecerão, como outrora a Atlântida, debaixo de ondas gigantescas produzidas por um mar que a tudo usurpará. Simultaneamente, o clima da Europa, que também sofrerá inundações similares pelo litoral, mudará quase instantaneamente, tornando-se gélido.

Isso ocorrerá porque a Atlântida emergirá das profundezas do Atlântico e criará uma ruptura no Golfo do México, além de ceifar o calor da Europa Central. As mudanças no pólo produzirão outras alterações climáticas, tornando as regiões polares e tropicais mais temperadas. As transformações acontecerão em cadeia e ao mesmo tempo, a partir de 2012, quando o campo magnético solar reverter o campo magnético da Terra, produzindo tais cataclismos.

A imagem de Pacal Votan sumiu. Silêncio. Todos atônitos, esperando que alguém lhes viesse dizer algo. Nada. Hans e Nuno voltaram-se para o grupo, que ainda mantinha a esperança de que tudo aquilo fora um pesadelo, que tudo não passara de ficção.

A profecia de Pacal Votan, contudo, fora escrita no século VII da Era Cristã, só não fora dada a conhecer. Os códices mayas foram esconsos em vários locais secretos, para escapar da fúria piromaníaca dos padres, que os queriam queimar, julgando-os blasfemos e satânicos.

Aos poucos, todos deixaram o templo da Serpente Emplumada contritos, como se estivessem em um velório. A esperança de que a humanidade se safasse de mais uma catástrofe era inútil. Havia tal esperança, se as raças galácticas ajudassem os humanos a deixar a terceira dimensão, onde estavam aprisionados, para outras dimensões, onde encontrariam a liberdade perdida, se merecessem.

Se antes as novas revelações de Pacal Votan tinham criado angústia pela espera ansiosa, agora tudo findara. Não havia soluções milagrosas. Tinham de enfrentar a catástrofe e iniciar um longo aprendizado espiritual, caso quisessem ser eleitos, um sobrevivente do Armagedon, a inexorável catástrofe. O que fariam da vida, após o Códice da Consciência Desperta?

Hans deixara claro que a missão terminara mas, se alguém ainda tivesse algo a dizer, que o fizesse naquele momento.

– Quero fazer um depoimento. A presença de Pacal Votan lembrou-me da pesquisa sobre a tampa do sarcófago, em Palenque – disse Olavo.

– E qual a sua conclusão? – indagou *El diablo*.

– A tampa da lápide de Pacal Votan mostra-o sentado na Árvore da Vida, e mais parecendo um astronauta, não é?

– Sim, o que quer dizer? – quis saber, Linda, olhando-o com amor.

– Simples. Pacal Votan veste a saia de *Chac Chel*, deusa maya das águas...

– Você quer dizer que Pacal Votan está vestido de mulher? – indagou Eric.

– Vou descrever: Pacal usa um saiote de jade, um colar de jade no pescoço, a sustentar um medalhão, e tem uma flor de lírio na mão esquerda. Há um fluxo de água aos seus pés...

– E, qual a conclusão? – quis saber Maruska, ansiosa.

– Estes são símbolos de *Chac Chel*, a deusa das águas dos mayas...

– Não havia pensado nisso! – exclamou Eric, feliz com a descoberta.

– Tem razão, Olavo. Os elementos primários estão presentes na tampa do sarcófago e, conseqüentemente na profecia: a Terra, simbolizada pela serpente; o Céu, pelo quetzal, e a Água, por *Chac Chel*.

– Falta o fogo! – interveio Doreen.

– O fogo apagou-se com a morte de Pacal; era sua energia aqui na Terra, morreu com ele! – exclamou Hans, sério. Como devem saber, o fogo virá quando do alinhamento de estrelas e planetas em 21 de dezembro de 2012. Há cinco mil anos atrás, astecas e mayas fizeram o ritual do fogo, justamente devido ao mesmo alinhamento, que se repetirá em 2012. Pacal se vestira com os símbolos de Chac Chel para demonstrar a dualidade macho/fêmea da Serpente Emplumada, deusa ao mesmo tempo da Terra e do Céu, da Terra e do Ar. Faltava só arrematar este rito pleno de significados, completando-o com a deusa da água...

As lobas esqueceram-se de assediar Agustin. Nutriam um amor canibal de posse, primitivo e animal pelo cigano. O argentino estava interessado muito mais em entender o que se passava à sua volta, depois de saber o tipo de futuro que o aguardava. Quando a angústia o transtornava, duvidava da profecia. Era a sua única saída, senão acabaria louco. Sabia haver base científica para que a profecia se concretizasse, mas apelava para o emocional. Era mais fácil para a sua própria sobrevivência negar tais vaticínios do que aceitar um destino apocalíptico.

Todos, de alguma forma, pensavam assim. Era uma realidade muito dura, além do sofrimento por antecipação que a profecia propiciava. Como se não mais tivessem saída, a não ser espiritualizar-se ao máximo, iam deixando o Templo da Serpente Emplumada, ao mesmo tempo que Hans recolhia o Crânio de Cristal, que ainda vibrava e iluminava a sala escura e silenciosa do templo. Havia alguma possibilidade de salvação, mas quem em sã consciência julgar-se-ia um eleito?

Lá fora, Boneca e Cagliosto brincavam, como se tudo não passasse mesmo de um brinquedo, um folguedo de adultos. O corcunda ensinava inglês para a anã, enquanto ela queria tomar sorvete e emporcalhar o vestido verde, como sempre o fizera. O comandante dera-lhes um sinal para que se aproximassem. Não havia mais o que fazer na misteriosa Teotihuacan, outrora habitada por um povo ainda mais enigmático, que sequer documentara a sua existência.

Todos retornaram aos apartamentos. A ordem era arrumar as mochilas e voltar à realidade dos dias comuns. Abraçados, Linda e Olavo retornariam à bela Palenque. Queriam que Eric e Camila fizessem o mesmo. Afinal, lá deixaram as pesquisas sobre o profeta Pacal Votan e a enigmática tampa de sua lápide para trás.

Eric preferia retornar ao Brasil. Vã tentativa de pensar a Nova Era próximo aos amigos, onde se sentia em segurança. Tudo dependia de Camila; se ela quisesse retornar a Xibalanqué, Eric cederia, já que Camila lhe dava a segurança nas horas amargas. Assim, trocando idéias, iam arrumando as malas. De qualquer maneira tinham de deixar Teotihuacan, que lhes parecia agora bem menor diante do apocalipse.

Hans e *El diablo* falavam longamente do presente. O futuro não mais lhes interessava. Tinham já vivido muito e a idade amadurecera-os. Preferiam viver cada dia como se fosse o último, deixando o amanhã para quando viesse.

Assemelhavam-se, neste ponto, ao que ia na alma de Boneca e Cagliosto. Havia uma similitude de ação ou de não-ação, já que Hans e Nuno nada fariam para mudar o destino. Tampouco os descompensados.

Faltava ainda uma solução para o caso entre as lobas e o cigano. Até então não houvera entendimento. Maruska e Doreen eram já a nova mulher a emergir de séculos de submissão ao macho. Agora, davam um basta, apesar de sem muita convicção, mas, todavia, um basta.

Tinham de reconstruir uma nova vida sem aquela dependência primeva; quando o macho fora o mais forte por ter o tacape na mão e músculos mais fortes e condizentes para enfrentar a realidade da selva. A fêmea, porém, adaptara-se bem melhor do que o macho ao mundo atual. Mundo que não mais precisava da força física de outrora, mas de espiritualidade, de sensibilidade, de sentimentos puros, mais de emoção que de força. Assim, o macho perdeu a força, à medida que para sobreviver não mais precisava dela. E sentia-se isolado e fraco diante de um novo universo baseado na dualidade feminina das lobas.

O comandante Nuno foi o primeiro a deixar a cidade, levando consigo as duas criaturas – Boneca e Cagliosto – que pareciam ter saído de sua imaginação. O corcunda tinha assado o porco em uma das dobras da cidade, em local secreto.

Naquela noite, em sonho, vira de novo o rosto abençoado, a dizer-lhe que deveria fazer suas orações antes de dormir e ao levantar-se. Quando reapareceu o rosto severo, com o indefectível dedo acusador, o corcunda acordara, suando frio, mas conseguira balbuciar seu nome: Orozimbo.

El diablo concluíra que era o nome de seu pai, morto no desastre, bem como sua mãe, que o descompensado via pelas frestas do sonho como o rosto bondoso. Para não se esquecer, Cagliosto repetiu Orozimbo o dia todo. Se este era o nome de seu pai, faltava-lhe agora apenas o nome de sua mãe para que a família se completasse em sua memória.

Nuno concluíra que, no desastre de trem, seu sonho sempre

recorrente, os seus pais morreram, sendo Cagliosto o único sobrevivente, embora tivesse ficado desfigurado e corcunda.

Quando Nuno contou-lhe a própria história, arrancada em anos de muitas e frustradas tentativas, o corcunda ficara com os olhos míopes parados em algum ponto além do infinito, perdidos em um ponto cego. A única coisa que saiu de sua boca disforme foi: *thanks very much, sir* – disse-o, com sotaque francês, mas em gesto próprio e gentil de um bom mordomo inglês.

Ao seu lado, sem sequer desconfiar o que se passava, Boneca trincava os dentes na pata do leitão carbonizado, que mais parecia ter saído de um incêndio. *El diablo* pegou todos os pertences e os colocou no caminhão, enquanto Boneca e Cagliosto subiam na boléia. Não sem antes juntarem o que sobrara do porco que jazia, em meio à fumaça, já quase carvão. E partiram para a mansarda.

A última voz que ouviram foi a do corcunda, à maneira inglesa, mas com o sotaque francês de Claude Rains, em *Casablanca*: *On board*! O caminhão deixou Teotihuacan aos saltos, enquanto os descompensados abanavam as mãos em um gesto que parecia ser de adeus.

– *On board*! – repetia Boneca, emporcalhando de gordura o vestido verde.

* * *

Os quatro, depois de muita discussão, resolveram seguir para Palenque. Os casais Linda e Olavo e Camila e Eric voltariam para pesquisar com mais minúcias a tampa do sarcófago de Pacal Votan, no Templo das Inscrições de Palenque. Não mais vendo-o como um rei-sacerdote, mas como a deusa da Mesoamérica – a Serpente Emplumada, panteão de deuses a viver entre o Céu e a Terra, entre as treze dimensões celestes e as nove infernais subterrâneas de Xibalba. Os quatro despediram-se de Hans, do cigano e das lobas entre lágrimas. As mulheres quase sempre sofriam muito nas despedidas. Hans também. Tinha-os como filhos.

O velho áugure sentia-se muito só depois daquelas despedidas. Apesar de ter encontrado o velho amigo – o comandante Nuno –, já refeito de sua loucura, Hans insistira muito para que *El diablo* deixasse os descompensados em alguma clínica. O comandante nem quisera ouvir. Tanto afeiçoara-se às criaturas que nem mais as via como transfigurados. Boneca e Cagliosto enchiam-lhe o tempo de vida que lhe restava.

Agustin vivia a desdita do apocalipse como ninguém. Eclodira em seu ser algo novo naquela tépida manhã em que se despedira, quando o relógio marcava 12 horas. As circunstâncias assim determinaram. Era amiúde calmo e sensível, mas tornara-se escorregadio, depois da onipotência pressentida ante os vaticínios. Além disso, precisava engendrar um plano para eludir as lobas. As duas mulheres não mais forçaram sua resposta. As duas lobas também ficaram elusivas, após as novas revelações.

À medida que o Sol se levantava por sobre o telhado do templo, na mesma proporção crescia o alvoroço na alma de cada um. Este alvoroçar de ânimo trazia um desconforto interior e contrastava com o silêncio monástico do templo. As duas lobas e o cigano foram os últimos a deixar a Cidadela.

23

O encontro marcado

26 de março, 11 horas da manhã. 20, Lua Jaguar Solar – kin 27 – Mão Magnética Azul: "Unifico a fim de conhecer. Atraindo a cura, selo o armazém da realização, com o tom magnético do propósito sou guiado por meu próprio poder duplicado."

Agustin Saens Peña vagava por Matadero, bairro distante de Buenos Aires, onde se criara. Desde criança ia com o pai ao matadouro ver os homens manear os bois que, após degolados, eram cortados, e os urubus ficavam à espreita para rapinar as tripas, que o carrasco aos rapinantes prodigava. Ali se acostumara aos grasnidos surdos das aves de rapina, inclusive dos corvos que, vez por outra, também compareciam. O matadouro trazia-lhe boas lembranças da infância feliz, apesar do forte cheiro de sangue coagulado a tudo impregnar e a encher-lhe as narinas de um odor ácido e nauseabundo.

O pai de Agustin – Hugo Saens Peña – não só crescera ali, mas ali laborara por anos até aposentar-se. Mesmo depois de aposentado, Hugo levava o menino ali a passeio, em meio aos pregões dos vendedores ambulantes que, com grande alarido, vociferavam seus produtos, tornando a feira uma babel. Os cheiros ainda estavam presentes em sua memória de menino.

Tudo aquilo acabara. O matadouro mudara-se para longe. Agustin sentia a saudade de um tempo que se perdera nas frinchas do passado. Não havia mais os pregões dos feirantes, ao armar as barracas ao lado do matadouro, apesar de o cigano ouvi-los ainda com uma nitidez assombrosa.

O costume de lá ir por anos marcara-o como um vício. Sem perceber, lá estava. Algo semelhante ao elefante que ao pressentir a morte busca o seu lugar de origem. Assim, Agustin caminhava sobre seu passado com a cabeça no futuro. O matadouro suscitava-lhe recordações imprecisas, sentimentos imponderáveis de quando a saúde do pai se quebrantava pelo câncer a rapinar-lhe as vísceras.

"O passado é, ao fim e ao cabo, as vozes que o recordam" – refletiu.

"Naquele dia tinha um encontro marcado com as lobas no Tortoni, às duas horas da tarde. Assim, fugira para o matadouro, como se, ao afastar-se do café, eliminasse o encontro. O tempo de espera prescrevera. Não que tivesse de dar a resposta definitiva, mas sentia-se na obrigação de terminar aquela história que já lhe amargurava a vida".

Ao deixar a Cidadela, juntamente com Hans, já que tinham como destino a mesma Buenos Aires, marcara o encontro com as lobas no Tortoni. Fora a única saída ensejada que lhe adviera no instante da partida. Nem sabia agora porque o fizera. Estava arrependido, mas com a obrigação moral de cumpri-la. Assim, sem sentir, dirigiu-se ao matadouro, deixando para trás a cidade.

Olhava o velho matadouro como algo irreconhecível. Não entendia como as coisas terminavam assim sem deixar rastro. Se o tempo era ilusão, era ele o iludido. De repente, o pensamento bizarro:

"Somos como este matadouro. Passamos como o tempo; nada mais somos que ilusão. Daqui a cem anos, nada mais restará de mim, no entanto, existo."

Lembrou-se de outro poeta que amava: "Viver é não conseguir". Fernando Pessoa já pensara o que agora estava a pensar. Assim, entrou no velho carro, que o pai lhe deixara de herança, e olhou saudoso, pela última vez, para o local recorrente de sua infância. Saudade do pai, do cheiro de seu cachimbo, a misturar-se aos odores fortes e sanguinolentos daquele lugar de abate. Viu como real o executor manear a rês e nela dar a paulada mortal com a marreta. No átimo, o dobrar das pernas dianteiras do boi; o estilete a perfurar o seu pescoço, a jarra a colher o sangue quente, sorvido na hora pelo carrasco para fortalecer-se, e sua vibração, ao término, segurando um pedaço de ferro para que o gosto acerbo não lhe viesse à boca.

Saudoso e fragilizado por tais emoções provocadas pela memória, Agustin deixou o matadouro, seguindo sem pressa para o encontro. No caso mantido com as lobas, fora ele a vítima. Só faltara às duas maneá-lo à cama ante a lua plena. Naquela hora, sentira-se como a rês a um passo fatal da morte. Se por acaso não lhe beberam o sangue, tal como o sangue o é entendido, sugaram-lhe o sêmen vital, e com selvageria.

* * *

Maruska e Doreen despediram-se na Cidade do México. A russa tinha de ir a Berlim, antes do encontro marcado. Agustin marcara-o para dali a dois meses. Por isso, Maruska voltara a Berlim, onde morava e dava aulas de arqueologia em uma universidade. Pegara o avião pensando em tudo o que ocorrera nos últimos meses. Não era mais a empedernida a avaliar sua própria vida, mas uma nova mulher, a loba da nova era. Sentia o amor pelo cigano como purgação por tudo que jamais fizera.

Doreen, ao contrário, estava em casa. Vivia na Cidade do México, a mais populosa do mundo. Não dava aulas, pesquisava arquiteturas arcaicas a mando do governo e mantinha um escritório de arquitetura. Também pensativa, Doreen não via razões para deixar o cigano nas mãos de Maruska. Meditava justamente nesse ponto. Será que Agustin não passava de prenda? Estariam elas motivadas apenas por uma pugna amorosa? Haveria amor?

A fraqueza humana sempre se impôs ao destino. As lobas buscavam obter forças sabe-se lá onde, a fim de manter uma atitude digna, mas a carne fora mais forte. Ou mais fraca. A questão moral fora posta ao largo. Sobrara a sobrevivência da raça.

"Aliás, o amor platônico fora fruto da imaginação de um homem" – refletiram ambas, cada qual à sua maneira.

Queriam ter um filho do cigano, embora em nenhum instante isso deu-lhes motivo para preocupação. O apocalipse só aumentara-lhes a ansiedade. Tudo mudara. Viviam entre o amor e a morte. O amor estava mais perto. A morte viria a partir de 2012, caso não fizessem parte dos eleitos, os 144.000 do apocalipse de São João. De qualquer maneira tinham de tentar viver; mas a vida sem o cigano seria insípida e sem sentido.

Sendo ambas criadas sob a égide judaico-cristã, tinham o sentimento de culpa que tais culturas traziam em seu âmago. A instauração do pecado original fora o maior dos pecados. Tais pensamentos, em graus diferentes, passavam por suas mentes. Doreen Goldberg sofrera as imposições da cultura judaica; Maruska Raskolnikov, ortodoxa russa, também não escapara. Além do conselho traumático de sua mãe: "sexo é sujo, minha filha, evite-o".

Apesar de todos os ensinamentos clericais, no mundo nada mudara. Essa conclusão era definitiva. Os treze *baktuns* dos mayas estavam por findar-se. Se a humanidade olhasse para trás, só veria fome e desgraça, apesar dos propósitos teoricamente bem intencionados dos seres humanos.

Em Berlim, Maruska concluíra: "Mundo, teu nome é hipocrisia!". Ao mesmo tempo, no México, Doreen concordava: "Platão estava errado! O amor platônico é uma bobagem! Somos mentirosos e hipócritas!"

Por isso, o encontro no Tortoni era fundamental. Maruska já tomara o avião e descera na Cidade do México, por volta do meio-dia. Nem sequer telefonou para a rival, preferiu ir direto ao café, debaixo de uma chuva fina, que lhe parecia deixar tudo cinzento.

Doreen acordara tarde. Naquele instante ainda se espreguiçava na cama. Olhava para o travesseiro ao lado e sentia a falta do cigano. Isso acontecia todas as manhãs. Sentia a ausência do companheiro que jamais tivera. A solidão dava-lhe a esperança de possuí-lo; mais cedo ou mais tarde, Agustin seria dela. A não ser que a russa fosse a escolhida. Isso causava-lhe dor funda, mas sem o menor fundamento.

Doreen chegara ao Tortoni quase às duas horas. Entrara pela estreita porta que dava para a Avenida de Mayo. Paredes atapetadas davam um toque elegante ao café. Nos cabides, logo à entrada, deixara os agasalhos e o guarda-chuva, pois caía uma chuva fina e intermitente. Esfriara, como fruto das inúmeras frentes frias, as quais a meteorologia vivia a informar, embora ninguém lhe desse crédito.

Olhou para o fundo do café, esticando o seu pescoço de garça, mas não viu quem procurava. Ajeitou os cabelos despenteados pelo vento e entrou no mais antigo café da cidade, passando entre as mesas e colunas de mármore, nas quais a clientela sussurrava, provocando um ruído de vozes desafinadas, semelhantes a um coral sem maestro.

Sabia que o Tortoni possuía diversos salões, um deles inclusive tinha saída para a *calle* Rivadavia, e era dedicado aos jogos de bilhar, xadrez e dados. Outro, menor e contíguo, o salão César Tiempo, abrigava a sede do Círculo Argentino de Poetas Lunfardos. O Lunfardo era o nome que se dava à gíria de Buenos Aires. E César Tiempo fora o grande poeta desse dialeto *porteño*.

Olhou-se ao espelho e viu que a pintura estava bem, só um

borrão no canto direito da boca, que corrigiu incontinente com dois dedos, à guisa de pinça. Olhou o café com discrição – pelo rabo do olho –, como toda mulher desacompanhada. De onde estava não podia ver Maruska. A russa só conseguira uma mesa atrás de duas colunas, de onde também não poderia ver a entrada principal do café.

Ao divisá-la, Doreen fez uma cara de quem não gostou nada de ter sido a segunda a ali chegar. Maruska percebeu-lhe a irritação e abriu um sorriso irônico, gesticulando para que se achegasse e se sentasse ao seu lado.

À primeira vista estavam alegres, mas no fundo havia um sentimento de perda antecipada. Uma delas seria fatalmente rejeitada. Esta, a razão do sorriso sem graça de Doreen para Maruska, que esta devolveu com ironia. Apesar de a virgindade ter saído de moda, Doreen sentia-se inferiorizada. Ela não oferecera ao cigano a sua pureza, graças ao tio Jacob, que dela desfrutara. Além de ciúme, sentia inveja da russa. Esta entregara-se na hora certa e ao homem certo.

"O destino, porém, não nos pertence" – pensava.

Como lobas em disputa, disseram banalidades. Não havia assunto. Doreen contara tudo o que fizera, mera rotina de dona de casa que chegara e encontrara a casa deserta, com muito pó e o chão sem encerar. Maruska dissera quase a mesma coisa, reclamando do frio de Berlim, apesar de não estar inverno ainda. Falaram longamente das frentes frias e de como a Terra mudara. A meteorologia salvara o diálogo. Quando já iam trocar receitas, eis que o cigano chegou à porta do café.

Como da porta não pôde vê-las, sentiu um alívio. Olhou-se ao espelho, e entrou no antigo café, procurando com o olhar não as lobas, mas o serviçal conhecido, que sempre lhe trazia o usual cálice de *manzanilla*.

– Pepe! – gritou Agustin, ao ver o moço.

O moço fez o pedido e esperou que o cigano encontrasse uma mesa, mas, ao perceber que estava à procura de alguém, esperou, pacientemente. Enquanto isso, Agustin percorria o café com olhos atentos. Como não descobria onde as lobas estavam, penetrou mais ao fundo do salão. Só quando ultrapassou a coluna central, pôde vê-las. As loiras acenavam-lhe freneticamente, mas em silêncio. Aos poucos acalmou-se e enfrentou as duas lobas, após respirar fundo. Ironicamente, traduziu tudo em uma simples frase:

– Vamos tirar cara ou coroa?

As duas ficaram perplexas. Foi Maruska quem primeiro falou:

– Não viajei de Berlim ao México para ouvir besteiras...

– Não é bobagem. Não consegui tirar vocês duas da cabeça. Por isso...

– Quem você pensa que é? – indagou Doreen, magoada.

– Ninguém. Não tenho a solução, só isso.

As duas ordenaram que Agustin deixasse a mesa. Iriam confabular. O cigano riu nervoso, mas entendeu. Fez sinal para Pepe. Iria ocupar outra mesa e que ele apressasse a dose de *manzanilla*.

Agustin ficou só, enquanto todos ao seu redor olhavam curiosos. Sobraçava *As Profecias de Nostradamus*. Queria comparar a de Pacal Votan e a do mago francês. Era do que se ocupava nos últimos dias. Olhava as duas ao longe. Para ele, pareciam surdas-mudas gesticulando sem que pudesse ler-lhes os lábios, os mesmos lábios doces e suaves que tanto beijara. Pena que Nostradamus não escrevera sobre mulheres, seria mais fácil a quem escolher.

Já tentara tudo. Pusera os nomes das duas em papelinhos e os sorteara. Uma vez Maruska, outra vez Doreen. Se pelo menos tivesse sorteado duas vezes a mesma, mas não; ora uma, ora a outra. E quase sempre na mesma ordem. Se iniciava com Maruska, depois vinha Doreen, de novo a russa, em seguida Doreen. Tentara várias vezes, mas nada. Por isso, chegara a conclusão que elas mesmas deveriam tirar a sorte, só assim aquela pugna teria fim.

De repente as duas fizeram-lhe sinais de que podia vir, já tinham concluído a confabulação, embora para o cigano tivesse mais um sentido conspiratório.

– Nenhuma das duas – disseram em coro e alto.

As pessoas das mesas vizinhas esticaram o pescoço para ouvir melhor o que ali se passava. Agustin avermelhou. Jamais passara por situação assim tão constrangedora.

– Como nenhuma das duas? – perguntou sem graça.

– Resolvemos que nenhuma de nós será escolhida – respondeu Doreen.

– Nenhuma?

– Nenhuma.

– Por quê?

– As explicações são muito longas. Nós mulheres temos outra percepção do mundo. Pensamos em termos de futuro – disse Maruska, enfática.

– E daí?

– Sabe, Agustin, achamos que qualquer uma de nós, se escolhida, iria sofrer muito. Se neste instante teria uma felicidade inimaginável, dentro de pouco mais de um ano estaria infeliz. A rotina mata qualquer paixão. Quando você estivesse à disposição, já não seria a mesma coisa, por isso resolvemos dar um basta. Você é ótimo em noite de lua cheia... – disse Doreen, encerrando a conversa.

– Vamos beber e comemorar o nosso divórcio amigável – ironizou Maruska.

– Vamos, sim! – assentiu Doreen – chame o Pepe!

Pepe ia por ali passando e parou.

– Outra *manzanilla*, patrão?

– Dessa vez, dupla! – ordenou Agustin.

– Três, por favor – acrescentou Maruska, voltando a ser a empedernida.

Dali a pouco estavam rindo. O cigano sabia que no fundo vencera. As duas não agüentariam por muito tempo. Ficaram amigas demais para ser verdade. Tudo não passava de dissimulação. E a vida, nada mais que simulacro. As duas lobas foram sábias. Maruska lembrara-se do escritor brasileiro Machado de Assis, que lera em Berlim, um mestre da Língua Portuguesa. Em seu livro *Quincas Borba* havia uma exclamação que a deliciara e, agora, parafraseava-o:

– Ao vencedor, as batatas! – disse Maruska, irônica.

– Platão que se dane! – concluiu Doreen, sarcástica.

Foram os últimos gritos de guerra da tríade. E saíram abraçados do café. Entre os livros de Doreen, a tradução de Agustin para o poema de D. H. Lawrence editado pela Alfred Knopf, em 1926 – *Quetzalcoatl Vivo*:

"Sou o vívido Quetzalcoatl.
Surjo desnudo das profundezas
Do lugar que reconheço como Pai.
Uma grande viagem fiz desnudo,
Saí do céu, passei pelos filhos dormidos de Deus.
Do fundo do céu surjo como águia.
Das entranhas da terra, como cobra.
Tudo que se levanta agitando vida entre o céu e a terra conhece-me.
Pois sou a íntima invisível estrela.
E a estrela é uma lâmpada na mão do Jogador Desconhecido.
Além de mim há um amo terrível e maravilhoso, oculto sempre de meus olhos.
Mesmo que esteja em suas vísceras, antes de que engendrara no espaço – Mãe.
Agora, estou só na terra, mas ela é minha.

Como são minhas as raízes nesta úmida senda obscura da serpente.
E são meus os ramos, nas sendas do céu e o pássaro,
Mas a breve centelha, aquilo que sou eu, é agora mais que minha.
E os pés dos homens e as mãos das mulheres conhecem-me.
Joelhos, músculos, vísceras, e a mais íntima de suas forças incendeiam-me.
A serpente de minha mão esquerda sai da escuridão para beijar teus pés com lábios de acariciante fogo.
Põe força em teus calcanhares e tornozelos, e chama em teus joelhos,
Em tuas pernas e em tuas entranhas e o círculo de paz em teu ventre.
Porque sou Quetzalcoatl, a Serpente Emplumada.
Só estarei contigo quando minha serpente haja fechado o círculo de paz em teu ventre.
Eu, Quetzalcoatl, águia do ar, mancho de visões o teu rosto.
Arejo teus peitos com o meu alento
E em teus ossos construo meu ninho de paz.
Sou Quetzalcoatl, o do Caminho Dúbio".

Kin 20: "Canalizo afim de iluminar; inspirando a vida, selo a matriz do fogo universal; com o tom ressonante da harmonização, sou guiado pelo poder da livre vontade. Sou um portal de ativação galáctica, adentra-me."

Sol Ressonante Amarelo
Dia 20 da Lua Harmônica.
Ano Lua Rítmica Vermelha.
PV – sinal holístico de Pacal Votan.

São Paulo, 4 de dezembro de 1998. Calendário Gregoriano.

Bibliografia Iconográfica

As ilustrações de A Serpente Emplumada foram retiradas dos seguintes livros:

A Forest of Kings, Linda Schele & David Freidel, Quil William Morrow, N.Y., 1990

Every Day Life of Maya, Ralph Whitock, Dorset Press, N.Y., 1987

Mesoamerican Writing Systems, Joyce Marcus, Princeton U. Press, N.J., 1992

The Ancient Maia, S.G. Morley & G.W. Brainerd, 4.ed. revisada por R.J. Sharer, Stanford University Press, Califórnia.

The Code of the King, Linda Schele & Peter Mathews, Scribner, N.Y., 1998.

The Mayan Profecies, Adrian Gilbert & Maurice Cotterell, Element Books Lted, Great Britain, 1995.

Teotihuacan, Esther Pasztory, University of Oklahoma Press, 1997.

e estes da *EDITORA AQUARIANA*

- **O Buraco Branco no Tempo,** Peter Russel
- **Conversações Esotéricas,** Vicente B. Anglada
- **A Dança da Mutação,** Michael Lindfield
- **Decida-se,** Robert Muller
- **Estação Desembarque,** José E. Bologna
- **E... O Ancião Falou,** Antón P. de Léon Paiva
- **Magia Organizada Planetária,** Vicente B. Anglada
- **Os Mistérios de Shamballa,** Vicente B. Anglada
- **O Nascimento de uma Civilização Global,** Robert Muller
- **Networks - Redes de Conexões,** Jessica Lipnak - J. Stamps
- **O Princípio da Totalidade,** Anna Lemkow
- **Poesias Ocultistas,** Fernando Pessoa

FLORAIS

- **Afirmações para os Florais de Bach,** Hugh Mac Pherson
- **O Caminho das Flores (Florais de Minas),** Olinto J. Neto
- **Crescendo com os Florais de Bach,** Judy Howard
- **Criatividade e Espiritualidade - Seguindos os Passos da Profecia Celestina (Florais de Minas),** Breno Marques e Ednamara Marques
- **Essências Florais de Minas,** Breno e Ednamara Marques
- **Essências Florais do Alasca,** Steve M. Johnson
- **Essências Florais Francesas,** Philippe Deroide
- **Essências Florais e Marinhas do Pacífico,** Sabina Pettitt
- **Padrões de Energia Vital (Bach),** Julian Barnard
- **As Qualidades Positivas dos Florais de Bach,** Hugh Mac Pherson
- **Repertório das Essências Florais de Minas,** Breno Marques e Ednamara Marques

TORKOM SARAYDARIAN

- **O Ano 2000 e Depois**
- **Avanço para o Psiquismo Superior**
- **A Carruagem Flamejante e as Drogas**
- **Energia Psíquica**
- **Irritação - O Fogo Destruidor**
- **A Psicologia da Cooperação e da Consciência Grupal**
- **O Senso de Responsabilidade na Sociedade**
- **O Viajante Questionador e o Karma**

Para conhecer nossa linha editorial completa,
peça-nos catálogos diretamente.

EDITORAS GROUND/AQUARIANA
Rua Pamplona, 935, 1º andar - Jardim Paulista
CEP: 01405-001 - São Paulo - SP
Tels.: (011) 288-7139 / 287-3016 - Fax: (011) 283-0476
E-mail: editora@ground.com.br
Site: http://www.ground.com.br

Impresso nas oficinas da
Gráfica Palas Athena